Schielins neunter Fall

Löwenmole

W0083260

Verlag Edition Hochfeld

Von J. M. Soedher sind bisher erschienen:

Rotkreuzplatz da Vinci
Villa Seewind

in der Reihe BUCHER ERMITTELT:
Der letzte Prediger
Requiem für eine Liebe
Im Schatten des Mönchs
Marienplatz de Compostela

in der Reihe SCHIELINS FÄLLE:
Galgeninsel
Pulverturm
Heidenmauer
Hexenstein
Inselwächter
Hafenweihnacht
Seebühne
Knochenmühle
Löwenmole

Trilogie MAUCHIN
Mauchin

1. Auflage
März 2019
Verlag Edition Hochfeld, Landsberg a. Lech
© Verlag Edition Hochfeld
Umschlagkonzept, Fotos und Gestaltung: Verlag Edition Hochfeld
Lektorat: Susann Wendt, Haus des Buches, Leipzig
Satzherstellung: Fotosatz Amann, Memmingen
Kartenillustration: Pete Monaghan für das ›Atelier am See‹,
Lindau (B)
Gesamtherstellung: CPI Ebner & Spiegel, Ulm
Printed in Germany

ISBN: 978-3-9818025-8-0
www.edition-hochfeld.de

Zorn ist ein wütig Ding,
und Grimm ist ungestüm;
aber wer kann vor dem Neid bestehen?

Sprüche 27.4

Personenregister

Martin Boone – Berufssegler, Opfer
Norbert Ammon – gescheiterter Künstler
Sarah Ammon – Ehefrau von Ammon
Helmut Tauber – Witwer, Bogenschütze
Vedder-Jacobsen – Komponist und Connaisseur

Das Team

Conrad Schielin – Bodenseekommissar und Mordermittler
Ronsard – Conrad Schielins französischer Esel
Lydia Naber – blonde, drahtige Kriminalkommissarin und engste Mitarbeiterin von Conrad Schielin
Robert Funk – Sachbearbeiter für Eigentumsdelikte, Connaisseur mit Faible für eine gehobene Büroausstattung
Adolf Wenzel, »Wenzel« – wird nur bei seinem Nachnamen genannt, da er seinen Vornamen nicht leiden kann; arbeitet mit Robert Funk zusammen.
Kimmel – zumeist mürrischer Chef der Kripo Lindau
Erich Gommert, »Gommi« – die gute und chaotische Seele der Kripo
Hundle – Gommis Hund, ein phlegmatischer Straßenhund aus dem Tierheim
Jasmin Gangbacher – jüngste, technikaffine Ermittlerin
Walter Lurzer – österreichischer Kollege der Kripo Bregenz und Freund Schielins

Marja – Schielins Frau
Lena und Laura – Schielins Töchter
Albin und Erna Derdes – Schielins Nachbarn

Personenregister 9

Traumwelt 13
Schaftgewicht 57
Tagebücher 87
Yachtclub 121
Kriminalstatistik 159
Todsünden 187
Familiendramen 195
Zufahrt 247
Physio 297

Traumwelt

Mitternacht war schon lange vergangen. Die Insel lag wie ein Schatten im See, umgeben von Finsternis und nächtlicher Einsamkeit. Aus nur wenigen Fenstern drang noch Licht hinaus in das Dunkel, und in den Bäumen und Sträuchern hing noch die Kälte der vergangenen Wochen. Die Schatten der Türme von St. Stephan und Stiftskirche wachten über den Dächern der Insel, während draußen vor den Ufermauern kleine Wellen nervös über die Kiesufer rauschten und im Gestein verebbten. Manchmal schienen helle Schaumkronen in der nächtlichen Schwärze auf, und ihr Zischen füllte die Nacht mit einem Anflug von Besorgnis.

In einem der alten Häuser am Paradiesplatz ging in einem der Fenster unter dem Dach plötzlich das Licht an. Ein Mann trat ans Fenster, wodurch er den Lichtschein wieder fortnahm und als schwarzer, regungsloser Schatten erschien. Er blickte hinunter auf den Platz, wo gerade eine Katze um die Ecke huschte und im dunklen Schlund der Grub verschwand. Ganz aus der Nähe schrie durchdringend ein Käuzchen.

Lange blieb die Gestalt so am Fenster stehen. Schwere umgab sie. Nach einiger Zeit verschwand sie schließlich wieder, und die Lichtstrahlen stachen wie zuvor in die Schwärze der Nacht.

Niedergeschlagen hatte sich der Mann an den Tisch gesetzt, auf dem ein Glas Wasser stand. Einige Wassertropfen schimmerten auf der alten Wachsdecke. Das Ticken der Uhr schlug in seine Einsamkeit, und er sah traurig hinüber zum Fenster, in dem sich die ärmliche Einrichtung der kleinen Mansardenwohnung zerrissen in den Scheiben spiegelte. Er trank einen Schluck Wasser. Einer seiner Träume hatte ihn wieder einmal gequält und schließlich aufgeweckt; ein Traum, der von Mal zu Mal wiederkam und dessen Handlung nur in Details variierte: eine Autofahrt in der Nacht, einer Nacht wie dieser, durch eine Landschaft ohne Leben, voller kahler Bäume, die im vorbeiblitzenden Lichtkegel der Scheinwerfer auflebten wie Wesen. Er ist alleine im Fahrzeug, hält das Steuer fest umklammert, fest, so fest, dass seine Hände davon schmerzen. Rasend geht es durch die Nacht, dem Rohrach zu, die Reifen quietschen. Ohne jede Lenkbewegung nimmt das Fahrzeug die Kurven. Böschung, Sträucher, Felsen – sie fliegen vorbei; eine letzte Kurve und eine Gerade noch, bevor es hinuntergeht nach Niederstaufen. Er rast dahin, der Motor heult, und immer wieder diese Müdigkeit, an dieser einen Stelle. Diese Müdigkeit. Er wehrt sich dagegen, doch das Dunkel wird schwärzer und schwärzer; das Licht der Scheinwerfer, es verliert sein Strahlen, wird matt, gelblich. Er will nach links halten, damit das Fahrzeug auf der Straße bleibt, doch es ist so wohlig schön, zu schlafen, sich ins Weiche fallen zu lassen … Krachen, schreckliches Krachen weckt ihn und ein unvorstellbarer Schwindel. Dann: – aufwachen.

Seine Frau hatte ihm einmal einen Spruch aus einem ihrer vielen Bücher vorgelesen: *Wer im Dunkeln sitzt, zündet sich einen Traum an.* Ausgerechnet das hatte er sich gemerkt. Und nun erlebte er, wie wenig er etwas anzünden musste, um zu träumen. Als der Traum die ersten Male auftrat, war ihm beim Aufwachen vor Schwindel derart übel, dass er nur auf allen Vieren zur Toilette kriechen konnte. Seine Frau hatte ihm dabei geholfen. Seit er aber alleine war, mit der kaputten Schulter noch dazu, stellte er sich vorsichtshalber einen Eimer ans Bett.

Dieser Traum – er war inzwischen seltener geworden,

doch kam immer noch mit diesem heftigen Impuls, als packte jemand zu und rüttelte ihn. Er trank das Glas Wasser aus, löschte das Licht und legte sich wieder ins Bett.

Ganz im Westen zeigte sich ein dünner Lichtstreif. In den Appenzeller Hügeln leuchteten die ersten Lichter auf. Bald würde ein warmer Sonnenstrahl das Ufer nachzeichnen. So sehr ihn die Träume auch entkräfteten, schenkte ihm diese Erschöpfung doch wiederum auch einen tiefen, erholsamen Schlaf. Bevor er ganz wegdämmerte, nahm er sich noch vor, gleich am Morgen auf den Friedhof zu gehen.

*

Der Lärm der Baustelle hinter dem Haus und das Knattern der Autoreifen drunten auf dem Kopfsteinpflaster weckten ihn. Ein gewöhnlicher Tag in einer gewöhnlichen Woche unter einem grauen Märzhimmel. Er ging die Treppen hinunter und lief in die Grub, wo er in seiner alten Bäckerei bei einem neuen Bäckermeister einkaufte.

Zu Hause frühstückte er. Radio Vorarlberg spielte die Musik, die er mochte, und er lauschte den erregten Diskussionen über Tiertransporte und Schlachthöfe. Verrückt, wo die armen Viecher überall herumgekarrt wurden oder werden sollten. Als er fertig gefrühstückt hatte, überlegte er, ob es heute vielleicht mit dem Roller gehen würde, oder dem Fahrrad. Beides ausgeschlossen. Also nahm er zu Fuß den Weg über den Bahndamm, an dessen Ende er auf die Schranke stieß, an der er lange warten musste, bevor er auf den Giebelbachweg kam. Auf einer der Bänke unter den Kastanien rastete er, setzte sich umständlich hin und blickte lange auf den See. Alles lag monoton und grau. Die Bäume reckten ihre kahlen Äste in den kontrastlosen Raum. Drunten im Kiesgrund stand ein Fahrrad im seichten Wasser, umspült bis zum Tretlager. Skurril. Kunst? Dahinter sah man die Konturen der Hinteren Insel, aus deren Linienführung der Pulverturm wie ein vorzeitlicher Monolith hervortrat – alt und unverrückbar. Möwen schwangen sich über der Wasserfläche auf und schrien grell. Es roch nur ein wenig nach See. Bald würde sich diese kleine Welt mit Wärme, Geräuschen, Segeln, Dampfern und Menschen füllen.

Er setzte seinen Weg fort.

Am Friedhof angekommen schritt er gebeugt die Reihen entlang, las die Namen auf den Grabsteinen und erinnerte sich an den einen oder anderen, der da nun unter der Erde lag. Er war groß gewachsen und hatte eine athletische Statur, die auch unter der Last seines gegenwärtigen Kummers zu erkennen war.

Das Grab war noch ohne Fassung und Stein, denn den Winter über hätte es keinen Sinn gemacht, und der Steinmetz hatte eh erst wieder nach Ostern Zeit. Es wurde viel gestorben im Herbst und zu Weihnachten hin. Seine Augen blieben am morschen Häufchen hängen, das von den Blumen übrig geblieben war, die er am Valentinstag an das Grab gebracht hatte. Er lauschte seinem eigenen Atem; das beruhigte ihn.

Eine Stimme schreckte ihn aus seiner Einkehr.

»Herr Tauber?«

Er drehte sich um und gewahrte ein Stück weiter eine Frau, jünger als er, viel jünger, so Mitte vierzig schätzte er sie. Er erschrak ein wenig, denn sie sah seiner Tochter nicht unähnlich. Sie konnte erst in den letzten Minuten gekommen sein. Was sie so früh hier nur wollte? Und – litt sie ähnlich wie er?

Sie kannte ihn mit Namen, doch ihr Gesicht sagte ihm nichts – kein Name tauchte vor ihm auf, den er mit ihr in Verbindung hätte bringen können. So schön sie auch war, blickte er doch in ein fahles Gesicht und in matte Augen, hinter denen Erschöpfung lag. Mit vorsichtigen, tastenden Schritten kam sie auf ihn zu und lächelte zurückhaltend.

»Grüß Gott, Herr Tauber«, sagte sie noch einmal.

Er schüttelte ihre ausgestreckte Hand und suchte immer noch nach einem Namen. Sie erlöste ihn, stellte sich vor und flüsterte: »Lange her, dass wir uns gesehen haben.« Ihr Blick ging zum Grab, dann zu ihm. »Sie stehen ja ganz krumm da«, sagte sie besorgt. Er hob den Kopf, und sein Lachen war nur ein dumpfer Laut.

»Oh ja, manchmal macht einen das Leben ganz schön krumm. Die Schulter, die Schulter. Die ist nun wirklich kaputt und frisch operiert. Ich muss noch aufpassen drauf.«

»Mhm. Schulter, … eine langwierige Angelegenheit. Und das Grab … ihre Frau?«

Tauber blickte zum hölzernen Grabkreuz, als müsste er anhand des eingebrannten Namens kontrollieren, ob er auch am richtigen Erdhügel stehe. *Hedwig Tauber* las er da. Ja, hier war er richtig.

»Mhm«, murmelte er. Ohne zu wissen, weshalb, begann er, zu erzählen: »Weihnachten hat sie noch mal haben können, und gleich im neuen Jahr ist sie dann gestorben … hat es nicht mehr ertragen, nach so einem langen Leben voller Arbeit alles zu verlieren … alles zu verlieren«, wiederholte er die letzten Worte. »Sie hat es nicht mehr ausgehalten«, fuhr er fort, »… die Blicke, die Fragen, vielleicht auch die Häme von einigen. Alles zu verlieren – und ohne Schuld, ganz ohne Schuld. Das hat sie ins Grab gebracht.«

Er wendete seinen Blick von der Frau ab und sah wieder auf das Holzkreuz.

»Ja, ich habe davon gehört. Das tut mir leid«, sagte die Frau. »Sie wohnen jetzt auf der Insel, nicht wahr? Ich habe Sie schon ein paar Mal dort gesehen.«

»Ja, auf der Insel«, sagte er betrübt vor sich hin. »Als das Haus versteigert worden ist, mussten wir ja schauen, wo wir unterkommen, und ich wollte auf der Insel bleiben … und da war dann diese kleine Wohnung, die frei war und die wir gleich genommen haben. Auch so eine Umstellung, wenn man eine Altane gewohnt ist und den blauen Himmel über sich und den See rundherum …« Er sah wieder zum Kreuz. »… Es hat sie umgebracht.«

Ein Rabe kam angeflogen und hockte sich auf einen der ausladenden Äste des großen Lebensbaums, von wo er gehässig und laut in den tristen Tag krähte, als wolle er Taubers Worte belachen. Der stand nun wieder schweigend da, blickte auf das Grab und wendete sich der Fremden auch nicht mehr zu. Die blieb noch einen Augenblick neben ihm stehen und verabschiedete sich dann stumm, indem sie ihren Kopf anteilnehmend senkte – eine Geste, die man heutzutage nicht mehr oft sah. Zu viel hatte er heute schon geredet, ohne es im Grunde gewollt zu haben. Und wenn er auch jetzt ihren Namen kannte, wusste er letztlich ja immer noch nicht, wer sie eigentlich war. Ihr Mädchenname hätte ihm vielleicht mehr gesagt.

Er beugte sich noch einmal hinunter, strich über die Graberde und ging anschließend ein wenig aufrechter, als er gekommen war, nach Hause. Sein Weg führte ihn an dem Grab vorbei, an dem die Frau gestanden hatte; er las die Inschrift.

»Ah … ah ja«, flüsterte er leise, »jaja … auch so eine Familie.«

Seine Schulter meldete sich wieder mit den zehrenden Schmerzen. Gebeugt und mit bedächtigen Schritten ließ er seine Tritte im Kies knirschen und bog um die Ecke. Und da stand sie wieder und winkte ihm scheu zu.

»Ihre Schulter, Herr Tauber, das gefällt mir nicht. Was machen Sie mit ihrer Schulter? Die braucht Behandlung, wissen Sie. Die braucht Behandlung, sonst wird das nichts, glauben Sie mir. Ich habe da einen Vorschlag.«

*

Über die Tage kam ein kühler Frühjahrsregen an den See – zeitweise prasselte es, dass die einzelnen Tropfen tiefe Krater in die Wasseroberfläche schlugen, dann wieder wandelte sich alles zu einem leichten Nieselregen, der wie feiner Nebel alles mit einem feuchten Schleier umgab, dabei alle Geräusche schluckte und es um die Insel herum still werden ließ. In diesem Zustand war es ausnahmslos dieser See, der sich selbst genug war und dem stillen Genügen an seinen Ufern Raum schaffte, während die Weltgeschichte in weiten und entfernten Räumen agierte. Für die, die das Wie verstanden, war es somit ein Ort, aus dem Kraft zu schöpfen war. Die Stadt gehörte in solchen Zeiten denen, die in ihr lebten, womit auch das Leben und Sterben in den Fokus des Daseins geriet, und nicht das Treiben, das während der Sommerwochen die Gassen der mittelalterlichen Inselsiedlung zu einer Staffage des Konsums werden ließ, einer Zeit des beschwingten Geldausgebens und der Ablenkung vom Innersten.

Als der Regen in einer jener Nächte Ende März schließlich unbemerkt verebbte, blieb die Stille dennoch für eine Weile erhalten. Von Abgeschiedenheit und Einkehr war droben in Aeschach am frühen Montagmorgen an diesem Tag allerdings nichts zu spüren. Lydia Naber eilte durch den Gang der Dienststelle, zog den Spurensicherungskoffer hinter sich her und balancierte die Fahrzeugpapiere in der freien Hand. Schielins Anruf hatte sie noch im Dunkel der Dienststelle erreicht, auf der sie als erste an diesem Montagmorgen angekommen war. Er wartete unten am Hafen auf ihre schnelle Unterstützung.

Gerade als sie ansetzte, mit dem linken Ellenbogen die Tür aufzubekommen, sah sie durch die Milchglasscheibe draußen einen Schatten. Sie trat einen Schritt zurück und gleich darauf stand Gommi vor ihr.

»Guten Morgen, Schatzi!«, begrüßte sie ihn. »Dich schickt der Himmel!« Sie drehte ihm die linke Seite zu. »Hier, nimm die Fahrzeugpapiere, du musst mich fahren.« Gommi schaute überrascht. »Komm!«, setzte sie ungnädig hinzu und schob ihn in Richtung Treppe. »Unser Eselflüsterer wartet schon.«

»Wohin soll ich dich denn fahren?«

»Runter zum Hafen, vorne am Finanzamt vorbei, bis zu den Stufen zur Löwenmole. Die restlichen Schritte schaff ich dann alleine.«

Am Auto angekommen fingerte Gommi am Blaulicht.

»Ach lass das doch für die paar Meter. Ist doch eh kaum jemand unterwegs so früh«, meckerte Lydia ungeduldig.

Er schmiss das Blaulicht auf die Rückbank und fuhr los. Vorsichtig rollte er zum Aeschacher Knoten, durch die Kreisverkehre und vorbei an der Metzgerei Schmieger, wo schon Licht brannte. Er schwieg konzentriert. Lydia rutschte unruhig auf ihrem Sitz herum und giftete ihn an: »So, jetzt drück mal auf die Tube, Gommi, wir sind hier nicht beim Betriebsausflug!«

Sie fingerte am Funkgerät herum, und gleich waren die blechernen Stimmen mit ihren nüchternen Durchsagen im Wagen zu hören.

»Was ist denn da unten eigentlich passiert?«, fragte Gommi. »Da kann doch noch nicht viel los sein zu der Zeit.«

»Was passiert ist, wissen wir noch nicht, aber auf der Löwenmole liegt ein Toter. Monsieur Schielin hatte übers Wochenende Bereitschaft, und sie haben ihn heute Morgen angerufen. Das ganze Wochenende hatte er Ruhe, nicht ein Einsatz, stell dir vor. Erst jetzt am Montagmorgen – so was nennt man timing!«

»Ein Toter … auf der Löwenmole«, wiederholte Gommi.

»Ja«, entgegnete sie nüchtern, »und so, wie es aussieht, hat man ihn auf indianische Weise erlegt.«

Gommi schwieg schockiert. Was war denn bitte damit gemeint? Hatte man den Toten etwa skalpiert? Er schluckte und traute sich nicht, nachzufragen.

Sie unterfuhren die Bahnlinie – noch immer ein ungewohntes Gefühl, dachte sie, auf so einfache Weise auf die Insel zu gelangen, vor allem, wenn man ein halbes Leben lang an der Schranke gestanden und gewartet hatte. Es dauerte eben seine Zeit, sich an Veränderungen zu gewöhnen, selbst wenn sie von Vorteil waren.

Auf der Seebrücke traute sich Gommi endlich nach dem Toten zu fragen: »Was meinst du denn mit *indianisch*?«

»Pfeil und Bogen«, lautete ihre lakonische Antwort.

»Pfeil und Bogen!?«, entfuhr es ihm. Er sah sie erschrocken an. Versehentlich gab er Gas und raste auf den engen Kreisverkehr an der Heidenmauer zu.

»Bremsen, Gommi, bremsen«, wies sie ihn ruhig an und erklärte: »Ja. Es steckt wohl ein Pfeil in dem Kerl, aber mehr weiß ich auch noch nicht. Wir werden es ja gleich sehen.«

Im Osten waberte ein fahles Licht und ihre Blicke landeten unwillkürlich bei der Trauerweide auf der Insel Hoy, deren kahles Gerippe bis weit hinab zum Wasser reichte –

ein dieser morgendlichen Konstellation angemessener Anblick.

»Was meinst du eigentlich mit *wir*?«, fragte Gommi. Er hatte einen feinen Schweißfilm auf der Stirn.

»Links ... links, Mensch!«, schimpfte Lydia und wies auf die Durchfahrt in der Mauer. »Wo willst du denn hin, in die Schönheitsfarm vom Nasendokotor, oder was?! Schaden könnte es dir jedenfalls nicht.«

Gommi bremste absichtlich hart und schwenkte wie befohlen abrupt nach links. Es ratterte laut, als er über das Kopfsteinpflaster am Alten Schulplatz preschte, weiter durch die Engstelle an der Cramergasse, vorbei an den beiden Kirchen und hinunter zum Brettermarkt. Lydia Naber dirigierte ihn.

»Da vorne, vor dem Hauptzollamt links rein und weiter geradeaus vor.«

Auf Höhe des Finanzamts stand ein Streifenwagen quer. Eine Kollegin lehnte an der Wagenseite, sah ihnen prüfend entgegen und ließ sie durchfahren, als sie die beiden erkannt hatte. Ihre ausgestreckte Hand wies zur Hafeneinfahrt.

»Da hinten ist es, direkt auf den Treppen unter dem Löwen«, rief sie ihnen zu. Vorne an den Stufen hielten sie an.

»Gommi, du wartest hier, klar!?«

Er nickte und sah beunruhigt um sich.

Im Schatten des mächtigen Löwen wartete Conrad Schielin. Neben ihm stand ein uniformierter Kollege. Schielin deutete auf Lydias Rollkoffer.

»Prima ... du hast schon alles dabei. Inzwischen ist es ja auch ein wenig heller geworden, da erkennt man schon mehr. Obwohl ... diese neumodischen LED-Lampen sind ja derart hell und grell, irgendwie sieht man damit vor lauter Licht auch nix.«

Lydia holte zwei schmale Taschen hervor und zog die hellen Kunststoff-Overalls heraus, die sie schnell überstreiften. So gingen sie die letzten paar Meter bis zum Löwenpodest.

Ein morgendlicher Wind frischte ab und an auf, doch der See blieb davon unbeeindruckt, wie schlafend lag er da, und von weit drüben flimmerten die ersten Lichter von Bregenz, Hard und Fußach herüber.

»Ich habe ihn nicht angerührt, nur einmal kurz die Haut befühlt … schon abgekühlt, fand ich.«

Lydia sah angestrengt nach vorne, konnte aber noch nichts erkennen. Erst als sie direkt vor den Stufen des Podests standen, sah sie die Beine des Toten, die schlaff über den oberen Stufen hingen. Schielin schaltete eine der Lampen ein und beleuchtete die Szene. Schritt für Schritt gingen sie die Stufen nach oben.

»Bei der ersten Absuche ist mir nichts aufgefallen, keine Spuren, keine Gegenstände. Nur oben am Umgang, da liegt noch ein dritter Pfeil.«

Lydia sah auf den Körper, der nun vor ihr lag: ein Mann, auf den ersten Blick hätte man meinen können, er wäre ausgerutscht und würde gleich wieder aufstehen. Erst der zweite Blick offenbarte die ganze Dramatik. Zwei Pfeile steckten in seinem Körper, und die roten Federn am Schaftende leuchteten grell im künstlich-kalten Licht der Lampen. Der Schaft eines Pfeils ragte aus dem Leib, und ein zweiter steckte im Hals, direkt hinter dem Kehlkopf. Sie drehte sich um und sah Schielin mit großen Augen an.

»Das gibt's doch nicht!«

»Genau das dachte ich mir auch, als ich vorhin hier stand.«

In einiger Entfernung zur Hafeneinfahrt patrouillierte bereits die Wasserschutzpolizei mit dem *Hecht* und wartete auf die Ankunft des Tauchers, der den Bereich der Hafeneinfahrt absuchen sollte. Der Diesel des schlanken Bootes schickte ein mildes Wummern über das Wasser.

»Wer hat ihn gefunden?«, frage Lydia.

»Ein Vedder-Jacobsen.«

»Fetter Jakobsen?«, wiederholte sie fragend.

Schielin ächzte.

»Nein, ah nein ... es ist ein Doppelname ... gewöhn dir den Spaß mit dem Namen gar nicht erst an. Er buchstabierte gekonnt schnell und ergänzte: »Er hat einen Doktortitel.«

»Oh, Doktor Vedder-Jacobsen, das klingt irgendwie nach Doktor Müller-Lüdenscheid«, amüsierte sich Lydia.

Sie fotografierte den Tatort und fragte: »Wann genau hat ihn dieser Doktor denn gefunden?«

»Gegen halb sechs. Er hat unverzüglich zum Handy gegriffen und die eins, eins, null gewählt. Der Notruf ging um fünf Uhr sechsunddreißig ein. Eine halbe Stunde später war ich hier. Kimmel habe ich schon erreicht, und Wenzel auch.« Er machte einige Schritte zur Seite und sah hinüber in Richtung Römerbad. »Der müsste eigentlich schon da sein und auch den Arzt mitbringen.«

»Und was machte der Doppelname zu dieser Zeit hier draußen? Ist doch eine Sackgasse, und zu sehen gibt es hier auch nichts«, fragte sie, während sie auf den Stufen kniete und den Toten genauer inspizierte.

»Morgenspaziergang ... macht er jeden Tag, um Inspiration zu finden. Jedenfalls hat er das so gesagt.«

»Mhm ... Inspiration ... ein Doktor ... na hoffentlich ist er kein Mediziner.«

»Komponist.«

Lydia unterbrach ihre Nachschau und sah auf.

»Vedder-Jacobsen, Doktor, Komponist, Morgenspaziergang vor sechs Uhr bei Scheißwetter – zur Inspiration. Das klingt nicht unbedingt nach Standard.«

Schielin wies zum Toten.

»Das hier ist auch weit vom Standard entfernt. Der Herr Komponist war ziemlich durch den Wind. Ich habe ihn heimfahren lassen. Wir werden ihn im Lauf des Tages noch eingehend befragen.«

Lydia sah auf.

»Du hast ihn heimfahren lassen?«

»Keine Sorge. Ich habe seinen Mantel dabehalten wegen eventueller Spuren. Liegt im Streifenfahrzeug in einer Asservatentüte. Er wohnt hier auf der Insel – Hofstatt.«

Sie verzog das Gesicht.

»Uhh, davon war er sicher nicht angetan … ich meine, hat er kapiert, dass du ihn als Verdächtigen behandelt hast?«

»Ja, irgendwie schon.«

Schielin wies mit dem Kopf auf den Toten.

»Was sagst du dazu?«

Lydia Naber bewegte sich vorsichtig um die Leiche herum, hob den schlaffen Arm an und beugte sich ganz hinunter, um zu kontrollieren, ob vielleicht etwas unter der Leiche läge.

»Mhm, was soll ich dazu sagen? Die zwei Pfeile sprechen eine deutliche Sprache … dem Einschusswinkel nach wurde unten von der Molenmauer aus geschossen … ich vermute, sehr schnell hintereinander, denn der Winkel hat sich nicht wesentlich verändert … nach dem ersten Treffer hat er sich vermutlich eingedreht. So wie der daliegt, war er schon die erste Stufe hinuntergegangen – könnte auf dem Rückweg gewesen sein, und der Schütze hat da unten auf ihn gewartet. Sieht zumindest so aus.« Sie kniete sich am Kopf der Leiche nieder. »Gepflegtes Äußeres, rasiert, Kurzhaarschnitt, ich würde ihn auf Mitte, Ende vierzig schätzen, schlank, sportlich und gebräunt … tief gebräunt, und wenn ich das unter diesen Lichtverhältnissen richtig einschätze, stammt das nicht aus dem Sonnenstudio. Der ist nicht von hier.« Ihr Blick fuhr über den Toten. »Sneakers, keine Strümpfe, Jeans, Levis 501, T-Shirt, Sweatshirt, Softshell-jacke, Swatch, kein Ehering, auch kein abgenommener, äußerlich kein Pearcing erkennbar, keine Tattoos im sicht-baren Bereich ... schaut so gar nicht nach Raub aus.« Sie legte vorsichtig ihren oberen Ring- und Mittelfinger an die freie Stelle des Halses unter dem Ohr des Mannes. »Merk-liche Abkühlung, aber die Haut ist noch geschmeidig. So lange ist das also noch nicht her, und über Nacht hat er hier keinesfalls gelegen, sonst wäre seine Kleidung ja auch nass, und außerdem ist noch kein Tierfraß zu sehen. Das wundert mich eigentlich, denn die Möwen wären doch eigentlich sofort über ihn hergefallen und hätten sich zuallererst die Augen vorgenommen, danach die Lippen und dann die Ohren. Er kann noch nicht lange tot sein. Bei den Außen-temperaturen geht die Hauttemperatur ziemlich schnell runter.«

Schielin zuckte mit den Schultern und sah hinüber ins Rheintal.

»Es ist noch zu früh am Tag gewesen für Möwen und Raben, und der Tote hier war um einiges zeitiger unterwegs als unser Komponist. Was er wohl nur im Dunkeln an dieser einsamen Stelle hier wollte? Hier gibt's ja wirklich nichts zu sehen, nichts, aber auch gar nichts. Na ja. Wenn der Arzt da ist, können wir den Todeszeitpunkt genauer bestimmen.«

Lydia stöhnte leise, während sie sich aufrichtete, und fer-tigte ein paar Detailaufnahmen an. Danach diktierte sie einen ersten Spurenbericht in ihr Smartphone.

Schielin wies in Richtung Leuchtturm.

»Da hinten liegt der dritte Pfeil. Einmal hat der Schütze demnach sicher daneben geschossen. Vielleicht finden wir im Wasser ja noch weitere Pfeile.«

Lydia kniete sich wieder neben den Toten.

»Aber die zwei Mal haben gesessen«, entgegnete sie und drehte vorsichtig den Kopf des Toten zur Seite. »Boah!«, entfuhr es ihr angewidert.

»Was ist?«, fragte Schielin.

»Der Pfeil hat den Hals vollständig durchbohrt und schaut hinten wieder raus. Eklig! Sieht brutal aus, diese Spitze.«

Nun tastete sie vorsichtig jene Bereiche des Körpers ab, wo sich Taschen in der Kleidung befanden. Im Brustbereich erfühlte sie einen Gegenstand unter dem dünnen Funktionsstoff.

»Scheint so, als wäre da ein Geldbeutel drin. Will mal sehen, ob ich da rankomme, ohne ihn zu drehen.« Vorsichtig zog sie den Reißverschluss nach unten. Es klappte. Ein schmales Ledertäschchen kam zum Vorschein. Schielin leuchtete ihr, während sie den Inhalt überprüfte. »Mhm, zwei Kreditkarten … eine Mastercard und eine American Express … beide gültig und ausgestellt auf Martin Boone.«

Sie sah fragend zu Schielin. Der schüttelte den Kopf. Ihm sagte der Name nichts.

Sie gingen weiter ihrer Arbeit nach, untersuchten das fernere Umfeld, stellten Markierungstafeln auf, fotografierten, protokollierten die Liegeposition der Leiche und die des dritten Pfeils und suchten anschließend Zentimeter für Zentimeter des Rundlaufs um den Löwen ab, der löwenhaft gelassen und stolz über ihnen thronte und herrisch und mit großer Gewissheit hinaus auf den See blickte wie seit je.

»Sei vorsichtig! Diese Pfeilspitzen sind rasiermesserscharf«, warnte Schielin Lydia, die gerade den im Umlauf liegenden dritten Pfeil in einer Plastiktüte sichern wollte.

»Ja, ja, keine Sorge, ich pass schon auf, aber leuchte mal direkt drauf.« Schielin richtete den Schein der Lampe genau auf den Pfeil. »Wenn mich nicht alles täuscht, ist das Blut«,

27

mutmaßte Lydia auf die Pfeilspitze und den Schaft deutend. Schielin kniete sich neben sie und betrachtete den Pfeil mit zusammengekniffenen Augen.

»Du hast recht. Das ist Blut.«

Sie packte den Pfeil vorsichtig ein und legte von außen ein Tuch um die scharfe Pfeilspitze, das sie mit Klebeband fixierte.

»Ich geh mal rüber zum Leuchtturm … wäre gut, wenn wir da reinkämen, denn von da oben hätten wir quasi Luftaufnahmen vom Tatort.«

»Habe ich schon veranlasst. Die Einsatzzentrale meinte, von den Stadtwerken wäre bereits jemand mit dem Schlüssel unterwegs.«

»Perfekt, ich packs dann.«

Vorne an der Römerschanze wurde Lydia enthusiastisch von Gommi empfangen, der Richtung Seemauer deutete.

»Genau hier ist einer der dreiundsechzig geodätischen Referenzpunkte Bayerns … wusstest du das?«

Sie antwortete ungnädig: »Und weißt du, dass da vorne eine Leiche mit zwei Pfeilen im Körper liegt und der Arzt gleich einen Gehilfen bei der rektalen Temperaturmessung braucht? Ich rate dir also: Lade den Koffer und die Spurenträger ein und fahre sie zur Dienststelle. Ich komme später nach.«

Sie nahm den Fotoapparat mit und ging den weiten Weg entlang des Hafenbeckens, wobei sie immer wieder ihre Augen auf die Zweisamkeit von Löwe und Leuchtturm richtete. Auf Höhe der Eilguthalle angekommen sah sie, wie Wenzel zusammen mit dem Arzt am Löwenpodest stand. Sie winkte hinüber, doch die beiden waren völlig auf die Szene an der Treppe fixiert. Martin Boone, repetierte sie. Ein schöner Tod sah anders aus.

Am Eingang zum Leuchtturm wartete bereits ein Mann

im Blaumann, der keine Fragen stellte, ihr ohne weitere Worte die Schlüssel aushändigte und sichtlich froh war, gleich wieder gehen zu können. Sie stieg die enge Treppe empor, öffnete oben den schmalen Verschlag und trat hinaus an das Geländer. Inzwischen hatte die Morgenbrise das Wolkengrau zusehends durcheinandergewirbelt, und die Sonne, die zuvor hinter den Bergen im Osten versteckt lag, nutzte die Wolkenschlitze und durchströmte den jungen Tag mit diffusem Licht. Zeit, um kräftig Atem zu holen und sich zusätzlich an dem Blick über die Dächer hinweg zu beruhigen. Friedlich lag die Insel unter ihr, und die Aussicht zur Seeseite hinüber ins Rheintal fesselte sie zusehends. Weite, Stille und Ewigkeit – ein Ort, an dem man den Toten, der nur dreißig Meter unter ihr lag, beinahe hätte vergessen können.

Sie riss sich von der schwermütigen Anwandlung los und ging wieder ihrer Arbeit nach, filmte, fotografierte und diktierte, währenddessen sie verfolgte, wie der dunkle Kombi der Bestatter langsam den Weg entlang des Hafenbeckens rollte und zwei Gestalten einen Zinksarg über die Mole trugen. Sie fragte sich, warum sie nicht einfach einen der neuen Leichensäcke nahmen, aber vielleicht hatte Schielin ja Gründe dafür.

Achtsam stieg sie die Stufenspirale wieder hinunter. Vom Bahnhof her drang das laute Quietschen eines Zuges bis in den Hafen und übertönte für einen Moment das Geschrei der Möwen, die inzwischen wach geworden waren. Dort, wo die Reihe der Hotels begann, lehnte sie sich gegen das kantige Eisengeländer des Hafenbeckens und verfolgte das Geschehen drüben auf der Löwenmole. Der Wind hatte aufgefrischt, und eine starke Brise pfiff nun kühl von der Eilguthalle herüber und brachte zu ihrer Überraschung einen feinen Nieselregen mit. Hinter ihr schimmerten die großen, goldenen Lettern *Bayerischer Hof* in das Morgengrau, während nur wenige Meter entfernt der Bahnhof verrottete und über die Balustraden seiner einst pompösen Galerien der Müll der Wegwerfgastronomie quoll. Gegenüber, am Podest des Löwen, war die römische Jahreszahl deutlich zu entziffern: MDCCCLXVI. Die Scheinwerfer und das Positionslicht der Hafeneinfahrt leuchteten inzwischen nicht mehr, und die Uhr am Leuchtturm zeigte zehn Minuten nach acht. Die Löwenmole erschien aus der Distanz weitaus filigraner und verlor die Wuchtigkeit, die ihr doch innewohnte.

Lydia überlegte, ob es nicht besser sei, im Corner Café erst einmal einen Kaffee zu trinken und sich an dem Bildschirm zu erwärmen, auf dem ein Kaminfeuer die immer gleichen Scheiter verbrannte.

Wenzel hatte ihr gerade von drüben zugewunken und damit signalisiert, dass er gleich kommen wollte. Sie zog die Kapuze ihres Anoraks weit nach vorne, und bald fielen feine Tropfen von deren Rand zu Boden. Es begann sie zu frösteln, was nicht nur am Wetter lag.

Nur wenige Leute waren an diesem nassen Montagmorgen auf den Beinen. Ein paar Lieferfahrzeuge hatten in der Zwischenzeit die Hotels am Hafen angefahren, und der Postbote war mit seinem Elektrorad eben an ihr vorbeigesurrt. Ansonsten kamen einige Eilige auf dem Weg zum Bahnhof vorbei – nichts Auffälliges eben. Dann war Wenzel endlich da. Auch er hatte den Anorak fest zugeschnürt und knurrte: »So ein Sackwetter, oder? Erst die Kälte, die kein Ende nehmen will, und nun seit Wochen diese modrige Seuche.«

Ja, es war ein unangenehmes Gemisch aus feinem Nieselregen und böigem Wind, der immer wieder seine Richtung wechselte und einem auf feuchte Weise das Kalte und Kühle in den Körper wehte. Niemand mochte so etwas an einem See, der eigentlich Sommerglück verhieß.

Sie beließ es bei einem halbherzig zustimmenden Mhm und beobachtete die Hafeneinfahrt, durch die das Boot der Wasserschutzpolizei gerade langsam in den Hafen glitt. Die Taucher waren inzwischen an Bord und richteten ihre Ausrüstung. Drüben in der Mauernische zum Römerbad stand immer noch der Leichenwagen.

»Drüben ist alles so weit erledigt. Conrad wartet noch, bis sie die Leiche abtransportiert haben. Wir haben alles abgesucht, auch droben auf der neuen Galerie zum Römerbad hin, herrlicher Ausblick von dort … aber da war auch nichts weiter zu finden – null Spuren. Wäre zwar ne prima Deckung gewesen und freies Schußfeld zudem, aber viel zu weit entfernt – sicher über fünfzig Meter. Das funktioniert mit einem Bogen nicht und schon gar nicht bei den Lichtverhältnissen … es muss ja noch fast vollständig dunkel gewesen sein zur Tatzeit.«

Wenzel überlegte, wann er zuletzt am Hafen gewesen war, und musste weit zurückgehen in den Winter. Hafenweihnacht … zur Hafenweihnacht hatten sie sich mit Freunden aus dem Allgäu getroffen, richtig. Schon wieder lange her.

»Mhm«, blieb Lydia einsilbig und ließ ihren Blick nicht vom Löwen ab.

»Sowas hatten wir auch noch nicht, also ich jedenfalls nicht … du vielleicht?«, fragte Wenzel.

Sie schüttelte den Kopf unter ihrer Kapuze, und die Tropfenreihe, die sich am Rand gesammelt hatte, fiel ab.

»Ne, nichts annähernd Vergleichbares … vor ein paar Jahren die Leiche hinter der Holzwand vielleicht … drau-

ßen in Heimesreutin ... aber so offen mit Pfeilen nieder-
gestreckt, nein. Das ist schon ein Ding. Ihr ward mit allem
fertig?«

»Ja«, antwortete er, während sein Blick dem *Hecht* folgte.
»Es war ja nicht viel. Kein Tatort, der einem große Arbeit
macht. In einer Stunde wird man nichts mehr sehen. Die
Bestatter haben das wenige Blut mit ein paar Eimern Wasser
weggespült.«

Lydia wies mit einer kurzen Bewegung des Kopfes nach
hinten.

»Café im Corner?«

Er drehte sich um. Es war zwar noch geschlossen, doch
brannte schon Licht und sah einladend aus.

»Meinetwegen, wenn sie uns reinlassen?«

Einer der Kellner stand an der Scheibe und sah hinüber
zum Löwen. Er sperrte die Tür auf und ließ die beiden
rein. Von der ersten Reihe hinter den Fensterscheiben hatte
man einen herrlichen Blick hinüber zur Löwenmole, wo
inzwischen niemand mehr zu sehen war. Der *Hecht*
tuckerte quer durch das Hafenbecken in Richtung Mangturm.

Lydia fragte: »Und, was meinst du?«

Er blickte auf seine Kaffeetasse.

»Tja, was soll ich dazu sagen ... eine krasse Nummer
eben.«

»Allerdings. Was hat dieser Boone bloß so früh am Morgen und bei derart miesem Wetter da draußen gewollt? Zu
sehen gibt's da nichts ... liegt doch dann nur nahe, dass er
sich da mit jemandem getroffen hat.«

»Na ja. Es waren ja schon Leute unterwegs ... dieser
Komponist, der ihn gefunden hat, zum Beispiel.«

»Den schauen wir uns heute noch genauer an«, meinte

sie. »Bin mal gespannt, was das für ein Typ ist. Komponist – ist ja eher selten, der Beruf.«

»Hast du die Fotos grad da?«, fragte Wenzel.

»Ja, klar.«

Sie holte das Tablet aus der Tasche und schob es ihm wortlos hin. Er scrollte durch die Fotoserie. Die erste Aufnahme zeigte die Mole in Richtung des Löwenpodests. Auf der Treppe lag eine Gestalt. Doch erst in der folgenden Aufnahme erkannte man, was so eigenwillig war: der Pfeil mit der roten Federspitze am Schaftende und der Pfeil, der im Hals steckte. Wenzel zoomte die einzelnen Bereiche groß.

»Drei Pfeile insgesamt also. Vielleicht finden die Taucher ja wirklich noch welche im Wasser. Der Arzt hat gar nichts weiter dazu gesagt … nur, dass der Halstreffer auf der Stelle tödlich gewesen sei. Mal schauen, welche Überraschungen die Obduktion so bringt.«

Er sah auf.

»Was bist du eigentlich so einsilbig heute … alles in Ordnung mit dir?« Lydia beschwichtigte ihn.

»Jaja, alles okay. Ich versuche mir nur die ganze Zeit vorzustellen, wie das stattgefunden hat. Allem Anschein nach hat er oben auf dem Podest gestanden, und der Schütze hat von der Mole aus geschossen.«

»Ja, das beschäftigt mich auch. Die Pfeile kamen in jedem Fall von unten. Sobald die in der Rechtsmedizin den Winkel eingemessen haben, werden wir den Standort des Schützen genauer bestimmen können.«

Lydia presste die Lippen aufeinander.

»Und das bei der Dunkelheit. Ich frage mich, wie das gegangen sein soll. Wer auch immer da mit Pfeil und Bogen unterwegs war, muss ein exzellenter Schütze sein. Der erste Treffer könnte der unter den Rippenbogen gewesen sein, da blieb er noch stehen, und der zweite in den Hals, der hat

33

ihn dann zu Boden geworfen. Auf dem dritten Pfeil war vollständig Blut am Schaft, was auf einen Durchschuss hindeutet. Ich habe aber bei dem schlechten Licht keinen Einschuss in der Kleidung entdecken können. Da müssen wir wirklich auf die Rechtsmedizin warten. Hoffentlich dreht da nicht ein Bogenschütze durch, der ein Computerspiel in die Realität umsetzen will.«

Wenzel sah auf.

»Ein interessanter Gedanke, und gar nicht so unwahrscheinlich. Wie hieß dieser Film noch mal …«, er überlegte, »*Die Tribute … Die Tribute von Panem*, genau! Da war diese Bogenschützin unterwegs. Interessanter Ansatz … Computerspiel … wie kommst du auf so was?«

»Mein kleiner Pascha spielt so Zeugs. Zum Plärren, aber so ist es nun mal.«

Wenzel legte das Tablet zur Seite und sah wieder hinaus auf den Hafen.

»Wegen der Dunkelheit … vorstellen könnte ich mir das schon. Der Schütze unten auf der Mole und der Boone oben auf dem Podest. Da hat er sich doch gegen den etwas helleren Hintergrund abgehoben, mindestens mit der Kontur seines Oberkörpers. Das ist dann wie beim Schießen auf diese schwarzen Mannscheiben: kein Gesicht, keine Regung, nichts Menschliches – nur Kontur, Schüsse nur auf eine Kontur, nicht auf eine Person.«

»Mhm. Dann war Boone entweder zum falschen Zeitpunkt am falschen Ort oder jemand hatte es wirklich auf ihn abgesehen, dann wäre er kein Zufallsopfer. Das wäre mir lieber, denn dann hätten wir eine echte Chance, bei einem zufälligen Opfer wohl kaum, es sei denn, der Wahnsinnige hört nicht auf. Mag gar nicht daran denken.«

Drüben am Finanzamt rollte der Leichenwagen langsam davon. Sie tranken ihren Kaffee und verfolgten das Wechselspiel aus Licht und Schatten durch die Fensterscheiben. Inzwischen war die Sonne über die Berglinie gekommen, und manchmal schlugen ihre gleißenden Strahlen durch ein Wolkenloch und tauchten die Hafenanlage in harte Kontraste. Der wechselhafte April kündigte sich bereits an. Sie zahlten, bedankten sich noch einmal für den Kaffee vor Öffnungszeit und machten sich auf den Weg zur Dienststelle, wo die erste Besprechung anstand.

*

Kimmel war sichtlich beunruhigt, als er die Fotos vom Tatort sah.

»Was soll denn das?! Was für ein Irrer ist denn da unterwegs!? Haben wir schon etwas zum Tatort selbst?«

Robert Funk stichelte: »Also zum Tatort kann man jetzt schon sagen, er wurde im Jahre 1856 neu errichtet. Der Bayerische Löwe ist ein Werk des Bildhauers Johann von Halbig, der übrigens als Jugendlicher eines Diebstahls überführt wurde und dafür öffentlich mit Rutenhieben bestraft wurde. Manchmal sehne ich mich ja nach diesen Zeiten zurück. Der Löwe ist mit seinen acht Tonnen ein echtes Schwergewicht und steht nur wenige Meter durch Wasser getrennt gegenüber des neuen Leuchtturms, dem einzigen in Bayern, was ihn somit auch zum schönsten weit und breit macht, mit der stolzen Höhe von dreiunddreißig Metern...«

Als Funk Luft holen wollte, knurrte Kimmel böse: »Bist du fertig jetzt!?«

Schielin meinte: »Na ja, im Moment kann man dazu wirklich nicht mehr sagen. Ein toter Mann namens Boone, drei

35

Pfeile, zwei davon in seinem Körper. Todeseintritt geschätzt so gegen fünf Uhr bis fünf Uhr dreißig. Es gibt einen Zeugen, der, der die Leiche gefunden hat. Zur vermuteten Tatzeit war keine klare Sicht von der Hafenseite aus zur Mole wegen dichtem Dunst. Von den Tauchern bisher keine weiteren Erkenntnisse.«

Kimmel massierte sein Kinn und sah ernst in die Runde. Schielin war immer noch ärgerlich wegen einer Auseinandersetzung mit den Bestattern. Der eine hatte grausam nach Schnaps gestunken, und der nüchterne verlangte ernsthaft, die Pfeile abzusägen oder rauszuziehen, weil sonst der Deckel vom Zinksarg nicht zuginge. Angeblich gibt es eine Vorschrift, nach der Tote nur im geschlossenen Sarg transportiert werden dürfen.

»Rechtsmedizin?«, fragte Kimmel.

»Alles in die Wege geleitet. Ich habe ihn nach München geschickt. In Ulm sind sie total voll. Es gab wohl jede Menge Suizide. Die letzte Depression zum Winterende eben, bevor das Licht wiederkommt. Wie immer halt.«

Kimmel kramte in den Papieren, die vor ihm auf dem Tisch lagen.

»Und was wissen wir über diesen ... diesen Boone? Und wie spricht man das überhaupt aus, wie *Bohne* oder englisch *Buhn*? Martin *Buhn* – könnte ja auch ein Engländer oder Ami sein.«

Schielin verneinte.

»Denke ich nicht. Die Kreditkarten sind von deutschen Banken. Im Moment wissen wir nicht viel mehr, als dass er mit zwei Pfeilen getötet worden ist. Die zwei Kreditkarten aus seiner Geldbörse werden uns aber schon dabei helfen, etwas mehr über ihn zu erfahren, aber das dauert noch. In unseren Systemen gibt es nämlich keinen Bestand über einen Martin Boone, und auch im Einwohnermeldesystem war nichts zu finden. Interessant ist auch – er hatte keinerlei Schlüssel dabei – keine Wohnungsschlüssel, keine Auto-schlüssel, nichts.«

Kimmel unterbrach Schielin, denn ihn irritierte etwas anderes als der fehlende Schlüssel.

»Wie? Im EWO gibt es keinen Bestand über ihn?«

»Mhm, nein. Vielleicht ist er ja Österreicher oder Schwei-zer und taucht deshalb nicht auf.«

Robert Funk war bei den letzten Sätzen hellhörig gewor-den und kniff die Augen zusammen.

»Moment mal … wie war der Name von dem Toten noch mal – Martin Boone?«

»Ja.«

»Mhm … Boone, Boone, Boone … das gibt's doch nicht!« Er stand auf und ging hinüber in sein Büro, von wo er um-gehend mit seinem Notizbuch wieder zurückkam. Er blieb in der Tür stehen, blätterte hastig darin und deutete erregt auf einen Eintrag. »Genau – da steht's: *Martin Bohne.*« Er sah verdutzt in die Runde. »Ich habe ihn allerdings so geschrieben wie die Bohne eben und ihn gar nicht nach der korrekten Schreibweise seines Namens gefragt. Darauf bin ich gar nicht gekommen.«

Kimmel blaffte ihn an: »Du hast mit ihm gesprochen!? Aus welchem Grund?«

»Ja, er hat mich vorgestern angerufen … also vielmehr hat er zuerst drüben bei der Trachtentruppe angeklingelt, die ihn aber gleich mit mir verbunden hat, um ihn loszuwer-den – was man weg hat, hat man weg. Es war etwas wirr, was er mir da am Telefon erzählte. Es ging um eine Anzeige, die er erstatten wollte … ein Diebstahl oder Einbruch. So recht schlau bin ich nicht daraus geworden. Jedenfalls hatten wir für heute Nachmittag einen Termin vereinbart. Der Anruf war am letzten Freitag, aber er hatte keine Zeit, gleich vorbeizukommen. Ich dachte mir noch, na wenn andere Dinge wichtiger sind, kann die Anzeige ja keine große Bedeutung für ihn haben. Er klang auch weder aufgeregt noch so, als würde er sich besonders ärgern.«

Kimmel klopfte mit den Fingerknöcheln auf dem Tisch herum.

»Ein Einbruch? Ja wo denn, wenn er hier keinen Wohnsitz hat?«

»Er hat von einer aufgebrochenen Kiste gesprochen, die er in einem Lager stehen habe ... wie gesagt, es war ein eigentümliches Telefonat.« Funk setzte sich wieder und zeigte Schielin seinen Eintrag. »Da, schau ... *emotionslos* habe ich mir notiert – *emotionslos*. Er sagte mir, am Telefon wolle er nicht darüber sprechen. Ich habe mir die übermittelte Nummer notiert: null, null, drei, vier.«

Kimmel sah ihn fragend an.

»Null, null, drei, vier?«

»Spanien«, erklärte Funk.

»Ah. Spanien. Na gut – Spanien. Und wie geht's jetzt weiter?«, richtete er sich an Schielin.

»Wir warten jetzt erst mal das Ergebnis der Taucher ab. Wir haben drei Pfeile, so verbreitet dürften die nicht sein, und es dürfte auch nicht viele Leute geben, die mit einem Bogen derart totsicher umgehen können. Da dieser Boone nicht in Deutschland gemeldet ist und eine spanische Vorwahl hat, klappern wir wohl mal die Hotels der Umgebung ab – als erstes die auf der Insel. Und dann wäre da noch dieser Doktor ... äh ...«

»Müller-Lüdenscheidt«, fiel Lydia ein.

»Ah, bring mich nicht raus ... äh ... Vedder-Jacobsen. Heute morgen war er nicht mehr in der Verfassung, eingehend befragt zu werden. Und sobald der Obduktionsbericht vorliegt, sollten wir ein paar mehr Fakten haben.

Mal sehen, was wir bis dahin über diesen Boone herausfinden können.«

»Presse?«, fragte Robert Funk.

Kimmel winkte ab. Es waren bislang nur wenige Leute mit dem exotischen Mord an der Löwenmole in Kontakt gekommen, und er hielt es vorerst für besser, keine Details weiterzugeben, worin ihm die anderen zustimmten. Ein Toter am Hafen – das reichte.

✳

Nach der Besprechung begannen die Routinearbeiten. Schielin recherchierte über Bögen und Pfeile, während Lydia die Tatortfotos zu einer digitalen Bildtafel zusammenstellte und mit den entsprechenden Bildunterschriften versah. Doch je mehr Fotos sie betrachtete, desto unzufriedener wurde sie.

»Ein beschissener Tatort ist das – ohne jede echte Spur«, schimpfte sie.

Schielin stimmte ihr mit einem etwas schwerfälligen »Jaaa« zu und holte die dünne Plastiktüte mit dem Pfeil vorsichtig aus der Asservatenkiste. Behutsam drehte er ihn ins Licht und las laut vor: »*Easten X10 Protour AC*. Sagt dir das was?«

»Nein, überhaupt nicht. Könnte heutzutage auch auf einem Wäschetrockner oder Rasierapparat stehen. Ich nehme den mal mit runter in den ED-Raum und schaue, ob sich irgendetwas daran entdecken lässt, vielleicht ein Härchen, ne Fingerspur oder gar etwas Speichel oder ne Schuppe.«

Den ganzen Vormittag lang hockte Lydia im künstlichen Licht des ED-Raumes, während sich Schielin weiter seinen Recherchen widmete. Millimeter für Millimeter drehte sie den Pfeil unter dem Mikroskop und schabte an unterschiedlichen Stellen getrocknetes Blut ab, von der Pfeilspitze, dem Schaft und sogar aus den Schaftfedern. Zweifelsfrei hatte dieser Pfeil durchblutetes Gewebe vollständig durchdrungen. Einen glatten Durchschuss würde man das nennen, wäre eine Schusswaffe im Spiel gewesen. Aber mit einem Pfeil?!

Es war gleich Mittag, doch so sehr sie sich auch bemühte, es fanden sich keine weiteren Spuren daran. Sie fragte sich unentwegt, an welcher Stelle der Pfeil wohl Boones Körper durchdrungen haben könnte. Das machte das Warten auf das Obduktionsergebnis noch weniger erträglich.

Wieder im Büro winkte Schielin sie gleich zu sich und wies auf seinen Bildschirm, auf dem ein Video lief. Eine karge und felsige Landschaft war darin zu sehen, am Horizont Buschgruppen, vereinzelte Nadelbaumgruppen und eine weite Wasserfläche – ein See. Der Boden war ausschließlich von Gras und Flechten bedeckt, und das unangenehm kratzige Rauschen der Lautsprecher zeugte von starkem Wind. Eine Frau trat ins Bild, geduckt, Hose und Jacke in militärischen Tarnfarben, die blonden Haare unter einem Bandana geordnet. Sie schlich im Schutz hüfthoher Felsen, die wie hingeworfen über der tundrahaften Landschaft verteilt lagen, an eine einzelne Hirschkuh heran, die in einer Entfernung von etwa fünfzig Metern graste. Die Jägerin hielt einen Bogen in der Hand, ein Pfeil lag auf der Sehne. Zielstrebig und geschmeidig näherte sie sich dem Tier. So wie sie vorging, machte sie das nicht zum ersten Mal.

Lydia folgte gebannt dem Film.

»Wo ist das? – Schaut aus wie Kanada oder Russland.«

»Ja, schaut so aus, ist aber in Schweden ... Stora Lulevatten ... ganz im Norden.«

Die Jägerin hatte es bis zu einem höheren Felsen geschafft

und damit auf knapp dreißig Meter an das Tier heran. Hoch-konzentriert nahm sie die Hirschkuh in den Fokus, zog langsam und gleichmäßig die Sehne ihres Bogens durch und kam so schließlich in eine stabile aufrechte Körperhaltung. Die Hirschkuh hob den Kopf, tappte einige Schritte weiter und senkte den Kopf dann wieder, während die Jägerin bewegungslos verharrte, die Pfeilspitze mitführte und dann plötzlich die Sehne schnellen ließ. Der Pfeil sauste durch die Luft. Wie eine Maschine griff ihre Rechte sogleich nach hinten, holte einen neuen Pfeil aus dem Rückenfutteral, legte ihn auf und schoss ein weiteres Mal. Ein dritter Pfeil folgte genauso schnell.

»Boa! Brutal ... ja ist die Tusse brutal!«, entfuhr es Lydia, die gar nicht erkennen konnte, ob die Hirschkuh denn nun getroffen war. Nach dem ersten Schuss hatte sie nur ein paar schnelle Schritte nach vorne getan und stand dann ruhig da.

»Welche Distanz ist das? Das sind doch sicher über drei-ßig Meter.«

»So in etwa, ja ... pass auf jetzt ... ich sehe mir das schon zum vierten Mal an.«

Die Jägerin ließ die Hand, in der der Bogen lag, nun lang-sam nach unten sinken. Gelassen ging sie auf das Tier zu, dessen Vorderbeine zitterten. Kurz bevor sie bei dem Tier ankam, brach die Hirschkuh zusammen. Der unbekannte Filmer folgte der Jägerin weiter, die an dem verendenden Tier jedoch vorbeilief. Dann wurde das Videobild wackelig und richtete sich schließlich auf den Boden, auf dem ein Pfeil lag. Er hatte grün-graue Schaftfedern.

»Glatter Durchschuss«, stellte Schielin fest. »Zwei Pfeile abgeschossen, und der erste ging glatt durch. Der zweite drang oberhalb der Vorderhüfte ein. Das ist später noch zu sehen.«

Lydia wendete sich vom Bildschirm ab.

»Mann o Mann, die Geschwindigkeit, mit der die geschossen hat, das ist ja Wahnsinn!«

»Ja, sehr dynamisch und erbarmungslos. Genauso muss
das drunten an der Löwenmole auch abgelaufen sein. Blitz-
schnell und mit einer erheblichen Portion Grausamkeit und
Entschlossenheit.«

Lydia sah wieder auf den Bildschirm.

»Heute wird wirklich alles gefilmt. Was sind denn das für
Typen?«

»Wenn man so die Quellen im Internet ansieht, handelt
es sich um eine kleine, aber überzeugte Gruppe von Jägern,
so eine Art back to the roots … es gibt übrigens auch einen
Deutschen Bogenjagdverein.«

»Bei uns, echt?«

»Ja. Und Bogenjagd wird überhaupt gerade überall angeboten: Afrika, Osteuropa, Kanada, Skandinavien … das
scheint ein echter Markt zu sein.«

»Na dann, Waidmannsheil!«

*

Am späten Nachmittag fuhren Wenzel und Lydia auf die
Insel, um den einzigen Zeugen in diesem Mordfall zu befragen. Herr Vedder-Jacobsen lebte in einer Wohnung im ab-
gelegenen Winkel *In der Hofstatt*, in dem sich in früheren
Jahrhunderten die Pferdeställe und Kutschstationen der
Insel befanden. Sie parkten verbotswidrig am Paradiesplatz. Wenzel legte eine Anhaltekelle auf den Fahrersitz,
das musste als Identifikation reichen.

Ein unnachgiebiger Wind blies seit Mittag von Nordwest
her und hatte den See in Bewegung versetzt. Die Menschen,
die in den Gassen unterwegs waren, hielten die Köpfe ein-

gezogen und beeilten sich, dem kühlen Wind zu entkommen. Ein beständiges Zischen lag über der Insel. Dunkle Wolkenbänder trieben über die Dächer hinweg in Richtung Pfänder. Jeglicher Dunst über dem Wasser war perdu, und mit ihm war auch der Anklang von Melancholie verschwunden. Die Berge im Süden ragten ohne jedes metaphysische Moment über der Wasserfläche auf, unbeeindruckt vom ständigen Wechselspiel aus Licht und Schatten.

Das Haus machte einen guten Eindruck. Durch ein enges Treppenhaus stiegen sie hinauf in den vierten Stock, wo Herr Vedder-Jacobsen sie an der Tür empfing. Aus dem etwas schummrigen Treppenhaus traten sie ein in eine lichtdurchflutete, weite Wohnung, denn dort, wo früher Türen gewesen waren, öffneten nun verbreiterte Durchgänge die Räume. Lydia begann bereits mit dem ersten Schritt in die Wohnung, alles zu scannen: gepflegt, sauber, helles Ahornparkett, mattbeige Decken ohne Stuck, gleichfarbige Wände, daran Ölgemälde. Sie sah romantische Landschaften, Stillleben mal ohne tote Hasen und Enten, die Bronzefigur einer nackten, knienden Frau auf einem der Fenstersimse. Sehr ordentlich alles, ergo: Er muss eine Putzfrau haben.

Mitten in dem großen Raum, den sie durch den Gang betraten, stand ein Stutzflügel, und selbst die Tatsache, dass auf dem Parkett drumherum alles voll Notenpapier und Partituren lag, erzeugte nicht den Eindruck von Unordnung, sondern vielmehr den chaotischer Kreativität.

Nach der Wohnung war der Komponist an der Reihe: Vedder-Jacobsen hatte eine gedrungene Statur, trug eine schlabbrige Cordhose und einen weiten Pullover, der von einem Wohlstandsbauch gestrafft wurde. Die feinen Locken des grauen Haarkranzes durften sich ausleben und reichten hinten bis weit über den Nacken. Der Künstler in ihm war der Gestalt nicht nur anzusehen, er trug diesen Habitus geradezu nach außen. Sie merkte sich: klassischer Schöngeist und Lebemann, hat nie Sport betrieben und wird es auch nie tun. An seiner Hand blinkte ein Ehering. Wo seine Frau wohl ist?

Er linste mit freundlich blickenden Augen über seine Lesebrille hinweg und leitete sie durch zwei weitere Zimmer in eine Art Teeküche.

»Für die Altane ist es heute zu kalt und zu windig«, merkte er an.

Lydia fragte sich, von wo aus man wohl auf die Altane hinaufkäme. Und gerne hätte sie auch gefragt, wie man den Flügel, auch wenn es ein kleiner war, hier herauf- und hereingebracht habe. Sie sagte: »Eine große Wohnung. Vermutet man gar nicht.«

Er bestätigte höflich und bot ihnen einen Platz an.

»Möchten Sie etwas trinken?«

Beide lehnten ab.

Er setzte sich und verlor nun seine Unbeschwertheit, wurde ernst und bedrückt.

»So etwas passiert einem ja nicht alle Tage.«

»Das ist auch gut so«, entgegnete Wenzel in sachlichem Ton.

Lydia wies auf den Stutzflügel.

»Sie komponieren gerade?«

»Nein, nein … das geht heute wirklich nicht. Die Noten liegen noch vom Wochenende hier herum. In der Regel arbeite ich am Computer, aber manchmal, da gehe ich es noch auf die altmodische Art und Weise direkt am Flügel an, wie eben an diesem Wochenende.«

Lydia lächelte kühl.

»Schön. Und nach dem Sonntag kommt der Montag. Wie

44

hat dieser Montag denn bei ihnen begonnen? Wir möchten es sehr detailliert wissen.«

»Detailliert ... wie detailliert?«

»Wann genau sind Sie aufgestanden, wer war hier in der Wohnung, welchen Weg haben Sie genommen, wer ist Ihnen begegnet, ist Ihnen etwas aufgefallen, war etwas anders als sonst ... alles, einfach alles.«

Sie wunderte sich, denn er sah sie entgeistert an. Was hatte sie gesagt, das ihn so aus der Fassung brachte?

Mit einem Kopfschütteln weckte er sich aus seiner kurzfristigen Erstarrung.

»Entschuldigen Sie bitte, aber mir sitzt dieses schreckliche Erlebnis immer noch in den Knochen, und als Sie gerade Montag sagten, habe ich überlegt, wann das war, und – ja, es ist heute ... heute, kommt mir aber vor, als lägen Tage und Wochen dazwischen.«

Er hielt inne und sah zu Seite, atmete hörbar aus und sank in den Stuhl. Mit einer weiten Handbewegung beschrieb er einen Halbkreis und begann zu erzählen, von seinen morgendlichen Spaziergängen über die Insel, die er brauche, um im Kopf frei zu werden, was eine Voraussetzung sei, um anschließend an seinen Kompositionen arbeiten zu können.

»Wissen Sie, und wenn es mal nicht klappt, wenn nichts Kreatives aus einem herausdringt, so war es dennoch kein verlorener Tag. Ich war ja schon am See, habe hinüber in die Berge gesehen, den Sonnenaufgang genossen, das Wasser gerochen ... den Vögeln zugehört ... verstehen Sie – diese Welt aufgenommen.«

Beide nickten ihm zu, auch wenn ihnen gerade so gar nicht der Sinn nach gemütsvollen Betrachungen stand. Sie ließen ihn reden.

Fast jeden Tag drehte er seine *Inspirationsrunde*, wie er sie nannte, und eigentlich immer auf dem gleichen Weg:

zuerst durch die Grub, über das Kopfsteinpflaster vorbei an Peterskirche und Diebsturm, bei der ehemaligen Post auf der Fußgängerbrücke über die Gleise, nicht ohne von oben hinunter auf die Schienen zu blicken und den frühen Zügen nachzusehen, wie sie ratternd auf die Insel rollten oder mit dröhnendem Diesel hinauszogen. Dann ging es weiter über die Hintere Insel zum Pulverturm und immer am Ufer entlang bis in den Hafen, wo er schließlich auf dem Podest des Löwen endete; der Blick hinaus auf den See, noch im Dunkeln, er schwärmte ihnen vor.

»Und heute Morgen, war das auch Ihre Tour?«, wollte Wenzel wissen.

»Ja.«

»Und war da etwas anders, ist Ihnen etwas aufgefallen … ich meine bevor Sie an die Löwenmole kamen?«

»Nein …«, sprach er langsam und besann sich, bevor er noch mal wiederholte, »nein, es war ein Tag wie jeder andere auch. Vor sechs Uhr ist ja auch kaum etwas los auf der Insel, außer den Transportern eben, die die Geschäfte beliefern und ihre Kisten vor die Türen stellen oder die Wäschesäcke bei den Hotels abholen. Es war sehr kühl, wie ich fand, weswegen mir der Duft von der Bäckerei gleich da vorne so auffordernd in die Nase gestiegen ist. Am Paradiesplatz gab es noch genügend freie Parkplätze, ebenso am Oberen Schrannenplatz … die Dämmerung hatte schon zaghaft eingesetzt, und ich war ganz alleine unterwegs. Ein großer Laster rangierte am Rewe droben. Ja nun, am Bahnhof, da herrschte natürlich schon Betrieb, wie immer bei den frühen Zügen, aber der Hafen selbst lag einsam und verlassen … in einigen Zimmern der Hotels brannte schon Licht. Ich blieb wie immer am Eisenzaun des Hafenbeckens stehen, einige Meter vom Mangturm entfernt, und blickte hinüber, denn – dieses Ensemble, es ist einzigartig, wie ich finde. Es vermittelt einem Weite, ich meine damit das Gefühl, ganz weit weg zu sein und nicht in diesem Land. Dieser Leuchtturm – er ist Süden und Norden zugleich … ich kann da nicht einfach dran vorbeigehen. Lochau, Bregenz und Hard leuchten herüber. Innig, ich empfinde es als innig, diese Szenerie«, fügte er beinahe entschuldigend hinzu.

»Heute morgen auch?«, fragte Wenzel und konkretisierte, »leuchtete es da auch herüber?«

Vedder-Jacobsen schien irritiert.

»Ob es leuchtete?«

»Ja.«

»Oh nein … heute morgen nicht, denn es war ja recht dunstig.«

»Konnte man vom Hafen aus etwas auf der Löwenmole erkennen?«

»Nein. Die Konturen, die hat man schon wahrgenommen. Aber wenn da drüben ein Mensch gelaufen wäre, den hätte man nicht ohne Weiteres gesehen.«

Lydia Naber fragte: »Und Sie haben nichts Außergewöhnliches bemerkt – am Hafen, auf dem Weg zur Löwenmole?«

Er schüttelte den Kopf.

»Nichts. Das hätte ich ja sehen müssen … also das wäre mir selbst bei allem gedanklichen Verweilen schon aufgefallen.«

»Und dann sind Sie rüber zur Löwenmole …«, regte Wenzel ihn an, weiter zu erzählen.

»Ja genau, am Hafenbecken entlang und … und …«, er geriet ins Stottern, denn gerade war ihm etwas eingefallen.

»Ja?«, ermutigte ihn Lydia, doch fortzufahren.

»Na ja, da war dieser Roller.«

Wenzel horchte auf.

»Ein Roller … so früh … am Hafen?«

Vedder-Jacobsen sah an den beiden vorbei.

»Ja … ja. Ich war gerade am Mangturm vorbei, da kam er mir entgegen, und ich bin schnell zur Seite gegangen, weil ich dachte, er könnte mich vielleicht anfahren. Der Motor klang nach Vollgas und hoher Geschwindigkeit. Er zog aber nach links weg, in Richtung Lindauer Hof.«

»Von wo kam dieser Roller?«

»Direkt auf mich zu …«

Wenzel wollte es konkreter.

»Von wo – aus Richtung Finanzamt?«

Lydia wunderte sich, wie sehr Vedder-Jacobsen von dieser Frage verwirrt war.

»Keine Ahnung … wirklich keine Ahnung … es ging so schnell. Und in der Früh, da sausen ja so manche durch den Hafen, wenn sie den Zug noch erwischen wollen. Dieser Roller kam direkt auf mich zu … das Hafenbecken entlang und ist plötzlich nach rechts abgebogen, noch vor dem Café, und in Richtung zum alten Rathaus. Der Abgasgeruch lag noch lange in der Luft … bis zum Finanzamt vor.«

Wenzel stellte fest: »Er kam also vom Finanzamt und ist nach rechts in Richtung Reichsplatz abgebogen, und er ist mit Vollgas gefahren, sehr schnell.«

»Ja … vom Finanzamt. Natürlich kam er von dort. Das schöne Gebäude … ich nehme es einfach nicht als Finanzamt wahr, daher diese Transferprobleme … entschuldigen Sie.«

»Was war es für ein Roller?«

»Oh je, dazu kann ich nichts sagen. Ich kenne mich mit technischen Dingen so gar nicht aus. Aber … eine eher assoziative Wahrnehmung war … also der Erscheinung nach dachte ich, eine Frau hätte ihn gefahren … eher assoziativ, intuitiv … na ja«, mutmaßte er und machte eine flirrende Bewegung mit seiner rechten Hand.

Lydia sah zu Wenzel. Es machte wenig Sinn, diesen Roller weiter zu hinterfragen.

»Sie sind dann weitergegangen …?«

»Ja … am Finanzamt vorbei und vor zur Löwenmole.«

Wenzel beschrieb mit seinen Händen eine Fläche.

»Und auch da nichts, was ihre Aufmerksamkeit erregt hätte?«

»Nein. Es war wie an jedem anderen Tag auch. Ich blieb ab und an stehen, schaute über die Wasserfläche … wissen Sie, es ist immer anders, jedes Mal fällt einem etwas Neues auf, von dem man meint, es zuvor noch nie gesehen zu haben, und nur weil es in diesem Augenblick etwas präsenter, höher, leuchtender, massiver, filigraner oder dunstiger in der Welt ist als die anderen Male zuvor. … Ich bin jedenfalls nach vorne gegangen, und da lag da auf der Treppe plötzlich … dieser Mann. Ich habe umgehend den Notruf gewählt.«

»Oh, das war ein bisschen zu schnell … bitte der Reihe nach. Was haben Sie am Tatort gemacht, bevor Sie angerufen haben und bis unser Kollege vor Ort war?«

Er hob abwehrend die Hände.

»Nichts, ich habe nichts gemacht.«

»Sie waren an Ort und Stelle und haben am Notruf gesagt, Sie hätten einen Toten gefunden. Woher wussten Sie denn, dass er tot war?«

Auf der hohen Stirn des Befragten schimmerte inzwischen ein feiner Schweißfilm. Er redete nun gepresst, und seine Körperhaltung hatte das Lockere verloren.

»Ja gut … ich sprach den Mann natürlich an. Ich war sehr aufgeregt und wusste nicht recht, wie ich mich verhalten sollte. Es war dunkel, und als er nicht antwortete, da habe ich ihn mit der Lampe meines Handys angeleuchtet. Und da sah ich dann diese schrecklichen Pfeile. Für mich war er tot.

Ich bin dann unverzüglich weggegangen, nach vorne, und so auf halbem Weg der Mole, da habe ich den Notruf angerufen. Mehr nicht. Gemacht habe ich nichts, nur gewartet, und das Herz schlug mir bis zum Hals … und Angst hatte ich auch. Ich wusste ja schließlich nicht, ob da nicht noch derjenige war, der da geschossen hat.«

Lydia sagte verständnisvoll: »Sie waren somit nicht oben am Umgang des Podestes.«

»Nein … nein, wirklich nicht.«

»Und Sie haben ihn auch nicht angefasst.«

»Nein, nein. Kann sein, dass ich eine Weile dagestanden und auf diesen Körper gestarrt habe, aber ich schwöre es, ich traute mich nicht, ihn anzufassen … ich habe nur auf ihre Kollegen gewartet, die mich wohl für betrunken hielten, als ich ihnen von dem Toten und den Pfeilen berichtete. Der Mann blieb bei mir und verlangte einen Ausweis, ich hatte aber nichts dergleichen dabei. Seine Kollegin ging derweil nach vorne, nur um dann zurückzukommen und zu sagen: *Du, das stimmt wirklich, was der gesagt hat … da vorne liegt einer.*«

Lydia führte das Gespräch nun weg vom Toten, um ihren Zeugen wieder etwas lockerer und gesprächiger zu machen.

»Ja so ist das – manchmal sind selbst Polizisten noch überrascht. Aber mal zu etwas anderem: Wie muss man sich Ihre Arbeit denn so vorstellen – komponieren?«

Er wedelte abwehrend mit seiner Hand.

»Oh, nicht dass Sie einen falschen Eindruck bekommen – denken Sie bitte nicht an große klassische Werke … ich komponiere Werbemusik, ab und an auch Stücke für Filme, was jedoch immer seltener wird, weil der Griff in die Konservensammlung eben weit günstiger ist.«

»Demnach also keine ernste Musik, wie man das nennt.«

Er lachte leise und wiederholte: »Ernste Musik … ernste Musik, die gibt es wirklich nur in Deutschland. Wussten Sie, dass diese Bezeichnung die Erfindung von Juristen ist? Die Herren Advokaten haben diese Großtat zu Anfang des letzten Jahrhunderts in die Welt gesetzt – und wozu? Nur um mehr Tantiemen für ihre Klientel zu bekommen – das Achtfache im Vergleich zur sogenannten Unterhaltungs-musik. Das Achtfache! Ernste Musik – das ist eine juris-tisch-fiskale und keine kulturell-soziologische Unterschei-dung, und was ist daraus geworden? – eine Religion!« Er schüttelte sich und kam zurück zum Eigentlichen. »Ich be-komme diesen skurrilen Anblick von heute Morgen über-haupt nicht mehr aus dem Sinn, und erst im Rückblick wird mir bewusst: Da lag ein toter Mensch – ermordet! Und ich, ausgerechnet ich bin mit einem Mal Teil seines Lebens und er Teil meines Lebens geworden – unweigerlich, ob ich es nun will oder nicht. Und ich gehöre zufällig zu den Leben-den, zu denen also, die die Zeit weitertragen dürfen oder müssen. Wissen Sie schon etwas über den Toten?«

Schau an, dachte Lydia und schüttelte den Kopf. Wie nüchtern und unaufgeregt dieser Komponist seine Gefühls-welt nach außen trägt.

»Nein, überhaupt nicht. Wir stehen ja noch am Anfang unserer Ermittlungen.«

Er schwieg betreten.

Wenzel fragte: »Und draußen auf dem See, war da etwas, ein Boot vielleicht?«

Er verneinte.

»Nein, weit und breit nichts. Jedenfalls habe ich nichts gesehen. Ein herrlicher Morgen im Grunde, voller Melan-cholie, und ich hatte eine kleine Tonfolge im Kopf, die mir nun nicht mehr einfällt. Alles ist überlagert von diesem Erlebnis, und bis Ende der Woche soll ich abliefern … es

geht um eine Erkennungsmelodie für ein neues Konfekt ...
Tafelkonfekt.«

»Tafelkonfekt«, wiederholte Wenzel, »klingt altmodisch,
nach Onkeln und Tanten.«

»Altmodisch – ja, das ist es in der Tat. Das Zeug besteht
aus ungehärtetem Kokosfett, Nougat und Menthol. Wenn
man es in den Mund nimmt, entsteht ein leichtes Kälte-
gefühl; nach einem reichhaltigen Essen sehr entspannend
und wohltuend. Das Schmelzen des Kokosfetts reichert
den Mundraum mit Energie an, entzieht ihm aber auch
Wärme, wodurch ein Gefühl der Kühle entsteht, das durch
das Menthol noch verstärkt wird. Man spricht aus diesem
Grund auch von Eiskonfekt. Es wurde 1927 in Deutschland erfunden. In den Kinos war das damals ein Renner. ...
Heute Morgen habe ich diese Kühle um mich gespürt – und
auch diese Töne im Ohr. Ich hatte mich für Dur und gegen
Moll entschieden. Schon verhext, nicht wahr? Sowas von
Moll.«

Lydia Naber zuckte mit den Schultern.

»Schwierige Sache, mit einer Willensleistung in die Kreativität zu kommen, kann ich mir vorstellen.«

Er lachte fein.

»Willensleistung, welch ein schönes Wort, und man hört
es so selten. Als Richard Strauss 1940 den jungen Herbert
von Karajan im Opernglas sah, wie er in der Staatsoper
Unter den Linden im Orchestergraben stand und auswendig die Elektra dirigierte, sagte er zu Furtwängler, der
neben ihm saß: *Schauen's, der Lauser.* Und Furtwängler
notierte nach dem Konzert in seiner misanthropischen Art:
*Ehrgeizige, deren Substanz schwach ist, warten mit großen
Willensleistungen auf. Ob einer die beiden Teile des Wohl-
temperierten Klaviers oder die Elektra auswendig wieder-
gibt – beides ist dasselbe. Es gehört zum Bilde unserer Zeit,*

solche Leistungen zu überschätzen. – Ich denke, es hat sich seither nicht viel geändert.«

Wenzel formulierte etwas umständlich: »Willen, Leistung … betreiben Sie eigentlich eine Sportart?«

Vedder-Jacobsen lachte sarkastisch.

»Schauen Sie mich an! Alles an mir ist unsportlich. Nein, ich bin ein reiner Genussmensch und eh der Meinung, Sport wird in seiner Wirkung völlig überschätzt. Ich gehe gerne spazieren, sehr lange und ausdauernd. Aber um Ihre eigentliche Frage zu beantworten – nein, ich schieße nicht mit Pfeil und Bogen herum. Zuletzt habe ich so ein Ding als Kind in der Hand gehabt, und das auch nur mit mäßigem Erfolg.«

»Sie wohnen nicht immer hier in Lindau?«, lenkte Lydia wieder um.

»Nein, meist immer nur für ein paar Wochen, wenn ich Zeit und Ruhe haben möchte für meine Arbeit. Es ist die Wohnung meiner Schwiegereltern, die wir nach ihrem Tod für uns umgebaut haben. Unser Hauptwohnsitz ist in Berlin.«

»Und wer ist uns?«

Sein Oberkörper wich vor dieser Frage ein wenig zurück.

»Meine Frau und ich. Die Kinder sind schon erwachsen und nie hier.«

»Und wie lange wollen Sie diesmal bleiben?«

»Ich habe bis nach den Osterfeiertagen geplant.«

»Sie sind alleine?«

»Ja.«

Seine Hand fuhr über die Nase, und er setzte sich zurecht.

»Sie waren auch heute morgen alleine?«

»Natürlich. Natürlich war ich alleine.«

Wenzel sah ihn eindringlich an, und Lydia tat unaufgeregt.

»Na schön … gut. Dann vielen Dank für die Zeit, die Sie sich genommen haben, Herr Vedder-Jacobsen. Es kann durchaus sein, dass wir noch einmal ein Gespräch mit Ihnen führen müssen.«

*

Schielin hockte noch immer im Büro vor dem Bildschirm, als sie zurückkamen. Robert Funk war noch auf der Insel unterwegs, auf der er die Hotels abklapperte und nach einem Gast mit dem Namen *Martin Boone* fragte. Gommi war mit dem einen Pfeil, den sie auf dem Boden gefunden hatten, auf dem Weg nach München zum LKA, um ihn persönlich im kriminaltechnischen Institut abzugeben, wohin er seit einiger Zeit Kontakte unterhielt.

Schielin ließ sich in die Rückenlehne des Bürostuhls fallen und rieb sich die Augen.

»Oh Mann. Auch die Webcams geben nichts her, weder die vom Bahnhof noch die vom *Bayerischen* oder *Lindauer Hof*. Zu dunkel, viel zu dunkel noch draußen. Bei den Kollegen in Bregenz und St. Gallen habe ich unseren Toten schon abgefragt – null Erkenntnisse über einen Martin Boone und auch keine Tötungsdelikte, bei denen ein Bogen als Tatwaffe verwendet worden ist, in den letzten Jahren. Nur in Appenzell war mal einer mit einer Armbrust unterwegs und hat auf seinen Nachbarn geschossen. Habt wenigstens ihr was rausgefunden?«

Lydia erzählte knapp von ihrem wenig ergiebigen Gespräch mit dem Komponisten.

»Ein Roller … vom Finanzamt. Wenigstens etwas«, dachte Schielin laut.

Kurze Zeit später kam Robert Funk zurück. Gut drei-

54

viertel der Hotels auf der Insel hatte er ohne Erfolg abgeklappert, und auch seine Suche nach einem Lagerhaus war ergebnislos geblieben. Zuerst hatte er alle Firmen in den alten Schuppen der Eichwaldstraße abgegrast, aber dort wusste niemand etwas von einem Kunden mit Namen Boone. Am nächsten Tag wollte er weitermachen.

»Er muss hier in der Nähe in einem Hotel gewesen sein«, räsonierte Lydia, »so ohne Schlüssel, ohne Handy – das weist doch eindeutig auf ein Hotel hin.«

»Er hat einen zähen Eindruck auf mich gemacht«, meinte Schielin.

»Oh ja, so tot er auch war«, pflichtete Lydia ihm bei, »eine sportliche Erscheinung war das, durchtrainiert. Tja … aber auch wer sportlich stirbt, ist tot.«

»Welche Hotels fehlen denn noch auf der Insel?«, fragte Lydia.

»Die kleineren Häuser auf der Nordseite der Insel, und am Hafen das Helvetia, der Lindauer Hof und der Anker in der Bindergasse.«

Um den Aeschacher Knoten, der zusehends zu einem wirklichen Knoten wurde, reihten sich die Lichterketten der Autos in alle Richtungen auf.

»Machen wir Schluss für heute«, meinte Schielin. »Morgen haben wir vielleicht ein paar mehr Informationen.«

Schaftgewicht

In der Nacht regnete es einen unaufgeregten, kühlen März-
regen, der die roten Ziegeldächer der Insel aufleuchten
ließ und die Luft neutralisierte, sodass es am Morgen in
der Grub, am Bahnhof, in der Maximilianstraße und um
die Heidenmauer herum intensiv nach Bäckerei duftete,
obschon auf der Insel selbst nirgends mehr nach alter Art
gebacken wurde. Gommi war mit der Whats-App-Bestel-
lung für die Morgenbesprechung nach Reutin gefahren und
holte Brezn, Wurzeln und Knöpfle.

Die Morgenbesprechung danach war schneller vorbei, als
die erste Tasse Kaffee getrunken war, und Gommi schaute
müde drein, denn er war am Tag zuvor erst spät von München zurückgekommen. Kimmel knurrte, wie ungünstig es
sei, dass Jasmin ausgerechnet jetzt, wo man alle bräuchte,
auf dem Lehrgang in Ainring sei.

»Wir haben also noch gar nichts«, stellte er nüchtern fest.

Schielin ließ sich davon nicht beeindrucken.

»Es fehlen ja noch die Berichte der Rechtsmedizin und
das Spurenbild, und sobald wir wissen, wo er untergekom-
men ist, wird es schon zügiger vorangehen. Und Google
kennt auch einen Martin Boone; allerdings kamen da ausschließlich spanische Webseiten, und offensichtlich hat ein
Martin Boone auch ein Buch geschrieben – über Navigation
beim Segeln anhand alter Methoden – Sterne, Sextant und
so. Könnte alles auf ihn zutreffen.«

»Na ja, viel ist das wirklich nicht. Haben wir eigentlich
schon jemanden, der Spanisch spricht?«

Er sah in die Runde. Schielin meinte, er wisse fürs Erste
jemanden in Weißensberg und werde sich drum kümmern.

»Und dieser Komponist? Was war mit dem?«

Lydia sah mürrisch drein.

»Ein Komponist eben, er komponiert Musik für Werbung und Filme. In unseren Dateien gibt es keinen Bestand über ihn, das Internet hingegen liefert hunderte Trefferseiten mit seinem Namen. Er scheint recht erfolgreich zu sein.«

»Mir gefällt er nicht«, sagte Wenzel.

»Weswegen?«

»Ein komischer Kauz … tut distanziert, aber wenn er mal das Reden anfängt, hört er nicht mehr auf. Ich hatte den Eindruck, er behält was für sich … so ein Gefühl eben.«

Kimmel hob etwas hilflos die Hände.

»Ein Gefühl eben«, wiederholte er und sah dabei für zwei Sekunden an die Zimmerdecke. »Und die Taucher?«

»Es war nur einer. Der hat alles Mögliche gefunden, aber nichts, was für unseren Fall von Belang wäre. Wir haben auf der ganzen Insel auch schon die Papierkörbe abgesucht und im näheren Bereich des Hafens alle Ecken und Winkel inspiziert – ohne jedes Ergebnis.«

»Und jetzt?«, wollte Kimmel von Schielin wissen.

»Wir werden nach Zeugen suchen … nach Leuten, die sehr früh schon auf der Insel unterwegs waren: zuerst die Hotelreihe mit den Angestellten; eher aber vermute ich den ein oder anderen Hotelgast, der das Zimmer zum Hafen raus hat und vielleicht was bemerkt haben könnte; danach die Bahnangestellten. Der erste Zug von Lindau nach Friedrichshafen geht um vier Uhr zweiundfünfzig; da sind sehr früh Leute im Hafenbereich unterwegs, dazu die Busfahrer der Linie eins und zwei, die Zeitungsausträger und Lieferanten. Langweilig wird es nicht werden.«

Nach der Besprechung verzogen sich alle in ihre Büros. Robert setzte seine Nachforschungen in den Hotels fort.

Wenzel und Gommi begannen Busfahrer, Zeitungsausträger und Bahnangestellte ausfindig zu machen, die man zum Montagmorgen befragen konnte.

*

Schielin tippte Berichte und Aktenvermerke. Lydia googelte noch einmal zu den Namen Boone und Vedder-Jacobsen.

»Was ist eigentlich mit Ronsard?«, fragte sie völlig unvermittelt und nebenbei. »Hat er noch immer Huf?«

»Ja, aber es wird so langsam wieder«, antwortete Schielin und streckte die Arme in die Höhe. Ihm taten noch alle Gräten weh vom Wochenende, an dem er Kies geschaufelt hatte. Der Lkw war auf dem nassen Boden nicht bis zur Weide gekommen und hatte die Ladung deshalb mitten am Weg abgekippt. So hatte er mit der Schubkarre Ladung um Ladung nach hinten auf die Weide fahren müssen, um Ronsard einen gesünderen Standplatz am neuen Birnbaum herzurichten. Erst nach dem Winter hatte er nämlich festgestellt, wie sehr er lahmte. Inzwischen waren die Hufe ausgeschnitten; das vordere linke hatte es am schwersten erwischt und war nach wie vor eingebunden. Alle zwei Tage schmierte er es mit einer teerigen Salbe ein und legte die Tuchbinden neu an, was sich Ronsard geduldig gefallen ließ. Sein Nachbar Albin Derdes setzte ihm derweil mit guten Ratschlägen zu, aus denen der Vorwurf sprach, er hätte sich nicht im erforderlichen Maße um Ronsard gekümmert und gesorgt.

Das Telefon klingelte. Robert Funk war dran und sprach nur ein paar Worte. Schielin rief Lydia zu: »Komm und nimm das Spurensicherungszeug mit. Robert hat ihn.«

»Wen?«

»Martin Boone. Er hat… äh… hatte ein Zimmer im Helvetia.«

Lydia packte ihre Sachen.

»Na endlich! Eigentlich sollten wir eine Zweigstelle auf der Insel einrichten, so oft, wie wir da zu tun haben.«

Schielin fuhr am Bahnhof vorbei, bog in die Ludwigstraße ein und stellte das Auto direkt am Seiteneingang des Hotels ab. Robert Funk erwartete sie bereits an der Rezeption und spielte mit dem Zugangschip zum Zimmer.

»Wirklich ärgerlich! Das Helvetia war wirklich das letzte Hotel auf meiner Liste. Er hat oben ein Doppelzimmer gebucht und am vorletzten Sonntag eingecheckt. Den Chip für das Zimmer hatte er an der Rezeption hinterlegt – seltsam, oder?«

Sie gingen die Treppen hinauf in den zweiten Stock.

»Warst du schon drin?«, fragte Lydia.

»Natürlich nicht. Was denkst denn du?! Ich habe in der Zeit das Servicepersonal und die Managerin befragt – ein eher unauffälliger Gast, sagen sie.«

Sie öffneten die Tür. Lydia war in den Overall geschlüpft und ging voran, Schielin und Funk warteten zunächst im Hotelgang. Links die Tür führte ins Badezimmer. Vorsichtig drückte sie sie auf und machte Licht an: leer. Das Zimmer war in einem ordentlichen Zustand, wie man es eben in einem guten Hotel erwarten konnte. Das Bett war gemacht, die Handtücher waren ordentlich zusammengelegt. Nirgends Spuren einer Auseinandersetzung oder eines hektischen Aufbruchs. Sie winkte ihre beiden Kollegen herein. Schielin öffnete den Schrank, Robert Funk inspizierte das Bad, und Lydia öffnete den Koffer. Ein Smartphone lag auf dem Nachttischchen am Ladekabel, und im Koffer fand sich eine Brieftasche mit Ausweis und einigen Unterlagen. Lydia drehte sich Schielin zu.

»Mit deinem spanischen Schriftsteller liegst du gar nicht so falsch. Hier sind lauter Unterlagen in Spanisch. Martin Boone, sechsundvierzig Jahre alt, geboren in Lindau im Bodensee, damals hieß das noch so, im Bodensee… wohnhaft in Benahavis. Noch nie gehört… Benahavis. Klingt nach Süden, tiefem Süden.«

Sie durchsuchten das Hotelzimmer aufs Gründlichste, nahmen das Bett auseinander, schauten und leuchteten in jede Ritze, jeden Spalt, bis sie sicher sein konnten, dass Boone hier nichts versteckt hatte. Als sie fertig waren, packten sie alles ein und fuhren wieder zurück ins Büro. Robert Funk blieb im Hotel und setzte die Befragungen fort.

Lydia Naber warf Boones Koffer in den Keller und sicherte zunächst DNS-Spuren. Ein Nachweis zwischen dem Toten und dem Hotelzimmer konnte erforderlich werden. Neben einem Samsung-Smartphone, einer Omega-Seamaster-Automatikuhr und einem Klappordner mit Dokumenten packte sie ein Schlüsseletui in eine der Plastiktüten. Drei normale Flachschlüssel ohne Kopierschutz hingen an einem Ring, an einem zweiten war der Schlüssel für einen Renault Megane, und ein dritter Ring hielt zwei nagelneue, goldglänzende Schlüssel für ein ABUS-Schloss-Premium.

Schielin hatte zur gleichen Zeit einen Kollegen vom LKA am Telefon, der sich mit ungefiltert hessischem Akzent meldete.

»Gommi, grüß disch, hier is de Schappy!«

Schielin stellte klar, dass er nicht Gommi sei. Dieser

Schappy war mit den Pfeilen befasst und referierte: »Spine fünf siebzig, Länge dreiunddreißig Komma fünf Zoll, Schaftgewicht sechs Komma neun Grain auf den Zoll, das Spitzengewicht einhundertzwanzig Grain, Naturfedern mit sechs Zoll, Old English, Farbe rot. Die gäbe es aber auch in Blau. Leitfeder links, Nockboden mit null fünf Zoll, klassische Jachdpfeil eben, stabile Sach im Flugverhalte und rattenscharfe Spitze. Da möcht mer net zwischeneikomme.«

Schielin hatte keine Ahnung, wovon Schappy da sprach, summte aber zustimmend in den Hörer und fragte: »Habt ihr das öfter, solche Waffen?«

»Bedauerlicherweis net. Des ist schon außergewöhnlische Numme, da bei euch.«

»Wie treffsicher ist man denn mit so einem Jagdbogen?«

»Na ja, der Jäger muss fähig sein, mit jedem Jagdpfeil auf fünfundzwanzig Meter konstant die Fläche von em Bierdeckel zu treffe, und die Ausrüstung sollte es hergebe, dass der abgeschossene Pfeil das Tier vollständig penetriere tut – Lunge oder Herz. Dazu braucht mer schon eine Mindestpfeilfluggeschwindischkeit von etwa fünfundsiebzisch Meter pro Sekunde, und ein Mindestpfeilgewicht von etwa vierhundertsiebzig Grain.«

»Was ist denn Grain?«

»Ah … das heißt Korn und steht für eine alte Gewichtseinheit. Ein Gramm sind null Komma null sechs fünf Grain, in unserem Fall also etwa dreißisch Gramm.«

»Kennst du dich vom Job her so gut mit dem Zeug aus, oder bist du selbst Bogenschütze?«, wollte Schielin wissen.

»Beides. Ich mache auch drei D, gell.«

»Drei D?«

»Ja, das ist ein Jagdparkur mit lebensechten Wildskulpturen – Hirsch, Reh, Fuchs, Bär, Wolf, Wildschwein und so. Keine Scheiben, verstehst du?«

»Ah ja. Gibt's das denn oft … Bogenjagd?«

»Das net grad, aber sie ist in jedem europäischen Land erlaubt.«

»Was ist denn der Kick dabei?«

»Der Kick? Ganz sische net der Schuss an sisch, sondern die Herausforderung … «, er lachte, »Tschällentsch sacht mer heut dezu, gell«, und fuhr dann freimütig fort » … so nah wie möglich an das Tier heranzukommen, darum geht's. Um es mit Pfeil und Bogen erlegen zu können – das ist der Kick. Unvorstellbar anstrengend, erschöpfend und was des net an Nerve kost und debei gar net immer erfolgreisch iss. Was ein einfaches Zeusch nur auf dem Ansitz zu rumzuhocken … Gewehr, fette Zieloptik, Wärmflasce und Nachtsischtgerät, und im rechten Moment das Fingersche krumm mache – das kann doch jeder, der ein T-Shirt von Jack Wolfskin im Schrank hat, gell.«

»Mhm. Bogenjagd – ist das nicht umstritten?«

Aus dem Hörer kam ein bitteres Lachen.

»Umstritten? Was ist heute denn nicht umstritten? Wo man hinschaut – überall Befindlichkeitsformulierer. Wer heutzutage etwas macht, was nicht umstritten ist, sollte besser mal checken lassen, ob er noch am Leben ist. Und was das Bogenschießen angeht, dieser Film da – *Die Tribute von Panem* –, der hat dem Bogensport einen richtigen Kick gegeben. Da sind die Vereine richtisch geflutet worden, zumeist auch von Typen, die etwas krass drauf sind. Ist ja einiges an Menschenmaterial unterwegs, nicht wahr?« Er lachte gehässig. »Einmal auf der S-Bahn-Stammstrecke fahren, und ein sibirisches Straflager verliert entweder seinen Schrecken oder wird zur Alternative … ha!«

Schielin fragte: »Könnten an dem Pfeil denn Spuren vor-

handen sein, die auf den verwendeten Bogen schließen lassen?«

»Nein, das ist kein zielführender Ansatz ... da geht nix.
Bei einem Projektil hast du durch den Abdruck der Felder
und Züge quasi den Fingerprint der Waffe. Beim Pfeil aber
gibt es nix dergleichen. Der kann mit jedem Bogen ver-
schossen worden sein. Individuelle Spuren – Fehlanzeige.
Aus Tätersicht muss man sagen: eine gute Wahl.«

»Sonst noch Informationen?«

»Ne. Wenn noch was ist, meld disch einfach, gell?«
Schappy legte auf.

Lydia sah auf dem Rückweg vom Keller in Wenzels Büro
vorbei. Der hockte am Schreibtisch und hatte beide Hände
voller Papiere.

»Dieses Benahavis war sein Hauptwohnsitz – ein Kaff bei
Marbella. Edle Gegend und feine Adresse. Robert ist auch
gerade aus dem Helvetia zurück. Boone war da Stammgast,
jedes Jahr zwei, drei Mal. Soll ein etwas spröder Kerl gewesen sein, wortkarg, introvertiert, aber nicht unhöflich. Soweit Robert mitbekommen hat, war kein Besuch für Boone
da, aber die zwei Servicetanten, die direkt mit ihm zu tun
hatten, haben gerade frei – dauert also noch, bis wir mehr
wissen.« Er hob einen der Papierstapel hoch. »Wir werden
den spanischen Weißensberger brauchen, um mit dem Zeug
da zurechtzukommen.« Er kramte nach einem der Blätter
und hielt es ihr hin. »Schau, das hier ist in Deutsch und
höchst interessant. Eine Rechnung. Aussteller ist ein *Lagerservice Ammon* aus Lindau, Dreierstraße. Hast du von
denen schon mal was gehört?«

»Ammon Lagerservice? Nein. Noch nie gehört.«

Sie nahm die Rechnung mit zu Schielin, dem das auch
nichts sagte.

»Dreierstraße … Dreierstraße … das ist doch auf der Insel bei den alten Bahnbarracken, zwischen der Nasenfabrik und den Gleisen … da ist doch der Wiedemann.«

Lydia hatte schon Google Maps aufgerufen.

»Nein. Der Wiedemann ist Dreierstraße sieben. Es muss eine andere Barracke sein.«

Schielin überlegte laut.

»Ammon, Ammon … der Name sagt mir irgendwas, aber Lagerservice …«

Lydia lächelte hinterhältig.

»Und noch was …«

»Was? Jetzt sag schon!«

»Auf dieser Rechnung hat der Herr Boone eine Telefonnummer hinterlassen, ziemlich groß und energisch geschrieben.«

»Das sind ja wir!«, rief Schielin.

»Genau. Die Telefonnummer der Polizei Lindau. Das war wohl, als er bei Robert gelandet ist.«

Schielin stand auf.

»So. Das schauen wir uns jetzt sofort an«, sagte er energisch.

Lydia stieß sich vom Schreibtisch ab und rollte mit dem Stuhl zurück.

»Ich sage ja, wir bräuchten eine Dependance auf der Insel. In der Linggstraße gegenüber dem Theater-Café wäre es doch zum Beispiel sehr schön, und das Häuschen täte sich auch freuen, wenn mal wieder etwas Leben drinnen wäre.«

Als sie an Kimmels Büro vorbeikamen, sagte sie ganz laut: »… und den alten, miesepetrigen Griesgram wären wir damit auch los. Das allein wäre die Sache schon wert.«

»Um was geht es auf der Rechnung überhaupt?«, erkundigte sich Schielin.

»Na endlich fragst du. Es ist eine Jahresrechnung vom

letzten Jahr, siebenhundertfünfundachtzig Euro inklusive Mehrwertsteuer für Lagerservice.«

»Na dann wissen wir es ja nun ganz genau.«

※

Im Dachgestühl eines Inselhauses strömte das matte Licht des Nachmittags durch die schmalen Lichtschlitze, die der Bauausschuss der Stadt Lindau genehmigt hatte. Man sorgte sich dort mitunter um das Erscheinungsbild der Insel. Das Gebäude war Teil der südlichen Reihe der Ludwigstraße – neben Grub und Maximilianstraße eine der drei historischen Hauptachsen, die die Insel von Ost nach West gliederten.

Der alte Dachboden war ausgebaut und bot jenseits der Schrägen ausreichend Raum für das Atelier, das sich dort oben befand. An den Seitenwänden lehnten Leinwände in unterschiedlichen Größen. Kräftige Farben waren darauf zu sehen, und wenn man einige der Werke betrachtete, so erkannte man einen ganz eigenwilligen und eigenständigen Stil. Schwarz und ein dunkles Blau dominierten, und die Bildsprache vermittelte etwas Düsteres.

Der Fußboden bestand aus blanken Pressspanplatten, auf denen großflächig Kartons und Papier ausgebreitet lagen. Im hinteren Bereich des Dachbodens durchstieß ein Kamin das Dach, woran man ohne Genehmigung einen alten Holzofen angeschlossen hatte, um auch in der klammen und kalten Jahreszeit hier arbeiten zu können.

Das Zentrum des Raums war von einer ausladenden Staffelei eingenommen. Davor stand ein untersetzter Mann mit lockigen, schulterlangen Haaren. Sein altes Flanellhemd mit blaugrauem Karomuster hing weit über den Hosenbund und war von Farbflecken übersät. Er hielt eine Spachtel in der Hand und stand unschlüssig vor seinem neuen Werk. Etwas hatte ihn aus dem Gleichgewicht gebracht, denn er blieb lange Zeit unbeweglich, wie eingefroren. Erst als vom Treppenaufgang her Schritte zu hören waren und dazu das laute Knarzen der Dielen, löste sich seine Erstarrung.

Eine Frau trat in den Raum und ging langsam auf die Staffelei zu. Sie hatte dunkle Haare, trug enge Jeans und eine cremefarbene Bluse – eine sportliche Erscheinung, die nicht so recht zu dem Maler passte. Sie war sicher einen halben Kopf größer als er und stellte sich wortlos hinter ihn, wobei ihre Augen seinem Blick auf das werdende Gemälde folgten.

So standen die beiden eine Weile schweigend da. Viel weiter war er mit der Arbeit an dem Bild seit ihrem letzten Besuch hier oben, in der Höhle, wie sie es nannten, nicht gekommen. Leise sagte sie: »Es schaut gut aus ... es schaut gut aus.«

Er musste schlucken, denn das gute Zureden machte ihn wütend, wo er doch so gut wie sie wusste, wie wenig er vorangekommen war. Er schwieg und rührte sich nicht.

Sie fragte leise: »Geht es dir gut?«

Er antwortete kühl: »Ja ... es geht mir gut. Das hat aber nichts mit dir zu tun.«

Sie trat unweigerlich einen Schritt zurück, ihr Mund wurde trocken, und sie wartete, bis wieder genügend Speichel den Rachen hinablief, um etwas sagen zu können. Es klang schal.

»Die Zwillinge sind da, und das Essen ist gleich fertig.«

Er knurrte teilnahmslos »Mhm« und nahm seinen Blick nicht eine Sekunde vom Gemälde, das er eigentlich gar nicht sah, dessen Details ihn auch nicht interessierten. Seine Gedanken waren zerrissen und an anderen Orten.

Mit vorsichtigen Schritten ließ sie ihn zurück, wie immer.

Ein Stockwerk tiefer trat sie in die Wohnung. Es roch nach Knoblauch und gebratenen Zwiebeln. Ihre Tochter Denise stand in der Küche und tat Nudeln in eine Schüssel. Ihr Bruder Dennis hockte gelangweilt am Tisch und starrte in sein Smartphone. Als seine Mutter an den Küchentisch trat, fragte er, ohne aufzublicken: »Kommt er heute runter?«

»Ja natürlich kommt er runter, was fragst du?!«

»Na von mir aus könnte er auch oben bleiben.«

Sie wollte keinen Streit beginnen und suchte, seine Worte mit einem strengen Blick zu strafen, doch er hatte nur Augen für das Display vor ihm.

*

Lydia fuhr flott an der neuen Inselhalle vorbei, sauste über die noch neuere Brücke und parkte im Innenhof von *Wiedemanns Decoration GmbH* direkt vor einem römischen Brunnen, in dessen Mitte ein überdimensionaler Putto schwebte. Lydias Mundwinkel verzogen sich. Wer stellt sich denn sowas in den Garten? Links vom Brunnen graste ein mannshoher Elefant aus Restmetall, und eine Palette mit hüfthohen Betonvasen im Karaffenlook erschwerte ihr das Aussteigen. Zwischen den Ausstellungsstücken waren für die Jahreszeit viele Neugierige unterwegs, und als sie dazu ansetzte, ein Regal mit Gussfiguren näher zu inspizieren, rief sie Schielin mit einem »Hey! Arbeit!« zurück.

»Ist ja schon gut. Man wird doch wohl noch gucken dürfen, wo wir schon mal mit dem Kombi hier sind, in den man auch mal was reinbekommt.«

»Später«, sagte er entschlossen, und sie wusste, es war ein anderes Wort für Nein.

Der Hofbereich jenseits der Wiedemann'schen Erlebniswelt aus Tierfiguren, überdimensionalen Vasen, Putti und Gartenaccessoires hatte den Zustand morbiden Charmes bereits weit hinter sich gelassen. Lydia ließ ihren Blick über die Szenerie von Verfall und Niedergang schweifen.

»Ich war schon eine Ewigkeit nicht mehr hier, und so wie es aussieht, sonst auch kein Mensch. Wo bitte soll hier ein *Lagerservice Ammon* sein, und wenn es ihn gibt, welche Kunden lagern bei ihm ein und vor allem, was?«

Schielin wurde auf der Rückseite einer der Baracken fündig und rief: »Hier ist es, hier!« An einem verwitterten Schiebetor war eine Plastiktafel angeschraubt, die in der Tat einen *Lagerservice Ammon* auswies. Der Blick durch die matten Scheiben eines vergitterten Türfensters zeigte einen plump gefliesten Gang, ein marodes Stehpult und darüber ein graues Telefon mit Wählscheibe. »Ob das noch funktioniert?«, fragte sich Schielin laut. »War auf der Rechnung auch eine Telefonnummer der Firma?«

Lydia stand ein Stück abseits und hatte das Handy schon am Ohr.

»Bin schon in der Leitung. Vielleicht klingelt das alte Ding da drinnen ja gleich.«

*

Denise Ammon war widerwillig vom Tisch aufgestanden und in den Gang geschlurft, als das Telefon surrte.

»Ammon?«, meldete sie sich mit gleichgültiger Stimme.

Sie nahm das Telefon mit in die Küche, setzte eine angeekelte Miene auf und sagte zu ihrer Mutter: »Die Bullen sind dran …«

»Wer?«, fragte sie irritiert.

Denise hielt ihr den Hörer ungehalten hin.

»Die Bullen … nimm halt.«

Lydia Naber hörte alles mit und signalisierte Schielin mit einer Handbewegung, dass am anderen Ende der Leitung nicht alles so glatt lief.

Sarah Ammon nahm den Hörer und meldete sich fragend.

»Hallo?«

Lydia Naber verzichtete auf lange Erklärungen, fragte nach dem Lagerservice und bekam auch gleich die Privatadresse der Ammons.

»Ach, Sie wohnen auf der Insel. Das passt ja gut. Wir sind in ein paar Minuten bei Ihnen.«

Als Frau Ammon den Spontanbesuch abwehren wollte, meinte Lydia: »Die andere Möglichkeit ist, Sie kommen unverzüglich hierher zu ihrer Lagerhalle. Das wäre uns sogar am liebsten, denn wir müssen da heute so oder so noch rein.«

Sarah Ammon sah erschrocken zu ihrem Mann.

»Wir sind gleich da«, sagte sie aufgeregt in den Hörer und klickte das Gespräch weg.

»Norbert, das war die Polizei. Sie warten am Lagerhaus und wollen rein. Was ist da los?«

Dennis sah von seinem Smartphone auf. Seine Zwillingsschwester blieb am Tisch stehen und starrte ihren Vater an. Norbert Ammon hob schwerfällig seine Arme in die Höhe.

»Was soll sein? Ich weiß es nicht. Wenn du es wissen willst, dann musst du eben hinfahren.«

Ihre Stimme wurde dünn und scharf.

»Es ist dein Lagerhaus, du wirst dorthin fahren.«

»Mein Lagerhaus? Es ist unser Lagerhaus, und ich – ich bleibe hier.«

Eine angespannte Stille breitete sich im Esszimmer aus. Die Zwillinge verfolgten stumm den Streit. War das High

Noon, der Showdown, den sie im Grunde schon lange erwartet und manchmal gar ersehnt hatten?

Ihre Mutter schaute auf das Display des Telefons, drückte ein paar Tasten und hielt den Hörer ans Ohr.

»Kripo Lindau, Nahbr?«

»Hier ist noch mal Ammon. Sie hatten gerade angerufen. Das Lager gehört meinem Mann. Er ist hier und macht keine Anstalten, zum Lager zu fahren. Sie müssten also bitte doch herkommen. Klären Sie Ihre Fragen bitte mit ihm. Ich erledige nur die Büroarbeiten und kann Ihnen wohl kaum helfen. Auf Wiederhören.«

Verdutzt sah Lydia das Telefon an.

»Wir sollen kommen«, erklärte sie Schielin. »Ist eh besser. Dann können wir uns gleich mal in der Wohnung etwas genauer umsehen. In dieses elende Lager kommen wir ja eh, wann immer wir wollen.«

Nur einige Minuten später stiegen sie im Treppenhaus nach oben, wo ihnen erst ein junger Bursche entgegenkam, der sie im Vorübergehen fast anrempelte, und dann ein Mädchen, das es auch eilig hatte, ihnen aber wenigstens einen Augenaufschlag zubilligte, bevor sie drunten verschwand. Lydia blickte ihr nach. Es sah wie eine Art Flucht aus.

Sie klopfte an den Rahmen der offenen Wohnungstür, und Frau Ammon kam ihr entgegen. Ihre kurzen dunklen Haare ließen ihr Gesicht etwas bleich erscheinen. Lydia schätzte sie auf Mitte vierzig. Frau Ammon bat sie, hereinzukommen.

Schielin sah sich unaufdringlich um: im Gang Fotografien der Familie – Urlaubsbilder, die Kinder im Kindergartenalter, vermutlich die zwei Teens, die ihnen gerade im Treppenhaus begegnet waren. Bis sie im Wohnzimmer anlangten, hatte er schon einen Eindruck von der Familie:

Ehepaar, zwei Kinder, Urlaub in Italien am Meer, Inselwohnung. Welche Fotografien fehlten? Großeltern, Vorfahren, alte Schulklassen, Bilder der Großfamilie, Geschwister, Freunde.

Auf diese Vergangenheit wurde hier kein Wert gelegt.

Im Wohnzimmer auf dem Sofa hockte Norbert Ammon. Seine Körperhaltung vermittelte unverkennbar, wie wenig er spontanen Besuch mochte. An den Wänden hingen düstere Gemälde in Blau und Schwarz. Das Wohnzimmer war für ein Inselhaus großzügig geschnitten und gemütlich: Holzboden, offene Holzdecke, die die alten Balken zur Geltung brachte, und verputzte Wände, aus denen die Balken ebenfalls hervorschienen, sofern sie nicht von Gemälden überdeckt waren.

Sarah Ammon wies auf die beiden Sessel und blieb selbst in der Tür stehen. Es hatte den Anschein, als wolle sie gehen.

»Bleiben Sie doch bitte hier«, sagte Schielin, wobei das *Bitte* in seinen Worten keine Bitte im eigentlichen Wortsinn ausdrückte. Etwas widerwillig setzte sie sich also neben ihren Mann auf das Sofa, allerdings so weit wie möglich von ihm entfernt. Norbert Ammon vermied den Blickkontakt mit allen Anwesenden und starrte durch seine Beine auf den Boden. Endlich fragte seine Frau: »Dürfte ich erfahren, worum es geht?«

Lydia wollte zunächst vorsichtig sein und nicht zu viel preisgeben. In der Zeitung hatte noch nichts von einem Toten gestanden; das würde erst morgen und dann auch nur mit rudimentären Informationen veröffentlicht.

»Es geht um ihren Lagerservice in der Dreierstraße … um dieses Lagerhaus«, sagte sie sich langsam vortastend und auf Reaktionen hoffend.

»Wie gesagt, das ist der Bereich meines Mannes.«

»Ah, interessant«, meinte Lydia, ließ sich aber nicht an den dumpfen Herrn verweisen. »Und was ist Ihr Bereich?«

Sarah Ammon wirkte verunsichert.

»Was ich mache?«, fragte sie irritiert und schien überlegen zu müssen.

Lydia Naber nickte ihr freundlich zu und dachte, na du wirst doch wohl wissen, was du tust.

»Ähm, in meinem eigentlichen Beruf bin ich nicht mehr tätig. Ich erledige die Buchhaltung für das Lager… den Schreibkram eben.«

»Hier in der Wohnung, oder haben Sie ein eigenes Büro irgendwo?«

»Äh … hier, ich habe ein Arbeitszimmer.«

Sie musste schlucken und wusste nicht so recht, was Sie noch sagen sollte.

»Es geht um einen Diebstahl, einen Einbruch… eine aufgebrochene Kiste«, begann Lydia nun etwas konkreter zu werden.

Frau Ammon sah ihren Mann fragend an, der nach wie vor starr und schweigend dasaß.

Schielin fragte: »Kennen Sie einen Martin Boone?«

Der Name brachte Bewegung in Ammon. Er ließ sich mit einem Stöhnen nach hinten ins Sofa fallen. Sein Blick ging zur Decke, und er fluchte laut: »Mann, Mann, Mann, das kann doch wohl nicht wahr sein! Dieser Idiot! War er wirklich bei Ihnen, hat er das wirklich gemacht?! Das sieht ihm ähnlich!«

Lydia Naber entgegnete sachlich: »Ja, er hat bei uns angerufen.«

»Der und seine verfluchte, verwichste Kiste!«

Ammon richtete sich wieder auf und sah die beiden zornig an. Seine Frau setzte einen strengen Blick auf, um ihn zu mäßigen.

»Was ist denn mit der Kiste, und wieso regst du dich so auf?«, fragte sie verwundert.

Er sprang auf, zog seine Hose hoch und stopfte das Hemd hinein, das hinten heraushing, während er sie nachäffte.

»Was ist denn mit der Kiste … wieso regst du dich so auf? Ja, weil ich mich halt aufrege. Deswegen!«, plärrte er.

Schielin bat ihn mit einer ruhigen Handbewegung, sich doch bitte wieder zu setzen.

Ammon ließ sich in die Polster fallen.

»Also? Was hat es mit der Kiste auf sich?«, fragte Schielin.

Ammon gab sich weiterhin rotzig.

»Dieser Arsch! Ich hab ihm die neuen Schlösser hingemacht und die Schlüssel ins Hotel geschickt. Von wegen Einbruch und von wegen Diebstahl! Nichts ist gestohlen worden, und niemand hat eingebrochen! Alles Unsinn.«

»Erklären Sie das Ganze doch bitte etwas ausführlicher«, forderte Schielin ihn auf.

Ammon vollführte ausladende Bewegungen mit seinen Armen, um das Unmögliche an Schielins Frage zu verdeutlichen.

»Was heißt ausführlicher, ausführlicher, was soll ich da bitte ausführlicher drüber sagen?! Ich hab seine Kiste aufgemacht und reingesehen. Mehr nicht. Nichts genommen, nichts ist kaputt, außer den beiden alten Schlössern, und die habe ich durch neue, hochwertige ersetzt … so ein Arsch, ruft die Polizei an!«

»Und was ist nun in der Kiste drinnen?«, fragte Lydia.

Seine Frau schaltete sich ein und antwortete statt ihres Mannes.

»Martin hat die Kiste seit einigen Jahren bei uns in Verwahrung. Er hat nach dem Tod seiner Mutter eine Zeit lang unten bei uns gewohnt … nach der Wohnungsauflösung halt. In der alten Munitionskiste hat er persönliche Dinge aufbewahrt, die er nicht mit nach Spanien nehmen wollte. Wir haben das Ding vor einiger Zeit rüber ins Lager gebracht. Soweit ich weiß, sind alte Erinnerungsstücke drinnen, Bücher und Notizen, nichts Wertvolles.«

»Es ist eine alte Wehrmachts-Munitionskiste aus Metall«, unterbrach sie ihr Mann, den sie mit einer Handbewegung aber sofort wieder zum Schweigen brachte, und führte fort: »Sein Herz hängt wohl dran, weil sich um das alte Ding Familiengeschichten ranken, von der Flucht und so, wie das eben so ist mit Erinnerungen an die Kindheit, die an Gegenständen festzumachen sind. Die einen behalten Kaffeekannen, Teller, Vasen, Werkzeuge – er die alte Munitionskiste. Aber diese alten Geschichten sind ebenso tot wie die Familie ausgestorben ist. Er ist als einziger noch übrig. Es war eine traurige Beerdigung, als seine Mutter gestorben ist, nur er noch am Grab, was die Familie anging.«

Sie wendete sich abrupt und entrüstet ihrem Mann zu.

»Jetzt aber mal was anderes – aus welchem Grund hast du diese Kiste überhaupt aufgebrochen? Das ist doch schwachsinnig.«

Er quetschte die Worte zwischen seinen Zähnen hervor.

»Erzähl du mir was von schwachsinnig. Ich war halt neugierig und besoffen. Ha!«

»Woher kennen Sie Martin Boone eigentlich?«, richtete sich Schielin an die Frau, um eine Zuspitzung zwischen den beiden zu vermeiden. Frau Ammon war dieses Verhalten ihres Mannes wohl gewohnt.

»Wir kennen uns von Jugend an, und er ist ein Schulfreund meines Mannes.«

»Er lebt in Spanien, erwähnten Sie«, schaltete Lydia sich ein.

»Ja. Er hat seine Leidenschaft zum Beruf gemacht – Segeln. Ein- oder zweimal im Jahr kommt er nach Lindau, denn so viel Wasser er auch sonst auf dem Meer um sich hat, auf den See hier kann er doch nicht ganz verzichten. Meistens kommt er Anfang des Jahres, nach der *boot* in Düsseldorf und noch mal im Herbst nach der *interboot* in Friedrichshafen. Er hält da Vorträge, zeigt Videos oder ist mit an den Ständen von Werften.«

Sie hielt einen Moment inne und fragte vorwurfsvoll in Richtung ihres Mannes: »Wieso hast du mir nicht gesagt, dass er jetzt hier ist?« Als der nicht reagierte, richtete sie sich an Schielin. »Und wegen dieser dummen Kiste kommen Sie zu zweit zu uns? Das kann doch nicht sein, oder?« Den letzten Satz hatte sie mehr an ihren Mann gesagt.

Schielin warf Lydia einen Blick zu, der ihr deutlich machte, dass er noch nicht vorhatte, die Ammons über den Tod von Boone zu informieren, und weitere Fragen würden sich später auch noch stellen lassen. Er lenkte ab und bat die Ammons mit unaufgeregten Worten, ihn zur Baracke zu begleiten, um diese ominöse Kiste in Augenschein nehmen zu können. Erst dort wollte er entscheiden, wie viel er preisgeben würde.

Sie gingen gemeinsam die Treppen hinunter und folgten den Ammons durch den Innenhof, wo ein Roller unter einem Vordach stand.

»Ist das Ihrer?«, fragte Lydia Naber.

»Ja … gehört den Kindern«, antwortete Frau Ammon.

Lydia fotografierte die beiden Versicherungskennzeichen unauffällig mit dem Smartphone.

✻

An der Baracke angekommen fummelte Ammon umständlich mit dem Schlüssel herum, und das leichte Zittern seiner

Hände war nicht zu übersehen. Wer weiß, was auf der Fahrt hierher zwischen ihm und seiner Frau noch gesprochen worden war.

So schäbig und heruntergekommen die Holzbaracke von außen auch aussah, so verwahrlost das Umfeld auch war – drinnen fanden sie eine moderne, technisch neuwertige Lagerstruktur vor. Hinter dem nostalgisch anmutenden Telefon im Gang führte eine schwere Tür mit eisernen Beschlägen in eine weitläufige Halle, die von Regalen durchzogen war. Die Tür öffnete automatisch, nachdem man auf einem kleinen Eingabefeld einen Passcode eingegeben hatte. Eine zeitgemäße Beleuchtung sorgte in dem fensterlosen Innenraum für taghelles Licht. Eine Metallkonstruktion bildete Regalwände und schaffte im Raum ein zweites, an der Südseite befindliches Stockwerk, zu dem eine enge Wendeltreppe emporführte. Etwa zwei Drittel der Staufläche waren belegt. In der oberen Regaletage befanden sich keine offenen Regalböden; stattdessen waren dort kleine, mit Türen verschlossene Abteile eingerichtet. Schielin staunte nicht schlecht, denn von den maroden Holzaußenwänden war hier drinnen nichts mehr zu sehen. Die Innenwände waren vollständig verkleidet, und Schielin spürte sofort das ausgewogene Raumklima. An der Seitenwand zeigte eine große Digitalanzeige die Daten an: achtzehn Grad und fünfundvierzig Prozent Luftfeuchtigkeit. Außen pfui, innen hui, dachte er und fragte: »Was lagern Sie hier genau?«

»Kunst. Vor allem Gemälde und einige wenige Skulpturen.«

»Für wen?«

»Für unsere Kunden«, lautete die spröde Antwort.

Ammons Frau lehnte an einem der Regale gleich am Eingang und kaute auf ihrer Unterlippe. Schielin ging langsam durch die Reihen. Ein Paar chinesischer Vasen stand unverpackt auf einem Regalboden, mattes, graublaues Porzellan, auf dem in leuchtendem Blau eine Berglandschaft aufgebracht war.

»Fälschungen«, drang Ammons Stimme von hinten an ihn heran, »aber gut gemacht, wirklich gut gemacht.«

»Fälschungen?«, fragte Schielin irritiert.

»Na ja«, lenkte Ammon ein, »Kopien, Repliken eben ... Kenner kommt von kennen, somit wird sie der Kenner auch als solche erkennen.«

Schielin drehte sich um und sprach Ammons Frau an.

»Und wo ist jetzt die Kiste?«

Sie deutete wortlos mit dem Finger nach oben. Schielin stieg die Stufen hinauf und lief die Galerie entlang, bis Ammon »Stopp!« sagte, als er an der richtigen Tür angekommen war. Die Tür war nicht verschlossen.

»Sind alle Türen hier oben unverschlossen?«, fragte Schielin etwas verwundert.

»Ja. Die Türen sind nur ein zusätzlicher Staubschutz, keine Sicherung. Sollte es jemand schaffen, hier hereinzukommen, ist es eh egal.«

Er bediente einen Schalter, und das grelle Lichtband im Kabuff stach in den ersten Augenblicken in den Augen. Schielin sah eine kleine Kammer vor sich: unverputzte Trockenbauwände und vor ihm in der Tat eine alte Munitionskiste, deren ramponiertes Äußeres auf eine wechselvolle Vergangenheit hinwies. Sogar ein Einschussloch war daran zu erkennen. In der Ecke des winzigen Raums stand ein klappriger Holzstuhl und ein alter, brauner Koffer.

»Der Koffer ist leer«, sagte Ammon gleichgültig. Dann ging er hinaus, kam ratternd mit einer Ameise zurück und fuhr unter die Palette. »Die scheiß Bücher sind schwer.«

Mit einem Lastenaufzug schwebte er langsam ins Erdgeschoss.

»Wer hat Zutritt zu diesen Räumen?«, wollte Schielin wissen.

»Ich natürlich, meine Frau und mein Kompagnon.«

»Und hat der Kompagnon auch einen Namen und eine Adresse und ein Telefon?«, hakte Lydia Naber nach.

»Helmut Schupflin, wohnt in Niederstaufen, etwas außerhalb. Inzwischen ist sein Sohn der Ansprechpartner – Dustin Schupflin.«

»Handynummer?«, fragte sie.

Ammon wies auf eine Plastiktafel an der Wand.

»Da steht alles drauf, was Sie brauchen.«

»Apropos brauchen … wir brauchen Sie heute nicht mehr, hätten Sie und Ihre Frau aber gerne morgen auf der Dienststelle noch befragt.«

»Mehr als ich Ihnen heute gesagt habe, kann ich morgen auch nicht sagen.«

»Wir werden ein Protokoll aufnehmen müssen und ein paar andere Fragen stellen.«

»Tsss … ein Protokoll. Ja wenn das erforderlich ist, ja gut, dann machen Sie eben ein Protokoll.«

Im Vergleich zu seinem Auftreten in der Wohnung war er inzwischen recht zahm geworden. Seine Frau hatte ihn wohl zur Raison gebracht. Die ging jetzt entschlossen auf Lydia zu.

»Was soll denn dieser ganze Aufwand? Das kann doch nicht nur wegen dieser dummen, alten Kiste sein. Jetzt sagen Sie schon, was los ist!«

»Wir haben Martin Boone tot am Hafen aufgefunden«, formulierte sie möglichst allgemein.

Sarah Ammon sah sie ernst und ruhig an, verharrte einen Augenblick, drehte sich dann wortlos um und ging zu ihrem Mann. Der reagierte ähnlich – erschrocken, muckte aber sogleich laut auf.

»Aha. Und wir sind jetzt verdächtig, oder was?! Das hätten Sie uns gleich sagen müssen … gleich!«

Lydia fuhr ihn an. »Dann frage ich sie doch gleich mal, wo sie in der Nacht von Sonntag auf Montag waren?!«

»Ja zuhaus war ich, wo sonst … mit meiner Frau … zuhaus.«

Lydia fixierte ihn aus engen Augen. »Gut. Wir werden sie noch formell dazu anhören.«

*

Kurze Zeit später kam Wenzel mit dem VW-Bus und holte die Kiste ab. Auf der Dienststelle landete sie erst mal im Vernehmungsraum. Lydia nahm die zwei nagelneuen Schlüssel vom Bund, den sie im Hotelzimmer gefunden hatten. Sie passten.

Unter dem Deckel, der von zwei brüchigen Lederbändern gehalten wurde, offenbarte der erste Blick einen Bücherstapel. Sie holte zwei Handvoll Bücher heraus und stöberte mit den Händen in dem übrigen Zeug herum. Noch zwei abgegriffene Ledertäschchen und zwei Holzkisten lagen darin. In der einen Kiste befand sich ein Sextant, in der anderen ein alter Chronograf. Die Ledertäschchen enthielten vergilbte Druckhefte, die auf allen Seiten mit kleinen Tabellen beschrieben waren – Mondentfernungstabellen, wenn man dem Eintrag glauben durfte. Eine Digitalkamera tauchte am Boden der Munitionskiste auf. Sie holte sie heraus und drehte sie in der Hand. Der Deckel für das Akku- und Speicherkartenfach war abgeplatzt, und das Gehäuse hatte an dieser Stelle einen tiefen Riss. »Nur so runtergefallen, ist die nicht«, murmelte sie, und etwas Geduld war vonnöten, um die Speicherkarte herauszubekommen. Anschließend ordnete sie den Inhalt der Kiste auf dem Tisch und erstellte ein Bestandsverzeichnis. Die Bücher behandelten überwiegend die Themen Navigation und Sternenkunde. Ein Buch befasste sich mit Überlebenstechniken und medizinischen Behandlungen in Extremsituationen: *survival medicin*. Sie ließ die Seiten des Buches durch ihre Finger gleiten und stoppte bei einigen hässlichen Aufnahmen, die offene Brüche oder klaffende Wunden zeigten, und in der Folge, wie derlei Verletzungen zu versorgen waren. Dann holte sie den Rest aus der Kiste. In einem Tuch waren einige unspektakuläre Muscheln eingewickelt, in einem abgewetzten Schlampermäppchen fand sie alte Füllfederhalter, einen Zirkel, Bleistifte und Buntstifte. Ein modriger Geruch drang daraus hervor.

Unter den vielen Sachbüchern waren auch ein paar Romane – ebenso den großen Meeren gewidmet. Guy de Maupassant, *Auf See*, Rudyard Kipling, *Von Ozean zu Ozean* – den hätte sie wirklich nur mit dem Dschungelbuch in Zusammenhang gebracht – weiterhin Joseph Conrad, *Die Schattenlinie* und Strindberg, *Bis ans offene Meer*. Ein zerfleddertes Magazin klemmte zwischen den Büchern: *Berliner Magazin*. Darin aufgeschlagen war eine Doppelseite mit einem Bericht über Haie und der reißerischen Überschrift *So entgehst du einer Hai-Attacke*. Sie las halblaut vor und kommentierte, was da stand:

1 Wähle dein Wasser weise.
Sie sprach laut: »Guter Ansatz!«
2 Beobachte ihre Körpersprache.
»Schon gegen Nummer eins verstoßen.«
3 Hab keine Angst!
»Warum auch?!«
4 Sei der Boss!
»Haie mögen glaub ich keinen Boss.«

5 Geh kein unnötiges Risiko ein.
»Ja klar, hättet ihr es mal bei Nummer eins belassen.«

Sie feixte boshaft und warf das Ding zur Seite.
　»*Berliner Magazin … Wie entgehst du einer Hai-Attacke.*
Boah! Berlin!«

Der *Strindberg* kam ihr in den Blick. Strindberg, der hatte
mal einige Monate in Lindau verbracht, da aber sein Schauspiel *Der Vater* geschrieben und seine Frau genervt. Mhm.
Bis ans offene Meer. Unweigerlich hörte sie Wellen rauschen und hatte eine Vorstellung von salziger Luft.

Ganz an der rechten Aluwand der Kiste lehnten zwei
Sperrholzplatten, die mit Gummis zusammengebunden
waren. Zwischen ihnen befand sich ein etwa vier Zentimeter dicker Packen mit Paketpapier umwickelt. Darin
kamen Leinwände zum Vorschein. Es waren einige Ölgemälde in unterschiedlichem Format. Das kleinste schätzte
sie auf zwanzig mal dreißig Zentimeter, das größte war fast
quadratisch und konnte vierzig mal fünfzig Zentimeter
groß sein. Die Leinwände waren mit Seidenpapier voneinander getrennt. Ihre Augen sogen sich an den Motiven
und Farben fest. Es gefiel ihr. Blau dominierte, ein tiefes, in
die Unendlichkeit weisendes, warmes Blau. Ja, diese kalte
Farbe konnte so unendlich viel Wärme ausstrahlen, wenn
man es beherrschte, das Handwerk. Ein eigenwilliger Stil.
Die Konturen der Landschaften zerflossen am Horizont,
und immer war da Meer. Es waren imaginäre Traumland-
schaften voller Einsamkeit, denn Tiere oder Menschen
kamen nicht darin vor. Ganz klein stand am unteren Bild-
rand die Signatur *One*.
　Sie legte die Leinwände locker zusammen und blickte

ratlos auf die große Tischplatte, auf der der gesamte Inhalt der ominösen Kiste ausgebreitet war: vier Stapel Bücher, drei Stapel Notizbücher, die Gemälde und der seltsame Rest. Wozu lagerte Boone das Zeug nur in einer verschlossenen Kiste im Lagerhaus von Ammon und nahm es nicht mit nach Spanien? Ganz zum Schluss fand sie noch eine kaputte Taschenuhr und ein Goldkettchen mit einem Kreuz daran.

Sie nahm eines der Notizbücher zur Hand und blätterte flüchtig darin: handschriftliche Aufzeichnungen in einer unruhigen, aber lesbaren Schrift, durchsetzt von Zeichnungen und Abkürzungen, deren Sinn sich ihr nicht erschloss. Für heute hatte sie genug und wollte sich am nächsten Tag näher mit dem Inhalt befassen – mit klarerem Kopf.

Schielin tippte schnell und konzentriert am PC, als sie zurück ins Büro kam und ihm erzählte, wie wenig Neues es gebe.

»Der Ammon wird schon noch damit rausrücken müssen, weswegen er die Kiste aufgebrochen hat«, meinte er, ohne dabei aufzusehen.

Von vorne hörte sie die Stimme von Robert Funk.

»Komm mal mit, ich muss dir was zeigen«, befahl sie.

Sie nahm ihn mit in den Vernehmungsraum und deutete auf den Tisch.

»Ein Haufen unnützes Zeug, nichts wirklich Wertvolles, aber diese Malereien da – kannst du damit was anfangen?«

Er trat an den Tisch, nahm einige der Leinwände in die Hand und drehte sie langsam im Licht der alten Neonröhre, die gerade mal nicht flackerte, sondern summte.

»Ah … jetzt fällt es mir wieder ein … mein Gott, das ist ja Ewigkeiten her!«, sagte Funk.

»Was ist Ewigkeiten her?«

Funk hielt das kleinste der Gemälde dicht vor seine Augen.

»*One* ... hier steht *One*.«

»*One*?«, fragte Lydia.

»Ja. Das war sein Künstlername, *One*. Die letzten drei Buchstaben seines Namens, Boone ...«

»Diese Bilder da, die sind also alle von ihm?«, fragte Lydia erstaunt.

»Er hat sie zumindest signiert. Mensch, ich hatte das völlig vergessen, weil zu lange her. Der hat schon als Jugendlicher gemalt. Valentin-Heider-Gymnasium ... Kunstprojekt ... ist dann auch von der Schwäbischen Zeitung so ein bisschen gepuscht worden, hatte sogar ein paar Ausstellungen, im Heilig-Geist, in Bregenz, Schwarzenberg und am Untersee ... aber mit einem Mal war nicht mehr viel zu hören von ihm, bis auf ... also vor ...«, er sah zur Decke und überlegte, »herrje ... es ist einfach zu viel, was man so über die Jahre ansammelt. Ich habe das auch nicht mit diesem braungebrannten Berufssegler in Verbindung gebracht. Gute zehn Jahre ist das her, da hatte er ein Verfahren wegen Betrugs am Hals, aber nicht hier in Deutschland, sondern in der Schweiz. Mensch klar ... zehn Jahre! – deswegen hat unsere Abfrage auch keinen Befund ergeben. Es ging damals um Fälschung. Er soll einige Gemälde unter dem Signet von Arnold Böcklin gefertigt und in den Handel gebracht haben. Die St. Galler haben damals ermittelt, wenn ich mich recht erinnere, und wir hatten eine Ermittlungsanfrage von denen, die ich bearbeitet habe. Ich weiß aber nicht, was damals dabei rausgekommen ist. Wie gesagt, das Verfahren lief in der Schweiz, aber ich werde mich mal darum kümmern.«

»Is ja toll, woran du dich alles erinnerst!«, meinte Lydia knapp.

Wenzel legte das Gemälde zurück und schaute etwas nachdenklich drein.

»Seltsam, nicht wahr, wie einem jemand im Leben begegnet, dann für Jahrzehnte verschwindet und mit einem Mal wieder mitten in die Gegenwart springt. Und nun ist er tot. Irgendwie hatte ich bei diesem jungen Kerl damals ein ungutes Gefühl.«

»Ungut? Wie meinst du das?«

»Mhm. Ich war bei einer Ausstellungseröffnung dabei. Ein sehr eloquenter junger Schwätzer ... das passte nicht so recht zu den introvertierten Gemälden. «

Schielin hatte in der Zwischenzeit die offiziellen Anfragen für die spanische Polizei abgesendet und ein paar Telefonate geführt, um auf informellen, schnelleren Wegen zu Ergebnissen zu gelangen.

Zurück aus dem Vernehmungsraum legte Lydia die Speicherkarte der Digitalkamera, die sie in der Metallkiste gefunden hatte, neben das Smartphone von Boone, das zum Laden am Netz hing, als es just in diesem Augenblick klingelte. Schielin sah auf.

»Wird die Nummer mitgeliefert?«

»Ja – und der Name wird auch angezeigt. Kennen wir beide.«

»Wer ist es?«, fragte Schielin ungeduldig.

»Ammon.«

»Mhm ... warum ruft der denn einen Toten an?«

»Nicht *er* – *sie* ruft an, seine Frau! Auf dem Display steht *Sarah*. Das kann nur sie sein. Sie ist wohl aus Versehen auf seine Nummer gekommen, denn wieso sollte sie einen Toten anrufen ... es sei denn, sie erwartet, dass ein anderer rangeht.« Sie drehte sich zu Schielin. »Wirklich blöd, dass

Jasmin gerade nicht da ist. Die würde schon dransitzen und das Ding auslesen. Morgen kommt alles nach Kempten zum Auswerten: Kontakte, Mailbox, Socialmediazeugs, Fotos, Filmchen von der Speicherkarte.«

Sie packte alles in einen Karton und brachte es in Gommis Büro.

Schielin lehnte sich zurück.

»Schau an, schau an. Frau Ammon!«

Im Internet war er zuvor auf die Facebook-Seite von Boone gestoßen – voll mit Fotos von Segelyachten. Boone war oft zu sehen, ein strahlender, sportlicher, braungebrannter Mann, immer eine Frau im Arm, immer ein strahlend weißes Lächeln in die Kamera – und um ihn herum Sonne, weiße Segel und pure Lebensfreude. Es sah in der Tat traumhaft aus. Aber war es auch so? Vermutlich nicht, denn dann hätte er nicht mit zwei Pfeilen im Leib auf der Löwenmole gelegen.

Tagebücher

Schielin fand keine Ruhe in der Nacht. Die Gedanken an den Toten von der Löwenmole trieben ihn um, und es gelang ihm nicht, sie in andere Bahnen zu lenken. Immer wieder tauchte die Hafeneinfahrt vor ihm auf und der Tote auf den Treppenstufen zum Podest. Weit nach Mitternacht stand er schließlich auf, ging hinunter und goss sich einen kleinen Schluck *Armagnac* ein. Das half manchmal. Doch diesmal verpuffte das Aroma des pflaumig-sanften Stoffs, und die kleine Dosis Alkohol blieb ohne die erwünschte Wirkung.

Unschlüssig stand er vom Sofa auf und ging hinüber zum Fenster. Kein Stern war am Firmament zu sehen. Sollte er vielleicht einen kurzen Gang zur Weide hinüber unternehmen und Ronsard einen nächtlichen Besuch abstatten? Aber was hätte er davon, außer dass Ronsard mit wenig wohlklingenden Geräuschen Luft einsaugen würde, um sie anschließend laut in die Nacht zu plärren, wie Esel nun einmal plärren. In Rorschach würde man es noch hören können. Er blieb darum im Haus und schleppte sich ruhelos dahin in einen traumtrunkenen Taumel aus Halbschlaf und immer wieder erschrecktem Erwachen.

Noch vor Sonnenaufgang machte er sich auf den Weg direkt hinunter zum Hafen, wo er sich im Schutz des Mangturms auf die kühlen Steine hockte und hinüber zur Löwenmole sah. Es war empfindlich frisch, und das Ensemble aus Leuchtturm und Löwen, das die Hafeneinfahrt markierte, hob sich in der ansetzenden Dämmerung als schwarzer, monolithischer Block ab. Man musste zu dieser Stunde schon genau hinschauen, wollte man jemanden da drüben auf der Mole erkennen. Schatten, Schemenhaftes, Konturen – mehr gab es da nicht zu sehen. Es war während der Nacht trocken geblieben, trotz der dichten Wolkenbänder, die über dem See waberten. Nicht ein Windhauch war zu spüren. Er schloß die Augen und lauschte. Hier auf er Insel verging die Zeit nicht einfach – sie plätscherte dahin.

Ein dumpfes Grollen holte ihn aus seinen Gedanken und er schaute hinüber zur Eilguthalle, von wo das Geräusch gekommen war. Zwielicht. Keine Bewegungen zu erkennen. Ob der Komponist sich noch traute, weiter am Hafen nach Inspiration zu suchen? Er hockte da und spürte dem sanften Schmerz nach, welchen das Eisengestänge erzeugte, wenn er sich eine Zeit lang daran anlehnte. Eine erste Möwe flog auf, und als eine zweite dazukam, schrie sie kehlig in den beginnenden Morgen. Ein paar Lichter mehr gingen nun hinter ihm in den Hotelzimmern an, und die Konturen am Hafen traten von Minute zu Minute erkennbarer zutage. Wirklich ein verlassener und einsamer Ort so früh am Tag, und wer auch immer mit einem Bogen und Pfeilen hier unterwegs war, musste nicht viel fürchten. Mit dunkler Kleidung bestand selbst auf der Löwenmole ausreichend Deckung. Kein schlafloser Hotelgast, der von seinem exponierten Zimmer hinaus in den Hafen blickte, würde etwas wahrnehmen; und auch die Wahl der Waffe war eine geschickte: geräuschlos, unsichtbar, effektiv. Ob es für den Täter eine bestimmende Rolle gespielt hatte, Pfeil und Bogen zu verwenden statt einer Schusswaffe? Hatte Martin Boone schreien können – vor Schreck, vor Schmerz, oder hatte ihm die grausame Konfrontation mit dem Tod die Kehle zugeschnürt? Der Bogenschütze musste Kenntnis von Boones Gewohnheiten haben, von seinen morgendlichen Touren in den Hafen wissen. Wer konnte diese Gewohnheit kennen – die Leute im Hotel, Freunde, Vetter-Jacobsen, die Ammons vielleicht? Drüben am Bahnhof wurde ein schwerer Diesel angelassen, und als hätten die Kolben ihn angestoßen, lebte plötzlich der Wind auf. Aber so sanft er auch über den Hafen fuhr, begannen die wenigen Boote, die noch an den Liegeplätzen vertäut lagen, doch sogleich an, leicht zu schaukeln, und die Wasseroberfläche kräuselte sich fein. Er stand auf, schlug sich den Staub von der Hose und schlenderte durch die Inselgassen zurück zum Auto. Heute sammelte er die Bestellungen für den Bäcker und war einer der ersten im kleinen Laden in der Grub.

Kaffeearomen umfingen ihn, als er eine halbe Stunde später die Dienststelle betrat. Ausnahmsweise sprang ihm Hundle mal freudig entgegen, was jedoch nur am Rascheln der Bäckertüten lag. Wenzel kam als letzter und war schlecht gelaunt. Lydia nippte gerade an ihrer Tasse mit Fencheltee, und er ätzte: »Eigenurintherapie, oder was?«

Gommi, der alte Gewerkschaftsjournale und Zeitungen zusammenklaubte und auf einen Stapel legte, fing von Wenzels Bemerkung animiert an, darüber zu jammern, wie wenig Kohle die Kaffeekasse in letzter Zeit einspielte, wo man doch den Betriebsausflug schließlich irgendwie finanzieren müsse. Lydia warf Wenzel ein paar unschöne Worte zu und wendete sich dann an Gommi.

»Kennst du den Unterschied zwischen einem Psychopaten und einem Neurotiker?«

Er hielt inne, drehte sich zu ihr um und schüttelte den Kopf.

»Nein.«

»Der Psychopath weiß, dass zwei mal zwei fünf ist. Der Neurotiker ist sich darüber im Klaren, dass zwei mal zwei vier ist, aber er leidet fürchterlich darunter.«

Gommi blickte irritiert drein.

»Ja und?«

Sie stand auf und schnaufte.

»Such's dir aus.«

Funk blieb unbeteiligt und fragte Schielin nach Kimmel.

»Kempten. Dienststellenleitertagung.«

»Ach, der Arme. Aber einer muss es ja machen.«

＊

Die Ammons erschienen pünktlich, und er kam zuerst dran. Im Vernehmungsraum war nichts mehr vom Inhalt der Kiste zu sehen. Schielin blickte müde drein, sodass Lydia nach einer knappen Begrüßung launisch die Vernehmung begann.

»Und, ist Ihnen vielleicht noch etwas eingefallen seit gestern Abend?«

Ammon schüttelte den Kopf und vollzog eigenwillige Bewegungen mit seinen Lippen, gerade so wie Sänger vor einem Auftritt, um ihre Lippenmuskulatur zu lockern.

Schielin belehrte Ammon sachlich und war auf die Reaktion konzentriert, die Ammon zeigen würde, wenn er ihm gleich sagte, er sei eine im Mordfall Boone verdächtige Person. Ammon jedoch hockte ihm teilnahmslos gegenüber und zeigte nicht eine Regung. Lediglich seine Lippen hörten auf, einander zu bearbeiten, als er mit aufreizender Belanglosigkeit feststellte: »Ja, das sagten Sie ja gestern schon. Wie ist es denn passiert?«

Lydia Naber konterte seine mitleidslose Reaktion scharf mit einer Frage.

»Wo waren Sie in der Nacht von Sonntag auf Montag?«

Wie ärgerlich, dass sie den Obduktionsbericht immer noch nicht vorliegen hatten, mit dem sie den Tatzeitpunkt genauer hätten eingrenzen können.

»Im Bett«, lautete seine lakonische Antwort.

»Alleine?« fragte Schielin und ließ es so klingen, als gäbe es darüber Interpretationsspielraum.

»Meine Frau war auch zu Hause … Sie können sie ja fragen.«

»Müssen wir«, kam es von Lydia Naber. »Und wann sind Sie am Morgen aufgestanden?«

»Ich bin Frühaufsteher.«

»Was heißt das konkret?«

»Meistens zwischen vier Uhr und fünf Uhr. Ich gehe dann in der Regel nach oben und arbeite. Da geht es am besten von der Hand. Abends, noch im Bett, lasse ich meine Gedanken schweifen, und am Morgen setze ich es dann an der Leinwand um.«

»Wann haben Sie am Montagmorgen das Haus verlassen?«, wollte Lydia wissen.

»So um halb sieben. Ich habe Semmeln geholt.«

»Wo?«

»Oben in der Maximilianstraße beim Hamma.«

»Kennt man Sie da?«

Er zuckte mit den Schultern.

»Weiß ich doch nicht. Das müssen Sie halt die Leute dort fragen.«

»Wann hatten Sie zuletzt Kontakt mit Martin Boone?«

»Am Sonntag.«

»Wo und in welcher Angelegenheit?«

»Ich habe ihn am Vormittag im Hotel aufgesucht und wollte mit ihm reden, aber er hat mich weggeschickt, hochmütig wie er eben nun mal war. Ich wollte ihm das mit der Kiste noch mal erklären …«

»Weshalb?«

»Weil er sich aufgeregt hat … sich fürchterlich darüber aufgeregt hat, ja weil ich halt das blöde Ding aufgemacht habe.«

»Aus welchem Grund haben Sie denn die Schlösser aufgebrochen?«

»Das habe ich Ihnen doch gestern schon gesagt – aus
Neugier, aus keinem anderen Grund als aus purer Neugier.
Manchmal mache ich eben so Sachen, die … die anders sind.
Vielleicht liegt es auch an meiner Trinkerei. Er lebt in Spanien
und bunkert jahrelang diese Kiste im Lager, kommt ein-
oder zweimal zu Besuch, hockt dann vor diesem Ding herum
und verschwindet dann wieder. Ich wollte halt wissen, was
da drinnen ist, verstehen Sie? Und … und ich hatte wirklich
zu viel getrunken. Überhaupt … ich trinke etwas zu viel.«

Schielin blieb ohne Regung. Er wusste nicht recht, was
er von diesem Kerl halten sollte, der ohne jede Anteilnahme
zu zeigen, vom Tod eines guten Bekannten und Geschäfts-
partners, ja eines Jugendfreundes erfuhr. Er stutzte bei dem
Gedanken an das Wort *Freund*. Waren die beiden überhaupt
jemals soetwas wie Freunde gewesen?

Lydia Naber setzte Ammon zu.

»Wissen Sie, unsere Aufgabe besteht darin, an dem zu
zweifeln, was uns die Leute so erzählen, vor allem wenn es
um die Aufklärung eines Mordes geht. Seit Jahren steht die
Kiste bei Ihnen im Lager, und just als Sie sie aufbrechen,
wird der Eigentümer kurz darauf ermordet. Neugier?«

Er entgegnete knapp: »Ich könnte es auch nicht besser
zusammenfassen.«

Ihre Stimme wurde beißend.

»Herr Ammon, ich fürchte, Sie schätzen Ihre Situation
nicht richtig ein. Boone kommt wie jedes Jahr nach Lindau,
geht zu seiner Kiste, stellt fest: aufgebrochen. Sie bauen
neue Schlösser dran und geben ihm die Schlüssel dafür.
Er ruft bei uns an und erstattet Anzeige, und bevor wir mit
ihm sprechen können, liegt er tot am Hafen. Was glauben
Sie, wie das für uns aussieht?«

»Wie es für Sie aussieht, ist doch nicht von Belang. Ich habe nichts genommen! Nichts! Gar nichts! Nichts habe ich genommen! Und ihn auch nicht umgebracht.«

»Erzählen Sie uns doch nicht so einen Quatsch! Natürlich haben Sie was geklaut! Oder glauben Sie vielleicht, Boone hätte die Polizei verständigt, wenn es sich nicht um Diebstahl gehandelt hätte? Und offensichtlich haben Sie etwas genommen, was ihm viel bedeutet hat, etwas Wertvolles.«

Zum ersten Mal geriet Ammon ins Stocken. Es war an der fehlenden Intensität zu spüren, mit der er nun sprach.

»Nein, nichts Wertvolles ... er hatte Gemälde in der Kiste, und ich war neugierig darauf, mehr nicht.«

»Und was ist mit der Digitalkamera? Haben Sie sie auf den Boden geschlagen oder gegen die Wand geworfen?«

Er zuckte mit den Schultern.

»Ist doch egal, oder?« Er sank zusammen und begann, an seinem Daumennagel herumzukiefen, als gäbe es Lydia und Schielin nicht. Die beiden erschraken, als er unerwartet laut wurde. »Ja und?! Ich musste einfach irgendwas kaputtmachen, und es hat eben die Kamera erwischt. Die Gemälde wollte ich nicht zerschneiden, das hätte ich nicht gekonnt, weil ...«

Lydia warf Schielin einen ratlosen Blick zu.

»Weil?«, hakte sie auffordernd nach.

»Weil sie eine Seele haben.«

»Was ist mit diesen Gemälden?«

»Nichts, was ich Ihnen erklären könnte. Sie sind eben besonders.«

Lydia wechselte den Ansatz. Vielleicht ließ er sich ja provozieren.

»In welcher Beziehung stand Ihre Frau zu Martin Boone?«

Die Frage holte Ammon tatsächlich aus seiner Versunkenheit, und sie dachte, schau an, schau an, das gefällt ihm gar nicht. Sein Körper straffte sich, und er antwortete betont gelangweilt: »Meine Frau … Beziehung … mit Boone? Ohje. Sie wissen gar nichts. Welche Beziehung sollten sie denn gehabt haben, hä!? Ich weiß schon, worauf Sie hinauswollen.«

»Sie hat ja allein schon die Frage in Aufregung versetzt. Die beiden kannten sich doch seit ihrer Jugend, oder etwa nicht!?«

»Ja sicher. Sie kannten sich, so wie man sich eben kennt, wenn man zusammen in der Schule war … wir waren alle zusammen damals, na und!?«

»Ja was und?! Erzählen Sie doch mal!«

Es fiel ihm schwer, die Fassung zu bewahren. Er legte beide Arme auf den Tisch und beugte den Kopf weit darüber.

»Es … gibt … nichts … zu … erzählen«, presste er zwischen den Zähnen hervor.

Sie sprang zum nächsten Thema.

»Als was würden Sie sich denn bezeichnen, als Maler, als Künstler?«

Er ließ sich wieder nach hinten sinken und stöhnte gelangweilt.

»Ich male, ja.«

»Mit welcher Intention?«

Er rollte mit den Augen.

»Ich male, weil es mich erfüllt?!«

»Waren Sie eigentlich neidisch auf Boone? Er hatte ja vor vielen Jahren einen ziemlichen Erfolg und konnte es sich leisten, sein Talent nicht weiter zu pflegen, sondern einfach mal segeln zu gehen. Machte Sie das … ärgerlich?«

Ammon lächelte hintersinnig.

»Oh, der alte *One*. Boone, der Künstler, der große Maler, Boone, der Weltumsegler in spe, der Frauenschwarm und Immergutdrauf. Ach Gott! Das damals ist doch Kinderkram gewesen. Wissen Sie, er ist ein Streuner, keiner, der sich einer Sache ganz widmet, bis auf eine Ausnahme: Segeln – das war wirklich seins. Allein auf einem Boot unter dem Sternenhimmel, und im nächsten Hafen eine Frau. Punkt. Es gab da keine Konkurrenz zwischen uns, falls Sie darauf hinauswollen. Und wissen Sie was? Boone – der war neidisch auf mich, der war neidisch auf uns … auf unser Leben, ja!«

Die letzten Worte hatte er mit Nachdruck gesprochen, und hinter dem Menthol- nahm Schielin auch den Alkoholdunst wahr. Schwer vorstellbar, dass Boone auf ihn neidisch gewesen sein soll. Er fragte: »Treiben Sie Sport, Herr Ammon?«

»Sehe ich so aus?«

»Beantworten Sie bitte meine Frage«, wiederholte Schielin streng.

Ammon richtete sich auf. Er war ein wenig in den Stuhl gerutscht. Diese glatten, ungepolsterten Holzstühle verlangten der Oberkörpermuskulatur einiges an Spannung ab. Gehen lassen konnte man sich nicht darauf.

»Nein. Ich halte es für Unsinn, Sport zu treiben, aber ich besuche gelegentlich Sportveranstaltungen.«

»Welche?«

»Eishockey … Fußball …«

»Mhm … und Bogenschießen?«

»Was?«

»Bo … gen … schieß … en«, wiederholte Schielin ungehalten.

»Wie kommen Sie denn darauf?«

»Nicht Ihr Problem, Herr Ammon! Beantworten Sie doch einfach meine Frage!«, wurde Schielin nun langsam wirklich ungemütlich.

»Du lieber Gott, Bogenschießen. Was soll man sich denn dabei ansehen – die Trinität von Bogen, Sehne und Pfeil? Sowas von langweilig.«

Lydia fragte: »Woher wissen Sie denn, dass Bogenschie-ßen langweilig ist?«

»Ja woher wohl?! Weil ich das mal gemacht habe, vor einer halben Ewigkeit.«

Schielin hatte zu tun, seine Überraschung zu verbergen. Führte dieser Typ sie etwa vor?

»Sie … Sie haben aktiv Bogenschießen betrieben?«

»Ja. Meine Eltern haben mich dazu gezwungen, weil sie der Meinung waren, es täte mir gut, wo ich doch immer vor der Leinwand herumhing und malte. Ein *teutscher* Junge aber muss sich doch körperlich betätigen – und dazu diese endlosen Spaziergänge am See.« Er atmete schwer aus. »Das mit dem Bogenschießen ging nur einen Sommer lang, droben am alten Schießplatz in Sauters, da gab es mal eine Bogenschießgruppe. Wie gesagt, meine Eltern wollten, dass ich mich mehr bewege, und in meiner Not habe ich mich dann fürs Bogenschießen entschieden, weil das die maximal geringste Bewegung garantierte. Ich glaube, nur noch Schach verlangt weniger Physis. Minigolf ist dagegen schon Leistungssport.«

»Sie kennen sich also mit Pfeil und Bogen aus … können mit einem Bogen schießen?«, fragte Lydia.

»Das würde ich nicht behaupten.«

»Haben Sie denn einen Bogen?«, übernahm Schielin wie-der.

»Um Himmels willen, nein! Wozu auch?! Es ist über dreißig Jahre her.«

Schielin nahm den Druck heraus.

»In Sauters sagten Sie, am alten Schießplatz?«

»Ja.«

»Waren da viele aus Lindau dabei?«

Ammon wiegte den Kopf.

»Na ja, was heißt viele … wie viel werden das gewesen

sein …?« Er zählte in Gedanken. »So etwa zwölf Leute aus Lindau und Umgebung kriege ich zusammen.«

Schielin schob ihm einen Zettel über den Tisch und bat ihn, die Namen aufzuschreiben, an die er sich noch erinnerte. Ammon folgte der Aufforderung unerwartet friedlich.

»Von wem ging das eigentlich aus, dieses Bogenschießen? Von einem Verein, von der Schule …?«

»Nee. Das hat ganz allein der *alte Tauber* betrieben. Der hieß damals bei uns schon der *alte* Tauber. Das war einer, der für diese Sache wirklich lebte und das Ganze auch allein organisiert hat. Im Grunde genommen war das schon cool, denn im Rückblick muss ich zugeben, einiges dabei gelernt zu haben, wenn es mich auch auf grausame Weise gelangweilt hat. Aber diese Methode, sich zu konzentrieren, indem man den Lauf seiner Gedanken ordnet, Nebensächliches zur Seite schiebt und alle physischen und metaphysischen Energien einzig und allein auf dieses Ziel konzentriert – wirklich ein interessanter Ansatz, beinahe meditativ. Der Vorgang des Schießens hingegen ist dann etwas, was einfach geschieht, passiert und damit nicht mehr deinem Willen untergeordnet ist, sozusagen Zufall. Sie kennen das sicher von ihrem Schießtraining … Sie schießen doch auch, oder?«

Schielin fand die Art, wie Ammon sich mit einem Mal redselig gab, abstoßend.

»Selbstverständlich schießen wir regelmäßig; allerdings tritt der metaphysische Aspekt dabei eher in den Hintergrund. Aber erzählen Sie nur weiter …«

»Metaphysischer Aspekt … das stimmt, ja. Weit entfernt von Ballerei. Ich male heute so – ich lasse es einfach passieren, und dann ist es da, auf der Leinwand.«

»Ja, da ist es dann, wenn es passiert ist«, fügte Lydia hinzu, stand auf und verließ den Vernehmungsraum.

»Was soll das jetzt?«, richtete sich Ammon in beleidigtem Ton an Schielin. Der zuckte mit den Schultern.

»Meine Kollegin ist gegangen. Wir fragen unsere Kundschaft nicht um Erlaubnis.«

*

Lydia nahm Sarah Ammon mit in den Besprechungsraum und schloss die Tür. Sarah Ammon setzte sich und lehnte Kaffee und Wasser ab. Stattdessen fragte sie spöttisch: »Sind wir verdächtig?«

»Fühlen Sie sich denn verdächtig?«, fragte Lydia ernst und nahm ihr gegenüber am Tisch Platz.

Sarah Ammon strahlte ein so großes Selbstbewusstsein aus, so völlig anders als ihr Mann und so völlig anders, als bei ihrer ersten Begegnung, wo sie ihr beinahe devot erschienen war. Lydia fragte sich, wie diese beiden Menschen wohl zusammengekommen waren und was in dieser Beziehung geschehen war. Sie sah eine schlanke, intelligente Frau vor sich, die recht gelöst auf der alten Eckbank saß, die Unterarme entspannt auf der Tischkante aufgelegt und ihre Hände gefaltet hatte. Sie trug heute eine dunkle Jeans, bequeme Schuhe und eine weinrote Seidenbluse; am Hals glänzte eine Perlenkette, die von den schwarzen Haaren und dem dunklen Teint besonders betont wurde – eine Erscheinung, die keinen sonderlichen Bohei brauchte, um eine gewisse Strahlkraft zu entfalten.

Statt auf Lydias Frage zu antworten, legte sie eine ausdruckslose Miene um ihre Augen und fragte ihrerseits: »Wie ist es denn geschehen?«

Wirklich sehr selbstbewusst, dachte Lydia und antwortete: »Martin Boone wurde auf sehr brutale Art und Weise getötet.«

Mit Fragen zu Fakten würde sie dieser Frau nicht beikommen. Sie entschied sich daher, an die Gefühlswelt ihres Gegenübers zu appellieren.

»Mhm … getötet … auf brutale Weise«, wiederholte Sarah Ammon und ließ nicht locker. »Wie denn genau?«

Doch an der Zeit für eine Frage nach Fakten, dachte Lydia und stieß einen kriminalistischen Standard hervor.

»Wo waren Sie in der Nacht von Sonntag auf Montag und am Montagmorgen?«

Derlei Fragen erwartete jeder, der zu einer Vernehmung bei der Polizei geladen war, und man sollte die Erwartungen der Kundschaft schließlich nicht enttäuschen.

»Zu Hause. Ich war zu Hause. Und am Montagmorgen war alles wie immer. Mein Mann hat Semmeln geholt, und wir haben mit den Kindern gefrühstückt. Meine Tochter hatte übers Wochenende eine Freundin zu Besuch.«

Lydia erfragte den Namen der Freundin und notierte ihn. Dann fuhr sie fort: »Ihr Mann erzählte uns, dass er einmal Bogenschütze war.«

Sarah Ammon kippte regelrecht nach vorne und begann schallend zu lachen. Es dauerte eine Weile, bis sie eine Antwort gab.

»Entschuldigen Sie bitte, aber ich hatte sofort ein Bild vor Augen: mein Mann, der Bogenschütze!« Sie lachte wieder herzhaft, und Lydia musste Obacht geben, nicht davon angesteckt zu werden. »Oh nein … mein Mann war niemals Bogenschütze. Seine Eltern nötigten ihn zwar als Jugendlichen, bei einem Bogenschützenverein mitzumachen, aber nur mit mäßigem Erfolg. Er hatte keine Freude daran, glauben Sie mir, und er war auch niemals ein guter Schütze.«

»Und Sie?«

»Ja, ich war da auch dabei, droben in Sauters. Es ist schon

eine Ewigkeit her, sicher dreißig Jahre, und mir hat das Spaß gemacht damals, durchaus.«

Lydia verbarg ihre Überraschung. Sarah Ammon konnte also auch mit einem Bogen umgehen.

»Und – waren Sie eine gute Schützin?«

»Mhm. Ganz passabel, denke ich.«

»Betreiben Sie noch Bogenschießen?«

»Um Gottes willen, nein.« Sie löste erstmals die Hände voneinander und hob sie abwehrend an, als müsse sie sich noch nachträglich vor der Frage schützen. »Wirklich nicht. Das war so ein Jugendding. Damals ganz nett. Aber ich habe seither niemals mehr einen Bogen in der Hand gehabt.«

»Und Ihr Mann?«

Sie lachte wieder. »Gott behüte, wie ich schon sagte, er hat bereits damals keine Lust dazu gehabt. Nein. Und in seinem derzeitigen Zustand – Sie müssen wissen, er trinkt zu viel, viel zu viel –, da sind bereits Messer, Gabel, Scher und Licht eine echte Gefährdung für ihn und die Umstehenden. Er hat ein wirkliches Alkoholproblem … sehr schwierig.«

Lydia konterte den Ausflug ins Familiäre sogleich, indem sie sie abrupt und gefühllos mit dem Geschehen konfrontierte.

»Martin Boone wurde mit Pfeilen getötet.«

Sarah Ammon straffte ihren Oberkörper und faltete ihre Hände wieder.

»Das habe ich mir schon gedacht – brutal ermordet … und Sie fragen nach Bogenschützen … da ist das naheliegend. Kaum zu glauben … in Lindau … mit Pfeil … schrecklich!«

»Eine ungewöhnliche Tat, ja. Es gibt nicht viele, die mit einem Bogen umgehen können.«

Sarah Ammon sah Lydia Naber ausdruckslos ins Gesicht. Ihr linkes Auge begann, nervös zu zucken, doch ihrer Miene war nicht zu entnehmen, inwieweit sie entsetzt, überrascht oder betroffen war. Die Hände blieben ruhig, ihre Füße ebenso. Lydia hatte den Stuhl eigens ein Stück entfernt von der Tischkante positioniert, um die Beine überschlagen zu können und den Blick auf Sarah Ammons Füße frei zu haben. Tatsächlich: Keine Regung.

Sie fragte: »Was glauben Sie, Frau Ammon – aus welchem Grund begeht jemand eine solche Tat?«

Sarah Ammon löste sich aus ihrer Erstarrung, zuckte mit der Schulter und sagte mit leicht belegter Stimme: »Keine Ahnung ... wirklich keine Ahnung.«

»Was war Martin Boone für ein Mensch, was für ein Typ?«

Sarah Ammon überlegte einen Augenblick, und als sie begann, zu sprechen, rieben die Finger ihrer gefalteten Hände sich.

»Oh, das ist gar nicht so leicht zu beschreiben ...«

»Versuchen Sie es.«

»Na schön ... Egoismus – das ist das erste, was mir zu ihm einfällt. Segeln, unterwegs sein, Sonne, Meer, Wolken, Sternenhimmel, die knisternde Stimmung der Häfen, der Kitzel, sich Stürmen auszusetzen – dafür hätte er alles gegeben. Und vor allem hätte er alles dafür gegeben, das alleine zu erleben, aber er musste eben oft diese Segeltörns für die *Gestopften* – so nannte er seine Kunden – fahren. Deswegen liebte er die Überführungsfahrten so, die er alleine machen konnte. So sehr er aber die Einsamkeit suchte, so sehr liebte er es nach seiner Rückkehr auch, für eine Weile im Mittelpunkt zu stehen, Partys vor allem. Da wollte er eine fröhliche, tanzende Menge um sich haben – am liebsten Frauen, und wenn die Nacht dann vorüber war, war es so, als würde es ihn anekeln, diese Ausgelassenheit, die Musik, der Alkohol, die Frauen – und er ging wieder seiner Wege. Sehr ambivalent.«

»Ein wenig Sonnyboy, ein wenig Einzelgänger also«, brachte es Lydia auf den Punkt und fragte: »auch ein Playboy?«

»Nein, dafür fehlten ihm die finanziellen Mittel. Ich denke, er sah sich selbst gerne als den klassischen einsamen Wolf, der umherstreift. Allerdings war er ein einsamer Wolf, der wusste, wie einsam er war, was ihm zunehmend missfiel.«

»Zunehmend?«

»Ja, kam mir so vor in den letzten zwei, drei Jahren. Er gab da manchmal so Sätze von sich … einmal, als er hier war, sagte er zu uns, er beneide uns um unser Leben«, sie richtete sich auf und lachte bitter, »uns! Unglaublich, nicht wahr?«

Lydia Naber schwieg und machte nur eine kurze Bewegung mit dem Kopf, die alles heißen konnte.

»Sie haben sein Leben im Süden ja sehr eingehend beschrieben – waren Sie denn mal in Spanien oder auf einem Segeltörn mit ihm?«

»Ja, wir waren mal in Spanien im Urlaub und haben ihn besucht. Meine Eindrücke können aber auch falsch sein … subjektiv allemal.«

»Zu welchen Leuten unterhielt er hier in Lindau denn Beziehungen, mit wem traf er sich?«

Sarah Ammon nahm wieder ihre kontrollierte Körperhaltung ein.

»Mit niemandem, außer eben mit uns. Wenn er hier war, streifte er alleine durch die Gegend, suchte Orte der Vergangenheit auf, die eine Bedeutung für ihn hatten … Sie müssen wissen, er war ein unglaublich sentimentaler Mensch.«

»Mhm. Welche Orte waren das?«

»Das Mäuerchen direkt an der Pulverschanze auf der

Hinteren Insel, die Löwenmole, die letzte Bank unter den Kastanien am Giebelbach … er stand, saß, hockte dann dort herum – manchmal stundenlang. Fragen Sie mich nicht, warum – er sprach nicht darüber.«

»Aus welchem Grund hat er ausgerechnet zu Ihnen die Beziehung aufrechterhalten?«

»Das hätten Sie wirklich ihn fragen müssen.«

Ihr Mann hatte gerade eben noch von Martin Boone gesprochen, als wäre er noch am Leben, während Boone für Sie schon nicht mehr existierte.

»Diese Kiste… die Malerei, war das vielleicht der Grund?«

Eine kurze, an sich unauffällige Bewegung ihrer Hände wischte die Frage beiseite.

»Nein. Diese Kiste – das ist doch Unsinn. Er hätte sie doch schon längst mit nach Spanien nehmen können, und die Malerei … na ja. Ich weiß es nicht.«

Lydia setzte einen winzigen Nadelstich.

»Finden Sie es eigentlich furchtbar, was mit ihm geschehen ist?«

Sarah Ammon senkte den Kopf ein wenig, wich aber dem fragenden, beinahe anklagenden Blick, der sie traf, nicht aus.

»Das muss man doch nicht eigens betonen, oder? Natürlich ist es schrecklich, was mit ihm geschehen ist. Schauen Sie, den Kerl so schnell wie möglich zu erwischen.«

»Was meinen Sie, aus welchem Grund Ihr Mann diese unsinnige Kiste aufgebrochen hat?«

Sarah Ammon fuhr sich mit der Zunge über die Lippen und schluckte dann. Ihr Kehlkopf hob sich deutlich, verharrte kurz und glitt wieder zurück.

»Es ist die Sauferei. Er ist Alkoholiker. Es kommt da öfters zu wenig nachvollziehbaren, irritierenden, manchmal auch peinlichen Handlungen. Wir erleben weit Erschreckenderes mit ihm als nur eine aufgebrochene Kiste.«

Lydia hakte nach.

»Das mag ja sein, doch finden Sie die zeitliche Nähe der Ereignisse nicht auch eigenartig? Ihr Mann bricht diese angeblich unsinnige Kiste auf, Boone kommt, will bei uns Anzeige erstatten und liegt kurz darauf ermordet am Hafen – mit zwei Pfeilen im Leib. Und Sie beide haben gelernt, mit Pfeil und Bogen umzugehen.«

Sarah Ammon tat Lydias Frage mit einer legeren Handbewegung ab, die zeigte, für wie wenig sinnvoll sie diesen Gedankengang erachtete. Dann halt anders herum, dachte Lydia.

»Was empfinden Sie eigentlich bei dem grausamen Tod von Martin Boone?«

Sie war gespannt, ob und wie sie dieser Frage ausweichen würde.

»Es macht mich natürlich traurig«, sagte Sarah Ammon.

Fehler, gute Frau, dachte Lydia Naber und sah im gleichen Moment, wie ein leichtes Zucken um ihre Mundwinkel lief. Das Wörtchen *natürlich* sagte das Gegenteil. Sie bemühte sich um eine besonders nüchterne Stimme, um wenigstens etwas Ironie deutlich zu machen, und wiederholte: »Natürlich.«

Entweder war es unglaublich anstrengend für diese Sarah Ammon, die ganze Zeit derart locker am Tisch zu sitzen, oder sie hatte es mit jemandem zu tun, der über eine außergewöhnliche Selbstbeherrschung verfügte. Sie beschloss, eine Runde Schweigen einzulegen. Für sie selbst war dieses stille Dasitzen lediglich eine kleine Übung, wie sie es oft machte seit diesem Vernehmungsworkshop, bei dem sie sich Ewigkeiten lang angeschwiegen und darauf gewartet hatten, wer es letztlich brechen würde. Sarah Ammon nahm die Herausforderung an und blickte ihr leer ins Gesicht, ohne eine Regung zu zeigen. Als Lydia den Eindruck hatte, nichts mehr dabei zu gewinnen, beendete sie das Schweigen.

»Vielen Dank, Frau Ammon.«

*

Draußen zogen unermüdlich dicke Wolkenbänder auf, stauten sich über dem Rheintal und wuchsen zu einer undurchsichtigen grauen Masse heran. Noch ging ein wenig Wind, der jedoch bereits die Ahnung von Regen mit sich brachte.

In Wenzels Büro hockte ein gutgelaunter junger Typ, der auf den Namen Enrique hörte und Wenzel mit Fragen löcherte. Lydia trat in den Türrahmen, lächelte auf die Begrüßung des munteren Burschen hin wortlos zurück und machte eine Bewegung mit dem Kopf, die so viel bedeutete wie: Wer issn das?

»Unser Dolmetscher. Sein Vater hatte keine Zeit, weil er gerade auf der Harley unterwegs ist, südlich der Alpen, und da hat er ihn geschickt. Wir haben gerade die Formblätter ausgefüllt für die Kohle, die er dafür kriegt, was ihn recht fröhlich macht, wie du siehst.«

»Soso, Kohle macht fröhlich. Na so einen hab ich auch zu Hause. Habt ihr wenigstens schon was rausbekommen?«

Wenzel wedelte mit einem Flugticket.

»Barcelona–München, vor genau eineinhalb Wochen. Er ist mit dem TGV bis Augsburg und von dort mit dem Dschungelexpress nach Lindau. Er hatte wohl in Augsburg noch was zu erledigen. Vom Bahnhof in Lindau ist er dann direkt rüber ins Hotel Helvetia. Wenn die Handydaten vorliegen, wird sein Bewegungsprofil unter Umständen noch etwas genauer, und mit wem er wann kommuniziert hat, wissen wir dann auch. Wie läuft es mit diesem Ammon?«

»Er hat mal Bogenschießen betrieben, früher als Jugend-licher. Kam ganz naiv mit dieser Ansage daher. Ich weiß es nicht so recht einzuschätzen. Ich bin einfach rausgegangen und habe bis eben seine Frau befragt, die auch mal mit einem Bogen rumgetan hat… merkwürdiges Pärchen. Sie hat nicht auf ihn warten wollen. Mhm.«

»Sollten wir nicht bei der netten Familie Ammon eine Durchsuchung starten?«, fragte Lydia Schielin, kurz nach-dem Ammon die Dienststelle verlassen hatte.

Schielin verzog das Gesicht.

»Habe ich auch schon überlegt, aber: Wonach sollen wir suchen – nach Pfeil und Bogen?«

»Wieso nicht? Vermutlich ist er knallhart bei seiner Num-mer mit der Neugier geblieben. Ich glaube kein Wort da-von! Und auch dieser Boone… und diese Kiste mit dem Zeug in einem Lager, ist doch alles nicht normal, Mensch!« Sie klopfte mit den Fingern einen arrhythmischen Takt auf den Schreibtisch. »Ich nehme mir mal seine Notizbücher vor.« Ermattet stand sie auf und schlurfte hinaus. Schielin rief ihr nach: »Ach übrigens… Gommi ist vorhin noch nach Kempten gefahren… mit dem Handy und der Speicher-karte. Wird etwas später heute, aber morgen haben wir dann wieder ein paar mehr Informationen.«

Sie ging bedacht die Treppe hinunter und setzte sich vor die Bücherstapel aus der Kiste. Ihre Hand griff eines der Notizbücher. Lose blätterte sie darin, nahm hier und da einen Satz auf, bis sie darüber ins Lesen kam.

*

Nicht viel geschlafen. Um halb acht aufgestanden und ge-frühstückt, mir sehr bewusst darüber, dass das für eine

ganze Weile die letzte Mahlzeit auf trockenem Land gewe-
sen ist. Im Clubhaus geduscht. Ein paar Leute sind an den
Liegeplatz gekommen, um Lebewohl zu sagen. Den Rest
des Tages mit Vorbereitungen verbracht.

Heute wieder nicht viel geschlafen und daher sehr früh
aufgestanden, um dieser Unruhe zu entgehen. Wie das Wet-
ter sich hermacht, sollte es nun endlich mit dem Auslaufen
klappen. Das erste Mal auf einer Hanse 575, und ich bin sehr
auf das Mädel gespannt. Das Boot kann ich ihr ohne Beden-
ken anvertrauen, denke ich. Sie hat es einfach im Blut, dieses
Gefühl für Wind, Wellen, Bewegung und wird daher intui-
tiv schon richtig entscheiden. Hat viel gelernt zwischen
Bregenz und Konstanz. Mal sehen, wie es sonst mit ihr wer-
den wird. Sie wirkt wie aus einer anderen Welt in ihrem
Schweigen, mit ihrem festen Blick und dieser unbändigen
Entschlossenheit.

...

Wir gleiten dahin. Ich tue gut gelaunt. Um 9.30 Uhr sind
wir nach England aufgebrochen. Zum Abendessen gab es
Rindereintopf aus der Konserve und Kartoffeln.

Am nächsten Tag ausgiebig gefrühstückt, denn wer weiß,
wann es in nächster Zeit noch einmal so frisch und ruhig
möglich sein wird. Halifax ist einfach nur Wasser, Wasser,
Wasser. Eine Stadt, wie ich sie liebe!

Ach ja – Ron und Marissa sind, kurz bevor wir ablegten,
tatsächlich noch gekommen, um Abschied zu nehmen. Sie
standen etwas verloren an der Pier herum, und vor allem
Marissa schien sich schwerzutun, ihren Kummer über mei-
nen Abschied zu verbergen. Es war mir peinlich vor Ron,
und ich tat ganz besonders lustig und aufgeräumt. Ich hasse
es! Wieso sind sie nur gekommen!? Alles hat seine Zeit, lautet
doch ein wahrer Spruch. Nora war zum Glück die ganze Zeit
über unter Deck, sonst wäre es mir noch heikler gewesen.

*Eine beständige Brise fährt immer wieder in den aufzie-
henden Nebel, und am Nachmittag geht es endlich richtig
los. Nora ist schweigsam. Ob sie aufgeregt ist? Sie bewegt
sich wie eine Katze.*

*Mit gerefftem Großsegel schippern wir zur Südküste von
Sable Island. Als die letzten Nebelfetzen verschwinden,
ich bin sogleich mit einer groben See konfrontiert. Mit dem
Aufziehen des Genua bekomme ich etwas mehr Fahrt. Die
Nacht ist klar, und droben am Himmel leuchten die Sterne.
Alleine dafür lohnt es sich – immer und immer wieder.
Ich kann nicht davon lassen und würde alles dafür geben –
alles, alles, wirklich alles!*

*Vierter Tag: Nora ist inzwischen etwas entspannter und
kommt gut durch die Wachen… ist eben eine Naturathle-
tin, und ich habe sie wohl auch unterschätzt. Wie sich die
Dinge doch immer fügen: Sie will ein neues Leben, ich brauche ein neues Leben, oder ist es umgekehrt? Heute weiß ich
schon gar nicht mehr, wie wir eigentlich auf diese verrückte
Idee gekommen sind. Ich glaube, ich habe ihr in der Ma-
rina… in der Nacht, als die Lumpen zum Klauen kamen…
von meinem Traum erzählt, die Welt zu umsegeln, und
dann hat sie mir von ihrem erzählt – endlich ein neuer, anderer Mensch zu sein… So hat es seinen Anfang genommen.*

*Lange vor Sonnenaufgang bin ich hellwach, und als ich
nach draußen gehe, erwartet mich eine grandiose Morgendämmerung – keine Wolke drückt sich am Himmel herum.
Vorlichter Kurs, Hauptsegel und Genua bringen gute 6 Knoten Fahrt. Die See ist ruhiger geworden über Nacht, und der
blaue Himmel legt ein geradezu erotisches Azur auf die
Wasseroberfläche – Marissa kommt mir dabei wieder in den
Sinn. – Perdu!*

Als die Sonne aufgeht, ist sofort ihre Wärme spürbar. Kaf-

*fee, Brot und Käse zum Frühstück. Trotz GPS nehme ich die
Sonne mit dem Sextanten; unsere Position: 44°34' N 58°16 W.
Mittags genehmige ich mir einen Whiskey: Laphroaig – das
einzige Zeug, das während der Prohibition in die Staaten
exportiert werden durfte, als Medizin. Gute Laune plät-
schert aus der Flasche.*

*Unter den Büchern ist mir Bruce Chatwin zur Unterhal-
tung am liebsten, wegen seiner unkonventionellen Deutlich-
keit. Manche nennen es auch Zynismus. »In Patagonien« ist
schon ganz abgegriffen und beginnt, auseinanderzufallen.
Er schreibt darin viel über die britischen Seefahrer – deshalb
liebe ich es wohl so. Auch über John Davis, jenen unruhigen,
harten englischen Seemann aus der Grafschaft Devon, der
mit dem eigenwilligen Misanthropen Thomas Cavendish
unterwegs war und einer der begabtesten Navigatoren seiner Generation, erzählt er. Wieso lebe ich eigentlich in einer
Zeit, in der es solche Männer nicht mehr gibt? Cavendish
starb einsam und von seiner Mannschaft gehasst auf weiter
See. Ob Nora mich inzwischen auch hasst – vielleicht nicht
offen, aber verborgen, unterbewusst? Könnte sein. In seiner
»hydrographischen Beschreibung der Welt« beweist Cavendish, dass Amerika eine Insel ist, und die »Geheimnisse des
Seemanns« ist ein so unvorstellbar reiches Handbuch der
Astronavigation, in dem er die Anwendung des von ihm
erfundenen »backstaff« erklärt, mit dem die Höhe der Him-
melskörper gemessen werden konnte. Was hätte er nur noch
alles schreiben können, wenn er nicht einer Gruppe japa-
nischer Piraten Vertrauen geschenkt und sie zum Essen ein-
geladen hätte. Mit sechs tödlichen Messerstichen haben sie es
ihm gedankt. Wir lernen daraus: Traue niemandem außer
dir selbst. Traue niemandem. Doch ich muss ihr vertrauen
und sie mir. So ist das.*

Blieb bis kurz vor acht in meiner Koje; setzte mich dann in die Sonne und las wieder, wobei ich beobachten konnte, wie sich die Wolken auftürmten. Nora ist sehr aufmerksam und gab mir Bescheid, als das Barometer fiel, und das Wetter dabei war, umzuschlagen. Tatsächlich drehte der Wind nach West und wuchs auf bis Beaufort 5. Ich holte das Hauptsegel ein, und wir segelten bei 6 bis 7 Knoten mit der Genua; mir war aber nicht recht wohl dabei, und ich verkleinerte doch auf das taschentuchgroße zweite Stagsegel, was 4 Knoten Fahrt brachte. Wir schweigen uns an, und mir war es recht. Bis England wird es schon noch gutgehen mit uns beiden – und danach wird uns das Trennende vereinen.

Das Brot wird an den Rändern langsam schimmlig. Zwei Stunden Schlaf. Starkes Rollen und Rumpeln. Gutes Vorankommen. An die hundertfünfzig Meilen zurückgelegt und nun einen Kurs von 105°. Mittagsstandort mit 42°34' N 46°16' W bestimmt.

Endlich bessert sich das Wetter und somit auch meine Stimmung. Laphroaig! Himmel fast klar, Wind nachlassend, und Sonne bringt Wärme. Kann die Klamotten trocknen. Um neun Uhr den Sonnenstand gemessen und das Großsegel aufgezogen. Habe leichten Gegenwind von NO und auf die blaue Genua gewechselt. Am Radio einen portugiesischen Radiosender knarzend und knisternd eingefangen – eine Ahnung von Europa. Könnte von den Azoren gekommen sein, die keine fünfhundert Meilen entfernt liegen. Mittagsposition: 43°25' N 35°23' W. Am Liektau des Hauptsegels haben sich einige Laufblöcke gelöst; war anstrengend, sie wieder festzumachen. Sturmtaucher und Sturmvögel sind um mich herum, und einige Dutzend Delfine sind durch die Wellen gesaust. Nora hat ihre Schnelligkeit und

Anmut bewundert und sah ganz glücklich aus. Sie wurde geradezu religiös und meinte, was wir wohl ohne all die anderen Geschöpfe wären; ganz ohne Verantwortung würden wir existier und selbst unser eigenes Spiegelbild nutze uns nichts. Ich muss wohl seltsam geschaut haben, denn sie hielt mir gleich einen Vortrag darüber, dass nur Elefanten, Menschenaffen, Elstern, Schweine und eben Delfine sich selbst im Spiegel erkennen. Ich dachte nur: Manchmal möchte ich mir nicht im Spiegel begegnen und schon gar nicht erkennen, wer ich bin. Sie ist eben doch eine Frau und behaftet mit diesem ganzen religiösen und esoterischen Zeugs.

...

Der Wind – inzwischen direkt von vorn – vertreibt meine Gedanken über ihr Gerede. Zirruswolken im Westen deuten darauf hin, dass ein weiteres Tiefdruckgebiet kommen könnte, doch der Zeiger des Barometers ist wie angelötet. Die blaue Genua hat einen Riss; habe sie gegen die beige ausgetauscht. Am Abend BBC reinbekommen und Seewetterbericht gehört. Angenehmer Abend, den ich mir mit Messungen der Sterne vertrieb – Mirfak, Altair und Arcturus ergaben einen zuverlässigen Schiffsort, der, mit der Mittagsposition verglichen, ziemlich treffend ist.

Ich hätte diesen Film mit Robert Redford niemals ansehen sollen: »All is lost«. Wenn sie in dem Streifen nur mal ab und an quatschen würden. Aber dieses Ruhige, dieses Sachliche, in keinem Moment Hysterische oder Panische – es hat eine Luke in meinem Inneren angehoben, die sich nicht mehr ganz schließen lässt, und Angst sickert daraus. Auch daher braucht es ab und zu eben ein wenig Laphroaig. Nora kommt gut damit zurecht, einfach nur Wasser um sich zu haben. Wenn sie Wache hat, dann starrt sie die meiste Zeit hinaus, ohne dabei unaufmerksam zu sein. Ich weiß, sie denkt an ihren Mann und das Kind. Traurig scheint sie aber

nicht zu sein. Sie ist auch psychisch so stark – ich muss auf-
passen, oh ich muss aufpassen.

Lydia blätterte zu den ersten Seiten des Notizhefts und las
dort: *Yachtüberführung Halifax/CAN – Mevagissey/GB,*
Hanse 575. – so der schlichte Eintrag. – Wer war diese
Nora?

Sie ging wieder nach oben, wo Schielin mit Wenzel und
Robert Funk im Besprechungsraum hockte. Der vorläufige
Obduktionsbericht war endlich gekommen. Lydia setzte
sich dazu.

»Jeder der beiden Pfeiltreffer war für sich tödlich«, begann
Wenzel, sie zu informieren. »Der Pfeil, der oben am Podest
lag, hatte zuvor den linken Oberschenkel durchschlagen;
aller Wahrscheinlichkeit nach war das der erste Schuss.
Todeseintritt zwischen null vier und null sieben, und unter
Einbeziehung der Auffindezeit null vier und null sechs.«

Sie fragte: »Und sonst nichts? Keine Drogen, Erkrankun-
gen, Tattoos, Narben, kein Alkohol …?«

Wenzel blätterte zurück.

»Nein. Nix. Gar nix. Sozusagen in der Blüte seines Lebens vor zwei Pfeile gelaufen.«

»Und was hat dein kleiner Spanier aus Weißensberg raus-
gebracht?«, fragte sie.

»Boone hat für verschiedene Firmen in Spanien gearbeitet, die auf Yachtüberführungen spezialisiert sind, Segelyachten vermögender Menschen, die das Revier um Mallorca langweilig finden und die gerne mal auf den Kanaren
oder den Kapverden unterwegs wären, oder in der Karibik,
denen aber Zeit, Lust und Können fehlt, ihre Yacht selbst
dorthin zu segeln. Das erledigen dann so Leute wie Boone.
Zuletzt hat er öfter für ein *Marecenter* in Almunécar in Spa-

nien gearbeitet. Und vor einigen Jahren hat er mal ein Buch über Astronavigation geschrieben; das ist inzwischen aber vergriffen und ohne Neuauflage. Er hat auch Überführungen für Bootswerften durchgeführt – *Jeanneau* in Frankreich und *Solaris Yachts* in Italien. Ziemlich unruhiges Leben also. Immer unterwegs zwischen Mallorca, Ibiza, den Kanaren, Kapverdischen Inseln und Madeira. Und mindestens einmal im Jahr eine Tour über den Atlantik.« »Klingt im Grunde ja paradiesisch. Was für ein traumhaftes Leben«, meinte Lydia. Sie wendete sich an Schielin. »Und wie machen wir nun weiter?«

»Die spanischen Kollegen werden sich jetzt erst mal die Wohnung ansehen, wo nun endlich ein erster Obduktionsbericht vorliegt und der Totenschein freigegeben ist. Wir stellen den formellen Antrag – die schnelle Tour direkt zu den Kollegen ist schon angeleiert. Unsere Vermutung war übrigens richtig: Entfernung Schütze – Opfer: etwa fünfundzwanzig Meter. Standort: unten auf der Mole. Die Leiche wurde nach den Treffern und dem anschließenden Todeseintritt laut den Abdrücken der Treppenstufen nicht bewegt.«

»Fünfundzwanzig Meter – das ist ja im Grunde sehr nahe«, dachte sie laut und erwähnte nun auch die Tagebücher und wie detailliert Boone über seine Segelreisen berichtete und ständig von einer Nora schrieb. Sie fragte, ob jemand von ihnen mit diesem Namen etwas anfangen könne – Fehlanzeige.

*

Sarah Ammon wartete zu Hause auf ihren Mann und ging aufgeregt im Wohnzimmer auf und ab. Er war noch immer nicht heimgekommen, und sie hätte gerne noch mit ihm gesprochen, bevor eines der Kinder aus der Schule kam. Endlich hörte sie die schwerfälligen Schritte im Treppenhaus und das bekannte Klirren des Schlüsselbunds. Mit verschränkten Armen stand sie da und fixierte ihn mit schmalen Augen, als er ins Wohnzimmer trat. Er steuerte sofort auf die Bar zu und goss sich ein Glas Whiskey ein.

»Ein bisschen früh für das Zeug«, sagte sie bitter, »meinst du nicht auch?«

Ammon ignorierte ihre Bemerkung, schlurfte an ihr vorbei und ließ sich erschöpft auf das Sofa plumpsen. Offenbar war er von der Wirkung der Schwerkraft selbst überrascht, denn als er dumpf und unbeholfen gegen die Rücklehne prallte, schüttete er einen Teil seines Glasinhalts über sein Hemd. Mit groben Bewegungen fuhr er mit der Hand darüber und rieb die Flüssigkeit in den Stoff. Dann nahm er einen ersten Schluck, behielt ihn genussvoll im Mund und schluckte ihn schließlich mit geschlossenen Augen hinunter.

»Ah … ahhh … herrlich. Eine Freude braucht der Mensch.«

Sarah Ammon musterte ihn streng und fauchte böse: »Wie konntest du uns nur in eine solche Situation bringen?!«

Er hustete gekünstelt, nahm einen weiteren Schluck und entgegnete gelassen: »Ich, wieso ich? Ich habe mit diesem ganzen Mist doch nichts zu tun.«

Sie ging einen Schritt auf das Sofa zu.

»Ach … ich bin das wohl gewesen, oder was!?«

Er sah sie nicht an.

»Ja … du! So besoffen ich auch sein mag, aber was den letzten Sonntag auf Montag angeht, da kann ich mit Bestimmtheit sagen: Ich war hier in der Wohnung, zusammen mit den Zwillingen und diesem Mädchen. Wo du warst, weiß ich nicht, ich kann es nur vermuten!«

»Was willst du damit sagen?«

Er drehte sich ihr zu.

»Was willst du damit sagen?«, äffte er sie wieder streit-
süchtig nach. »Nichts weiter als dass du in der Nacht nicht
hier warst ... erst wieder am Montagmorgen zum Frühstück!«

»Aha ... es gibt anscheinend noch Momente, in denen du
nüchtern bist und was mitbekommst. Die werden nur leider
immer seltener, denn du hast wohl vergessen, dass du auch
nicht hier warst.«

Er sah sie mit theatralischem Erschrecken an.

»Echt?!«

»Ja, echt. Dennis hat mich nämlich gefragt, wo du gewesen seist.«

»Ah, Dennis. Ist ja interessant. Seine Schwester hätte
nicht fragen müssen, aber egal. Dich hat er nicht gefragt,
wo du gewesen bist, oder? Muss er ja auch nicht, wenn er es
eh weiß.«

»Ah, verstehe! Du warst also wieder oben in der Höhle
gelegen, sternhagelvoll, und hast nichts mitbekommen, wie
immer.«

Er lachte.

»Ist doch auch egal, wo ich war, solange ich nur hier war
und nicht drunten am Hafen.«

Sie drehte sich um, sah zur Decke und schnaufte genervt
aus.

»Und was machen wir jetzt?«

»Wir? Was *wir* machen sollen? Ich trinke mein Glas
Whiskey und gehe dann vielleicht nach oben in die Höhle.
Du kannst tun, was immer du willst.«

Er stand mühevoll auf.

»Wohin gehst du?«

»Eishockey schauen.«

»Eishockey, du?! Das hast du doch sonst nicht gemacht.«

»Seit letztem Olympia interessiert es mich eben.«

Er schlurfte langsam aus dem Zimmer und verspürte große Lust, wie wild um sich zu schlagen. Im Gang sprach er laut und mit gekünstelter Beiläufigkeit: »Noch gar nicht lange her, da hab ich zu den Kindern gesagt, Wisst ihr, hab ich gesagt, ihr kennt ja die zehn Gebote. Und eure Mutter, die hat es in ihrem Leben wenigstens zuwege gebracht, das fünfte Gebot zu achten, wenigstens dieses eine Gebot! Ich war zornig damals, als ich das sagte, das gebe ich ehrlich zu. Aber was ich damals sagte, das stimmt wohl nun nicht mehr. Da muss dein Komponistenschätzchen eben ein Alibi für dich liefern, wenn's eng wird, denn ich werde mich dafür nicht hergeben. Sie haben mich gefragt, ob ich mit Pfeil und Bogen umgehen könne. Dich auch? Du warst ja mal eine ganz hervorragende Bogenschützin. Was hast du ihnen erzählt?« Er lachte kehlig.

Sie bekam einen trockenen Mund und musste schlucken. In der Küche nahm sie schnell eine Handvoll Wasser aus dem Hahn, was ihr sofort Erleichterung verschaffte. Während er mühsam in die Jacke schlüpfte, rief er ihr noch aus dem Gang zu: »Und weißt du was? – Ich trau es dir zu! Ich trau es dir zu!«

Sie ging mit lasziven Schritten auf ihn zu.

»Ah … so … soso! Das ist eben der Unterschied. Ich traue dir nämlich gar nichts zu, nichts, aber auch gar nichts, es sei denn, es ginge darum, möglichst schnell eine Flasche Whiskey auszusaufen. … Und bitte … bitte! Wenn du außer Haus bist, dann sauf nicht wieder so viel, dass du dich vollpisst. Es ist vor allem für die Kinder peinlich. Mir ist es inzwischen egal.«

*

Schielin nutzte das trübe Licht, das zwischen einsetzender Dämmerung und Dunkelheit blieb, und ging hinüber zur Weide, wo ihm Ronsard gleich entgegenkam und dabei schon nicht mehr so arg hinkte. Schielin band ihn am Zaun fest und begann, die Binde am linken Vorderhuf zu lösen, die einen Teil der schwarzen, klebrigen Masse in sich aufgenommen hatte. Es roch unangenehm nach Teer.

»Einerseits freut mich deine Genesung ja, mein Lieber, aber andererseits macht es mir auch Sorgen. Vielleicht wäre es gar nicht unvorteilhaft, wenn du noch ein bisschen weiterhumpeln würdest, denn Marja hat da eine Idee, weißt du?«

Ronsard spitzte die Ohren.

»Ich sage nur – Palmsonntag.«

Ronsard schnaubte.

»Ja, Palmsonntag. Sie hat es zwar als Frage formuliert, so ganz nebenbei, aber ich weiß, sie hat ihren Freundinnen von Sankt Maria im Zech schon zugesagt, und mein scherzhafter Einspruch, du seist ein evangelischer Esel, hilft in ökumenischen Zeiten leider auch nicht weiter. Palmsonntag – das ist ein liturgisch komplexer Tag, und wenn du schon so schnell gesund werden solltest, hoffe ich, du wirst dich benehmen. Marja glaubt ja immer noch an das Gute im Esel, aber ich, mein Freund, ich kenne dich besser, und ich kenne den Esel in dir. Also – wenn du schon so schnell fit wirst, dann mache mir keine Schande, hörst du?! Erstens: keine Blähungen. Zweitens: Die Gestalten in den weißen Gewändern werden nicht gebissen. Drittens: Nach Musikanten wird nicht ausgetreten und ... na ja, du weißt, man muss die Leute draußen im Zech unterstützen – jetzt haben sie schon keinen Bäcker mehr, dafür ein Tatoo-Studio. Ist eben nicht einfach.«

Während er so vor sich hinsprach, neue Salbe auftrug und einen frischen Lappen oberhalb des Hufs befestigte, kam

Albin Derdes angewackelt, lehnte sich an den Zaun, streichelte Ronsards Nase und beobachtete mit kritischem Blick, was Schielin da tat. Als der mit dem Binden fertig war, holte er den Striegel und fuhr Ronsard damit über das krause Fell. Das schien Ronsard sehr zu gefallen, denn er drückte sich fest gegen die grobzahnigen Kämme des Metallstriegels.

»Endlich wird die Zeit nun bald wieder umgestellt«, meinte Derdes und zündete sich eine Zigarette an. »Da ist abends schon länger Zeit, um noch was zuwege zu bringen, und man muss net drinnen rumhocken, gell?«

Schielin schnupperte den Rauchschwaden des Tabaks nach, die in freier Luft so herrlich würzig und belebend daherkamen.

»Ja. Und bald kann er auch wieder Touren gehen, der Kerle. Grad recht, wenn der letzte Schnee überall weg ist und die Wege nicht mehr verschlammt sind. Freu mich schon auf die ersten warmen, trockenen Frühjahrstage«, entgegnete Schielin.

»Wo willst gehen?«, fragte Derdes und nahm einen tiefen Zug.

»Die Argen will ich machen.«

»Ah ... und wo?«

»Nicht *wo*, sondern komplett. Marja bringt mich ins Allgäu rauf, nach Missen-Wilhams zum Aichele, wo der Börlasbach zur Unteren Argen und von dort bis zum See runtergeht. Hatte ich schon lange vor – Isny, Wangen, Flunau, Schloss Achberg und bis Langenargen.«

Derdes sah skeptisch drein.

»Na ob das gehen wird mit dem Huf?«

»Er hat ja noch eine Weile, und Bewegung braucht er jetzt schon mal wieder. Außerdem fangen wir langsam an.« Er tätschelte Ronsard, der es genoss, so ganz im Mittelpunkt zu stehen. »Am Wochenende mache ich erst mal die kleine Heimatrunde – Streitelsfingen, Tobel, Bäuerlinshalde und zurück. Wird auch mal wieder Zeit.«

»Na ja, schön ist's ja da – und einsam, im Allgäu droben – und: Daheim sterben d'Leit«, lachte Derdes.

Schielin striegelte weiter und fragte wie nebenbei: »Sagt dir eigentlich der Name *Boone* was?«

»Boone?«, wiederholte Derdes. »Noi … Boone … noi – warum?«

Schielin überhörte die neugierige Frage und ergänzte: »Mit zwei o.« Als auch das nur Kopfschütteln bei Albin hervorbrachte, fragte er: »Und Ammon?«

Derdes schob seinen Hut etwas nach hinten und kratzte sich an der Stirn. »Ammon, Ammon … Ammon. Ja, des war früher doch emole ein Geschäft auf der Insel. Ist aber schon ewig her. Des müsst du doch auch noch kennen.«

»Ja schon. Ich erinnere mich aber nur dunkel und weiß von den Leuten eigentlich gar nichts.«

»Wissen … ja wissen. Der Ammon war halt ein ganz ein ruhiger Vertreter. Den hat man net oft gesehen. Beim Kinderfest natürlich schon, und immer in der Inselhalle beim Weihnachtskonzert von de Reutiner, weil eigentlich war er ja gebürtig ein Reutiner und kein echter Insulaner und hat nur auf der Insel eingeheiratet.«

Schielin lachte.

»Ah ja … nur eingeheiratet.«

»Na ja, du weißt schon, gell? Du hast es halt umgekehrt gemacht. Aber der Ammon … was war der noch emole … des war was ganz Komisches.«

Schielin richtete sich auf. »Stimmt! Jetzt fällt es mir wieder ein. Der war Posamentenmacher.«

Derdes wollte ihm zustimmen, verschluckte sich aber am Rauch, was ihn erst einmal länger husten ließ. »Genau, so hat das geheißen«, sagte er schließlich, als er wieder zu Atem gekommen war. »Die ganzen Geflechte, Borten, Kordeln und Quasten … für die Kirche halt, und für den Böhm hat der gearbeitet. Meine Erna hat da ein paar Mal überzogene Knöpfe gekauft. Der ist recht schnell gestorben damals und seine Frau kurz danach, glaub ich. Und einen Sohn haben die gehabt, aber der war ja nie im Gschäft und hat was arbeiten wollen. Der hat was anderes gemacht, aber halt auch schon Familie gehabt, gell, und da muss man von was leben, und solche, die wo vom Erbe leben, die wollen schon auch gut leben, gell? So ist des halt meistens immer.«

✻

Die Zwillinge hockten spät am Abend mit betretenen Mienen am Küchentisch. Denise hatte einen Kräutertee gekocht und eine Kerze angezündet. Vom Gang her leuchtete matt das Restlicht der Deckenleuchte.

»Was glaubst du wird nun?«, fragte Denis und klimperte mit dem Löffel in der Tasse.

Sie schwieg. Was sollte sie sagen, was werden würde? Sie wusste es doch auch nicht.

»Glaubst du, wir haben etwas damit zu tun?«

Sie sah auf.

»Womit zu tun?«

»Na mit dem Toten und der Polizei … du weißt schon.«

»Und wen meinst du mit *wir*?«

»Ja wir halt … Mom und Dad …«

»Spinnst du?! Was sollen wir damit zu tun haben?«

Er kaute auf seiner Unterlippe herum und sah sie mit gespielter Gleichgültigkeit an.

Yachtclub

Der April regierte bereits die Elemente, und so konnte sich das Wetter am See nicht recht entscheiden, in welche Richtung es tendieren sollte – in die trüb-regnerische oder in die freudig-strahlende. In den Nächten kam der Wind zum Erliegen; Berge und Wasser lagen dann in unberührter Reinheit im matten Abglanz von Mond und Sternen. Von den fernen Ufern im Süden flackerten bis weit in die Nacht hinein die Lichter zur Insel herüber, und erst spät erloschen die letzten zuckenden Punkte, wonach nächtlicher Friede und Stille sich ausbreiteten. Schielin schlief tief in dieser Nacht und ohne von Träumen gestört zu werden.

In der alltäglichen Morgenbesprechung nervte ihn Kimmel mit seinen aufdringlichen Fragen, zu denen sie nun einmal noch keine Antwort hatten, ließ sich aber nichts anmerken. Kimmels miese Laune an diesem Morgen schien unzweifelhaft in Zusammenhang mit seinem Aufenthalt in Kempten zu stehen, den er offensichtlich seelisch erst mal aufarbeiten musste. Lydia bewunderte, mit welcher Gelassenheit Schielin Kimmels Fragen beantwortete. Nein, sie wussten noch nicht, ob Boone jeden Morgen draußen auf der Löwenmole war. Nein, man musste auch nicht zwangsläufig davon ausgehen, denn der Täter hätte ihm ja auch gefolgt sein können anstatt dort auf ihn zu warten. Nein, die Alibis der Familie Ammon hatten sie noch nicht überprüft, waren aber schon dran. Nein, es lagen noch keine Ergebnisse zu DNS und Fingerspuren vor, die Lydia an den Büchern und Gegenständen aus Boones Besitz hatte sichern können.

»Ja viel ist es ja noch nicht, was ihr da habt«, fasste Kimmel grätig zusammen und sah sich augenblicklich einer Phalanx unangenehmer Blicke ausgesetzt. »Na ja, ich meine, wir stehen eben noch ganz am Anfang«, versuchte er zurückzurudern und ein Gespräch in Gang zu bringen, doch die Chance war vertan. In besonders verbindlichem Ton fragte er nun: »Was war der Boone denn für einer, was für ein Typ?«

Lydia blitzte ihn aus schmalen Augen an. Ihr passte seine Fragerei ebenso wenig wie den anderen, denn sie war destruktiv. Daher geriet der Ton ihrer Antwort etwas giftig.

»Wie es sich im Moment darstellt, würde ich auf den Typus Sonnyboy tippen: gut aussehend, eloquent, stets eine hübsche Frau in der Nähe. Auf den Fotos kommt er immer gut gelaunt rüber – blauer Himmel, Sonnenschein, Segelträume, weites Meer, weiße Segel …« Sie stoppte abrupt, denn fast wäre ihr in ihrem Ärger rausgerutscht: Also das glatte Gegenteil von dir. Schnell schluckte sie es hinunter und sprach weiter: »Ich gehe gerade seine Tagebücher durch. Im letzten Jahr war er viel auf See unterwegs, Yachtüberführungen, lauter stattliche Pötte: eine *Hanse 575*, eine *Gib Sea 46* und zuletzt eine *Oceanis 44*. Das sind alles Dinger, die je nach Ausstattung zwischen fünfhunderttausend und ner Million liegen. Er war gut im Geschäft, galt als exzellenter Segler und als zuverlässig noch dazu.«

Schielin meldete sich wieder zu Wort.

»Im Hotel haben wir außerdem einen Aktenordner gefunden mit jeder Menge Unterlagen und Dokumenten, die einen Schiffsunfall im letzten Herbst behandeln. Genaues wissen wir dazu noch nicht, denn sie sind überwiegend in Spanisch, Portugiesisch und Italienisch abgefasst. Es sind Papiere der portugiesischen Küstenwache darunter als auch von spanischen Behörden, und es gibt dazu einen ganzen Packen Korrespondenz mit einer Versicherungsgesellschaft aus Mailand und Kopien von Verträgen mit einer *Banca*

Schayern S. p. A. – ebenfalls aus Mailand. Wir müssen die Sachen noch übersetzen lassen, um zu wissen, was der konkrete Hintergrund ist. Es scheint für Boone aber von Bedeutung gewesen zu sein, sonst hätte er die Unterlagen nicht in seinem Zimmersafe verwahrt.«

Lydia ging nach Schielins Ausführungen noch auf die Auswerteprotokolle des Smartphones und der Speicherkarte ein, die ihr Gommi am Vorabend auf den Schreibtisch gelegt hatte. »Der Kamerachip ist vor zwei Wochen formatiert worden. So sagt es der Bericht; zu einem Zeitpunkt also, als Boone noch in Spanien war. Die starke Beschädigung der Kamera muss somit nach dem Formatieren passiert sein. Ich bekomme noch heute den Link zu den wiederhergestellten Bilddateien, denn Formatieren löscht ja keine Daten. Meiner Meinung nach war das dieser Ammon, wir müssen ihn damit noch mal konfrontieren.«

Kimmel bemühte sich, ein zufriedenes Gesicht zu machen. »Na das ist doch ein guter Ansatz ... Ammon ... genau, stochert mal rein da. Und was vermutest du?«, fragte er Schielin. »Da muss was drauf gewesen sein, was Ammon wütend gemacht hat, richtig wütend, und dann löscht er erst den Chip und knallt anschließend die Kamera gegen die Wand. Das könnte ich mir bei ihm gut vorstellen, denn er ist etwas jähzornig gestrickt.«

»Klingt gut, klingt gut«, meinte Kimmel, »na da bin ich ja richtig gespannt auf die Fotos. Kann mir schon denken, in welche Richtung das geht ...«

»Und in welche?«, wollte Lydia wissen.

»Na das liegt doch auf der Hand – Sarah Ammon. Die hat ihn doch versehentlich angerufen, den Boone, oder etwa nicht? Und sie kannte ihn von früher.«

*

Als sie kurze Zeit später wieder in ihrem Büro waren, fragte Lydia: »Was war denn gestern in Kempten los, weil der gar so grantig drauf ist?«

Schielin tippte weiter.

»Du, keine Ahnung. Ich bin nur froh, dass mir das erspart bleibt, diese Besprechungen… hinter den sieben Bergen. Ich habe allerdings läuten hören, ein Psychologe sei da gewesen.«

Lydia kicherte.

»Ein Psychologe? Na den brauchen die auch!«

Noch am Vormittag war der Link zu den rekonstruierten Fotos der Speicherkarte verfügbar. Lydia Naber scrollte durch die Liste der Thumbnails, öffnete ab und an eines und scrollte weiter. Sie seufzte: »Mein Gott, du glaubst ja gar nicht, von wie vielen Seiten man ein Boot fotografieren kann. Und erst die vielen abwechslungsreichen Motive draußen auf See – blauer Himmel, weiße Segel, blauer Himmel, weiße Segel, blauer Himmel, weiße Segel.« Sie stoppte. »Na endlich mal Menschen hier.« Sie studierte das Foto genauer und sprach leise zu sich selbst: »Ob das diese Nora ist?«

Schielin fühlte sich angesprochen.

»Wer? Was meinst du?«

»Ach nichts… ich habe doch in den Tagebüchern von Boone öfter von einer Nora gelesen… die war mit Boone auf einer Bootsüberführung von Halifax nach Cornwall. So wie er über sie schreibt, muss sie eine recht taffe Frau sein, und er hatte Mores vor ihr. So kommt es mir jedenfalls vor. Und hier auf einem Foto ist gerade eine Frau zu sehen – er himmelt sie an und sie ihn. Und beides passt nicht so recht zu der Nora, wie ich sie mir vorstelle; sie würde ihn nicht anhimmeln und sähe in meiner Vorstellung auch anders aus.« Sie klickte sich weiter durch die Bilder und klagte wieder über die Eintönigkeit dieser Arbeit, richtete sich dabei auf, rieb sich die Augen und sah für ein paar Sekunden aus dem Fenster hinaus, um ihre Augenmuskulatur zu entspannen. »Das ist das Nervige an diesen Digitalfotos. Null Info dabei. Früher, da hatte man ein Fotoalbum, und da stand unter jedem Foto schön, wer drauf ist, wo es war und der Anlass …«

Schielin gab einen Laut von sich, der nicht als Zustimmung zu werten war. Sie ließ es nicht gelten.

»Ja komm, so war das doch. Heute knipsen die das Vierzigfache weg, und wenn man Glück hat, sind die GPS-Daten darauf gespeichert …« Sie fuhr auf. »Ah, das ist doch eine gute Idee.« Ein paar Klicks und rechts wurde die Karte von Google Maps eingeblendet. »Tatsächlich … funktioniert! Jetzt schaun wir mal nach, wo er mit der Schönen überall war. Ich tippe ja auf Spanierin …« Sie klickte sich durch die Fotos, und jedes Mal hüpfte der rote Punkt auf der Karte an der spanischen Küste auf und ab. »In der Tat – Spanien. Bringt uns aber auch nicht weiter.«

Nun stieß sie auf eine ganze Reihe von Fotografien, auf denen Gemälde zu sehen waren. Ganze Stapel davon standen blank ohne Rahmen an eine hellgraue Wand gelehnt, unterschiedliche Formate, unterschiedliche Genres. Einige Motive kamen ihr bekannt vor: Botticellis *Geburt der Venus*, Sonnenblumen, die an Van Gogh erinnerten, und völlig gegensätzlich dazu die Expressionisten des *Blauen Reiter*. Sie beschleunigte das Mausrädchen, und die Aufnahmen sausten an ihr vorbei. »Jesus, wie viele Gemälde hat der denn da fotografiert?! Das sollte sich Robert mal ansehen.«

Es folgten alte Schwarz-Weiß-Fotos und Farbfotos, die anscheinend aus einem Album abfotografiert worden waren: der Bodensee, die Seebühne, der Lindauer Hafen, ein paar Kinderbilder. Boone selbst war auf den Fotos jedoch nicht zu entdecken.

Das Telefon klingelte, und sie hob ab, ohne den Blick vom Bildschirm zu nehmen. Walter Lurzer vom LKA Bregenz war dran. Schon nach den ersten Sätzen ließ sie die Fotos Fotos sein und richtete sich auf.

»Was?! Is ja n Ding! Wir sind schon auf dem Weg.«

Schielin schaute um den Bildschirm herum und legte die Stirn in Falten.

»Wir sollen in den Bregenzer Yachtclub kommen, weil er da etwas hätte, was uns in unserem Robin-Hood-Fall interessieren könnte. Ein Pfeil steckt da in einem Baum.«

Gerade als sie nach draußen wollten, kam ihnen Gommi aus seinem Büro entgegengesprungen.

»Ah, halt, halt! Die Rechtsmedizin hat gerade angerufen und will wissen, was mit der Leich von dem Pfeilopfer passieren soll. Die hätten Interesse dran, und es geb ja auch keine Angehörigen, hat der Herr Professor gemeint, und das ist ja auch so.«

Schielin winkte ab.

»Nix da. Die sollen ihn einstweilen im Kühlfach lassen. Und wann kommt endlich ihr Abschlussbericht?«

»Sie sind aber schon sehr erwartungsfroh, wenn ich des so sagen darf … hinsichtlich der Leich … und was den Bericht angeht, der ist für morgen angekündigt.«

Schielin stippte ihn mit dem Zeigefinger an. »Leichen sind Sachen, und wir brauchen die Sach noch. Die sollen sich also ein wenig gedulden. Wird schon nicht wieder die Kühlung ausfallen.«

*

Schielin fuhr. Bereits am Berliner Platz staute sich der Verkehr, und nur zäh ging es vorbei an der Baustelle des neuen Bahnhofs, weiter durch das Zech und über den alten Grenzübergang Ziegelhaus. In Bregenz flutete und brandete der Verkehr eng am Ufer entlang, kam dorthin, ging von dort, wodurch die Stadt wie an den See gedrängt wirkte.

Schielin parkte vor der Mehrerau. Lydia sah ihn überrascht an.

»Nicht Mehrerau – Yachtclub hat er gesagt.«

Schielin erklärte: »Erstens ist es schön, durchs Kloster zu laufen, und zweitens bekommen wir dabei gleich was vom Umfeld mit.«

»Na, wenn du meinst.«

Sie kramte den alten Knirps hinter der Rückenlehne hervor und stieg aus. Der Klostergarten zeigte noch keine Farben. Die langen Beetreihen, in denen im Sommer die Blätter von Salaten und Kohl einen kleinen Dschungel bildeten, lagen kahl und aufgeräumt; das schiefe Wasserfass rostete vor sich hin. Weit und breit war niemand zu sehen. Die barocke Fassade des Klosterbaus zeigte vergangenen Reichtum, Macht und Pracht. Auf einem der Sportplätze hinter dem Kloster kickte eine Schulklasse, und links des Weges hielten die Kühe kurz mit ihrem Wiederkäuen inne und sahen den beiden nach. Außerhalb der Klostermauern war man wieder dem Wind ausgesetzt, und Schielin klappte den Kragen hoch.

»Ganz schön frisch«, meinte Lydia und war froh, als sie vorne am Ufer nach Südosten einbogen und die Böen damit im Rücken hatten. »Und was siehst du nun so im Umfeld?«, fragte sie leicht bissig, weil sie lieber mit dem Auto bis zum Yachtclub vorgefahren wäre.

Schielin blieb unbeeindruckt.

»Kahle Bäume, freie Sicht, der See rauscht auf den Kieseln mit dem Schilf um die Wette – man hört kaum Geräusche, die von weiter weg kommen, und es ist uns bisher niemand begegnet. Keine schlechte Wahl für einen Tatort zu dieser Jahreszeit.«

»Stimmt«, musste sie ihm recht geben.

An der Brücke über den Kanal segelte ein Schwarm Möwen in der unruhigen Brise und richtete sein hysterisches Gekreische gegen den Wind und die Wellen. Vorne sahen sie ein Streifenfahrzeug und Walter Lurzer, wie immer im dunklen Trenchcoat. Er winkte ihnen zu.

»So, was habt ihr jetzt für uns«, fragte Schielin, als sie in Hörweite kamen, und rieb sich die Hände.

Lydia richtete ihren Blick auf die rote Digitalanzeige über dem Schaukasten des Clubhauses: sieben Grad Lufttemperatur, fünf Grad das Wasser und acht Grad der Wind bei einundzwanzig Stundenkilometern, der Pegel stand bei dreihundertvierzehn Zentimetern. So war das an einem kühlen Tag im März am See. Rundherum hingen die eingewinterten Boote auf den Trailern, eingepackt und verschnürt, als wolle man sie als überdimensionierte Gepäckstücke aufgeben. Kein Charme, auch kein morbider war dem abzugewinnen – rundherum sah es einfach nur traurig aus. Die Trauerweiden und Erlen taten ein Übriges dazu.

»Kommt mit!«, forderte Lurzer sie auf und schlug den unbefestigten Weg in Richtung See ein. Rechts lag das vereinsamte Hafenbecken. Er blieb gleich hinter dem Zaun direkt vor einer der Bänke stehen, die den Weg säumten. Hinter der Bank erhob sich eine Lärche. Er sah die beiden erwartungsvoll an. Zwei Uniformierte waren ihnen gefolgt und grinsten.

»Und?«, frage Lurzer auffordernd.

Schielin sah hinaus auf den See, auf den Weg, ins Hafenbecken. Er konnte nichts entdecken. Lurzer trat drei Schritte zur Seite und grinste nun ebenso.

»Und jetzt?«

Es dauerte einen Augenblick, doch dann entdeckten Schielin und Lydia gleichzeitig die rote Feder, die in das Grau des Tages leuchtete.

»Nein!«, entfuhr es Lydia, wobei sie einige Schritte auf den Baumstamm zuging. »Kann ich schon rangehen?«

»Kannst du«, gestattete Lurzer nicht ohne ein wenig Stolz.

Schielin folgte ihr zum Stamm der Lärche, in deren Borke der Pfeil steckte. Aluminium, rote Federn – auch die Jagdspitze war noch zu erkennen.

»Und?«, fragte Lurzer erneut.

Schielin ging um Bank und Baum herum, suchte den Winkel, der auf die Position des Schützen wies, und kam zu dem Schluss, dass es nur die Überdachung des Eingangs zum Clubhaus sein konnte.

»Der Schütze muss rechts von der Digitalanzeige im Schatten des Clubhauses gestanden haben.«

»Exakt«, bestätigte Lurzer. »Was sagt ihr zum Pfeil?«

»Identisch. Passt zu unserem aus Lindau.«

»Wann ist der entdeckt worden?«, fragte Lydia.

»Gestern. Kinder vom Segelkurs. Sie haben versucht, ihn rauszuziehen. Fingerspuren und DNS könnt ihr damit vergessen. Die Segeltrainerin hat das Ding gesehen. Ihr Mann ist Kollege, und so kam die Info schließlich zu uns. Und ihr meint wirklich, das passt zu eurem Fall?«

»Absolut«, sagte Schielin. »Die Frage ist nur, wer saß hier auf der Bank, der hätte getroffen werden sollen – falls hier überhaupt jemand saß?«

Lydia sah sich um und wendete sich an die uniformierten Kollegen.

»Habt ihr vielleicht ein Fernglas dabei?«

Der jüngere der zwei ging zum Streifenwagen und holte einen alten Swarovski *Habicht*. Sie nahm das Fernglas und ging damit nach vorne zum Seeufer. Als sie zurück kam, stellte sie sich an die Bank und blickte wieder hindurch.

»Wonach suchst du?«, fragte Schielin.

»Nach nichts. Nur wenn man von hier in Richtung Lindau blickt, landet man direkt bei der Löwenmole.«

»Euer Tatort, nicht wahr?«, stellte Lurzer fest.

Die Kühle förderte den Wunsch nach Wärme und vor allem nach warmem Essen. Lurzer stellte Schnitzel am Gebhardsberg oder Kässpatzen im Scibl zur Wahl, wohin letztlich der Weg auch führte und wo sie der Blick auf den drunten in der Tiefe liegenden See der Alltäglichkeit enthob und Platz für das Wesentliche schuf. Drei Portionen Kässpatzen waren schnell zu bestellen.

»Ihr seid also der Meinung, es könnte sich um euren Täter aus Lindau handeln?«, fragte Lurzer.

Schielin nickte ihm zu.

»Ja, es sieht ganz danach aus. Der Pfeil ist in jedem Detail identisch … einen solchen Zufall kann es nicht geben – nicht in diesem zeitlichen Kontext.«

Lydia Naber lief das Wasser im Mund zusammen, als die Kellnerin den Holztopf auf dem Tisch abstellte.

»Gleicher Täter, gleiches Opfer?«

Schielin war unschlüssig, denn die Angelegenheit warf mehr neue Fragen auf, als sie die bestehenden beantwortete. Wenn wirklich Boone auf der Bank gesessen haben sollte, aus welchem Grund hatte er dann nicht die Polizei verständigt? Hat überhaupt jemand dort gesessen, oder hat der Schütze an diesem Ort nur Schießen geübt? Schielin verwarf den letzten Gedanken wieder, denn dazu würde man an eine einsame Stelle im Wald gehen. »Alles, was wir wissen, ist: Es handelt sich um den gleichen Pfeiltyp. Darüber hinaus ist alles Spekulation. Aber nun erst mal Guten Appetit.«

*

Als sie vom Seibl wieder zurück zur Dienststelle kamen, wartete Funk bereits ungeduldig auf sie und winkte sie in seinen Salon, wo er mit einem Stapel Dokumenten aus dem Aktenordner herumwedelte, den sie in Boones Hotelzimmer gefunden hatten. Wild durcheinander begann er von dem darin dokumentierten Bootsunglück, einem Kredit und Versicherungsanfragen zu berichten.

»Der Reihe nach, Robert«, bremste ihn Schielin.

Wenzel kam dazu, fläzte sich in den *Eames Lounge Chair* und legte die Füße auf die dazugehörige Ottomane.

»Ein Cognac wäre jetzt nicht schlecht, zur Not auch ein Brandy.«

Lydia warf ihm einen strengen Blick zu.

»Was ist nun, Robert?«, fragte sie ungeduldig.

»Wenzel hat den Enrique noch mal geholt, wegen der Papiere hier. Ganz konkret geht es um den Untergang einer Yacht vor den Azoren … eine *Diamond Solaris 55* im Wert von schlappen siebenhunderttausend Euro. Das Schmuckstück war in Besitz und Eigentum von – Martin Boone! Im Moment sieht es so aus, als hätte er die Yacht verkaufen wollen, und bei der Überführungsfahrt in die Karibik kam es dann zu dem Unglück. Wir müssen die Unterlagen dazu aber noch genauer sichten.«

»Noch mal der Reihe nach, ich verstehe das noch nicht so recht«, sagte Schielin.

»Wie gesagt, wir können den Hergang selbst noch nicht

so detailliert darstellen. Es schaut so aus, als hätte Boone eine Segelyacht für fast eine Million Euro gekauft die er ohne Umschweife weiterverkaufen wollte. Es gibt einen Kaufvertrag mit einer Firma in Belize, ein kleines Mafialand zwischen Mexiko und Guatemala, so ein Banken-Eldorado wie die Cayman-Islands – die liegen ja auch nicht weit entfernt. Boones Yacht kam da aber nie an, sondern ist unterwegs untergegangen. Er wurde von einem Frachter aus der Rettungsinsel geborgen, so lauten jedenfalls die Angaben der portugiesischen Küstenwache, der man vertrauen darf. Und bei dem Untergang ist eine Frau ums Leben gekommen – eine gewisse Nora Mathis.«

Lydia schlug die Hände vor den Mund.

»Ach du lieber Gott! Das muss diese Nora aus seinen Notizbüchern sein.«

»Siebenhunderttausend Euro für eine Segelyacht! Woher hatte Boone so viel Geld?«, fragte Schielin.

»Das haben wir uns auch gefragt. Derzeit sieht es nach einer Vollfinanzierung aus. Eine Bank – Sitz in Mailand und Zweigstelle in – na rate mal …«

»Berlin«, sagte Schielin schulterzuckend.

Funk grinste.

»Daneben! Tettnang.«

»Tettnang!? Ihr spinnt doch!«, fuhr Schielin sie an, weil er es für einen schlechten Witz hielt.

»Nein! Es stimmt!«

Schielin sah irritiert drein.

»Und von denen hat Boone den Kredit für die Yacht bekommen? Vollfinanzierung?«

»Ja. Der vereidigte Dolmetscher muss zwar noch drüber, aber …«

»Hatte er denn Sicherheiten?«, fiel Lydia dazwischen.

Wenzel meldete sich erneut aus liegender Position.

»Wird wohl so gewesen sein … jedenfalls ist das Luxus-bötchen abgesoffen, und in einem solchen Fall zahlt dann ja die Versicherung.« Er legte eine Pause ein. »Tja.«

»Was heißt denn bitte *tja*?«

»Ja, aber hallo! Sind wir hier bei der Bozelei, oder nicht?! Untergang einer Segelyacht, italienische Privatbank aus Mailand mit Niederlassung in Tettnang, ein Versicherungs-fall, eine Tote, ein Überlebender, der dann mit Pfeilen auch noch ins Totenreich katapultiert wurde … eine solche Ge-mengelage lässt ganz einfach eine Reihe Vorurteile und Ver-dachtsmomente in mir entstehen.«

»Klingt wirklich nach einer sumpfigen Angelegenheit«, stimmte Lydia ihm zu.

»Und bei euch? Was gibt's bei euch Neues?«, fragte Wen-zel.

Lydia berichtete von dem Pfeil in der Lärche beim Bre-genzer Yachtclub, was zu angeregten Diskussionen führte und zum Ende hin zur Aufteilung der Aufgaben: Robert Funk und Wenzel sollten die Umstände des Bootsunglücks und der finanziellen Umstände ausleuchten, Schielin über-nahm die Ammons, während Lydia sich um Nora Mathis kümmern und in Boones Tagebüchern weiter nach Hinwei-sen suchen wollte.

»Habt ihr eigentlich schon die Namen überprüft, die Ammon uns gegeben hat – die Bogenschützen von Sau-ters?«, fragte Schielin.

Wenzel rollte die Augen und sah zur Decke.

»Ja, haben wir. Was für ein Elend. Die Hälfte von denen ist schon unter der Erde – Krebs, Motorradunfall, ein Suizid. Und von den fünf übrigen wohnen nur noch drei in Lindau. Alle haben ein einwandfreies Alibi. Können wir vergessen, da ist nix zu holen.«

Schielin tippte anschließend wieder Aktenvermerke und Berichte, während Lydia über Nora Mathis zu recherchieren versuchte, was jedoch an einem Ausfall des Auskunftssystems scheiterte. Wartungsarbeiten.

Also schnappte sie sich stattdessen das Telefon und führte einige Gespräche in eine andere Ermittlungsrichtung. Schielin linste zu ihr herüber und fragte: »Du suchst eine Putzfrau?«

»Nein, doch nicht für mich. Ich suche das fleißige Lieschen, das die Bude unseres Komponisten so sauber hält. Die wissen doch immer alles.«

»Mhm. Keine schlechte Idee.«

Schon bald hatte sie Erfolg und jubelte triumphierend, als sie die nächste Nummer wählte. Am Telefon war allerdings nicht viel von der Frau zu erfahren. Daher baute Lydia nun richtig Druck auf, sprach kryptisch von Ermittlungen im Umfeld erheblicher Verbrechen und vereinbarte schließlich ein Treffen unter den Arkaden des Stifts in zwei Stunden.

»Bingo!«

Schielin lachte.

»Ich geh noch mal runter zum Lesen. In einer Stunde Abmarsch auf die Insel.«

*

Drunten stellte sie die Laborleuchte ein und nahm sich das nächste Tagebuch vor, überflog den Text punktuell und suchte vor allem nach dem Namen Nora.

Ich übernahm die Wache von Mitternacht bis null vier. Das untere Ende meines Schlafsacks war klatschnass, als ich mich schlafen legte. Am Vormittag 30 Knoten Wind mit der dazugehörigen ruppigen See. Bin hoch am Wind unter

Segeln gegenan und entschied mich für Beiliegen, um etwas Ruhe zu bekommen. Also aufstoppen! Die Lady dreht sich in Windrichtung, was ein stärkeres Stampfen zur Folge hat, außerdem starkes Gieren. Hab das Großsegel dann ganz weggenommen, was ohne dessen stützende Wirkung Drift nach Lee bewirkte, dazu Rollbewegungen und Gieren; tendiert daher zum Abfallen, und das Heck liegt weiter zum Wind. Lange kann ich das nicht so lassen, sonst wird es einsteigende Wellen geben. Tee geholt, etwas entspannt – weitergemacht. Nora lässt sich nicht blicken. Herrgott – ihr Schweigen ist mir unheimlich, weil es nichts Anklagendes hat, sondern einfach nur Schweigen ist. Sie hat unterschrieben, und Schayern bereitet alles vor. Übernahme in Aquilea. Kunde wartet wie verabredet in Santa Maria – Kapverden; Mindelo als Übergabeort haben wir fallenlassen, weil dort beinahe die Hälfte aller Yachten ausgeraubt wird.

...

Die Tage sind wie Wind – sie vergehen einfach. Pünktlich aufgewacht und um fünf dreißig einen makellosen Sonnenaufgang beobachtet. Schaffen noch immer gute 6 Knoten auf einem Kurs von ungefähr 110°. Haben inzwischen 530 Meilen zurückgelegt. Fühle mich allmählich ziemlich verkommen und stinke, doch das Trinkwasser ist schließlich nicht zum Waschen da. Das Salz in der Luft muss eben für die Hygiene sorgen, wie es Slocum so schön beschrieben hat, den ich gerade lese. Nehme die Mittagshöhenmessung mit 42° 58'Nord; unser Kurs circa 120°. Der verrückte Slocum fuhr bei seiner Weltumsegelung auch genau auf dieser Route.

Nora hat Delfine gesehen, die ihr gute Laune auf das Gesicht zauberten. Wir sind jetzt ungefähr an der Stelle, an der die Titanic untergegangen ist. Weiterhin fabelhaftes Wetter mit Wind aus Süd, Stärke 2 bis 3.

Die Eintragungen in diesem Band waren hier zu Ende, und sie notierte: *Schayern bereitet alles vor. Übernahme Aquilea. Kunde in Santa Maria – Kapverden; Mindelo als Übergabeort zu gefährlich.* Danach nahm sie das nächste Notizbuch zur Hand, in dem allerdings nicht ein einziges Mal der Name Nora auftauchte. Boone schrieb ausschließlich über die unterschiedlichen Gesichter des Windes, das Verhalten des Bootes, darüber, welchen Kurs er wählte, für welche Segel er sich entschied, und gab immer wieder die Daten seiner Peilungen mit dem Sextanten an. Dazwischen ließ er sich über die alten Seefahrer aus. Bligh, der Kapitän der Bounty – ihm gehörte seine ganze Bewunderung, und er lästerte über Marlon Brando und die Verfilmung der *Meuterei auf der Bounty*, in welcher Bligh als blindwütiger Idiot verdammt und sein erster Offizier Christian Fletcher als edler Gutmensch dargestellt wird, der doch in Wirklichkeit ein krimineller Versager war.

Lydia nahm das nächste Notizbuch zur Hand. Es begann mit Schilderungen des Sternenhimmels. An einem Abend hatte er Alcyone entdeckt, den hellsten Stern der Plejaden. Es schien ihn zu ärgern, dass Jacques-Yves Cousteau sein Forschungsschiff auf diesen Namen getauft hatte, denn er widmete dem Thema einige gehässige Zeilen, bevor er dann über die Seefahrer Ozeaniens philosophierte, die ohne jede technische Unterstützung navigierten und angeblich die Richtung durch das Pendeln ihrer Hoden zuwege brachten. Für Lydia nachvollziehbarer war da eher schon die zwei Seiten weiter aufgeführte Ansicht der pazifischen Insulaner, das Meer und seine Inseln würden an ihnen vorbeitreiben, während ihre Boote selbst nicht fuhren, sondern im Ruhezustand blieben – eine herrliche Vorstellung, wie sie fand, für die Boone allerdings nur Sarkasmus übrighatte.

Sie spürte, wie er sie mit seiner selbstgefälligen Art der Schilderung gegen sich aufbrachte, aber mehr noch, weil er gerade so wenig über Nora schrieb. Ob sie in Streit geraten waren und er sie deshalb verleugnete? Oder war es, weil sie wie er in der Lage war, ganz alleine zu segeln und ihre Wachen zu verrichten und es ihn nervte, jemanden an Bord zu haben, der ihm ebenbürtig war?

Sie nahm sich noch einige Seiten vor, doch das Lesen strengte sie an. Sie brauchte freien Himmel und frische Luft.

*

Droben zog sie ihre Jacke über und begab sich auf ihren kleinen Rundweg an Schloss Moos vorbei, den sie sonst mit Hundle immer ging. Etwas Weite tat ihr gut nach dem Aufenthalt im Keller, so abgeschieden und ruhig es da drunten auch war zwischen all den Regalen, Geräten, Dokumenten, Flaschen und Dosen und den vergilbten Fotos alter Tatorte, die an der Wand hingen oder irgendwo lose hingesteckt vor sich hin dämmerten.

Wieder zurück fand sie Schielin bei Gommi im Büro, wo er am großen Bildschirm von Jasmin den forensischen Bericht des Smartphones durchging.

Inzwischen funktionierten die Recherchesysteme endlich auch wieder. Die Daten des Einwohnermeldesystems zeigten ihr für eine Nora Mathis Hergensweiler als letzten Wohnsitz an. Das war es aber auch schon, bis auf den Vermerk: *Ins Ausland verzogen.* Eine magere Auskunft, die sie veranlasste, zum Telefonhörer zu greifen und eine Nummer in Kempten zu wählen.

»Hi, Lydia aus Lindau hier«, meldete sie sich, was als Vorstellung genügen musste.

»Oh, ein Anruf aus der Provinz«, schnarrte es ihr freudig entgegen.

Lydia konterte: »Es sind nie die Orte, die provinziell sind, sondern immer nur die Menschen.«

Sie hörte Kichern.

»Notiere ich mir gleich … und worum geht's?«

»Ich habe hier einen Datensatz im Einwohnermeldesystem, mit dem ich nicht recht weiterkomme.«

»Gib durch«, lautete die nüchterne Aufforderung. Sie stellte auf Außenlautsprecher und gab die Daten von Nora Mathis an. Es dauerte eine Weile. »Ah ja, ich hab es jetzt vor mir. Was ist damit?«

»Ja, ich sehe da nur ihren Namen und den letzten Wohnort, mehr nicht. Alles andere fehlt.«

»Ja diese Nora Mathis ist ja auch tot.«

»Ja, schon.«

»Was willst du dann mit ihr?«

»Es geht um einen Mordfall, mit dem sie in Verbindung steht.«

»Der Indianerfall?«

Sie stöhnte. Es hatte sich also schon rumgesprochen.

»Ja, der mit Pfeil und Bogen.«

»Ah. Lass mich schauen …«

Sie wartete jedoch nicht und fragte stattdessen: »Wieso kann ich denn nicht mehr die letzten Wohnanschriften recherchieren, und vor allem fehlen mir die Hinweise auf die Verwandten in direkter Linie – Ehemann, Kinder und so.«

»Moment, Moment …«, vertröstete sie die Stimme und nuschelte leise die Einträge am Bildschirm herunter. »Also – das, was da zu lesen ist, ist ja schon recht viel für jemanden, der tot ist, und es wäre auch gar nicht üblich, wenn nicht genau wie in diesem Fall bei Staatsangehörigkeit ein *X* in der Klammer stehen würde, siehst du das?«

138

»Ja.«

»Sie ist keine Deutsche. Deswegen sind die alten Vermerke gesperrt, und zudem ist sie tot, deshalb gibt es keine Bestände mehr. Der Datensatz ist also quasi auch schon tot und wartet nur noch auf seine Löschung. Wird bald geschehen.«

Lydia war für einen Moment verblüfft.

»Keine Deutsche? Das kapier ich nicht. Könnte da vielleicht ein Fehler im System vorliegen?«

Er lachte böse.

»Jaja, diese Fehler im System, die gibt es genauso wenig wie den großen Unbekannten.« Bevor sie unleidig werden konnte, sagte er: »Schau – im Feld Nationalität steht doch ein A.«

Sie sah nach.

»Ja ... für Österreich?«

»Nein. Nicht Österreich, das steht für *andere* Nationalität. Sie hat eben eine andere Nationalität als die deutsche. So etwas soll es geben.«

Lydia schüttelte den Kopf und starrte auf die Klammer mit dem A.

»Andere Nationalität ... wer kommt denn auf so einen Schmarrn?! Und bei Nora Mathis passt es einfach nicht.«

Ihr Kollege war da überzeugter.

»Doch. Deine Nora Mathis ist mit einer anderen Nationalität als der deutschen verschieden. Gibt es gar nicht so selten.«

Lydia Naber schnaufte laut.

Er fragte: »Problem?«

»Ich brauche ihre Daten! Kann man die hier wieder verfügbar machen?«

»Aussichtslos. Die kriegst du nur bei der einstellenden Kommune selbst ... in diesem Fall ... das Landratsamt Lindau.«

»Nur dort?«

»Ja. Papierakte. So richtig altmodisch. Da ist dann aber auch alles drin – Geburtsurkunden, Sterbeurkunden, Heiratsurkunden … was immer du brauchst.«

Sie fragte: »Wenn sie keine Deutsche war, müsste ich sie doch im Bundeszentralregister finden, oder?«

»Nee. Sie ist tot – schon vergessen!? Und da brauchst du schon gar nicht anrufen … Köln!«

Sie stöhnte: »Ahh … also die gute alte Papierakte beschaffen.«

»Ja, so sieht's aus.«

»Danke dir!«

Sie drückte das Gespräch weg, ohne auf eine Antwort zu warten.

Schielin kam zurück aus Gommis Büro.

»Los, los! Die Putzfrau wartet.«

»Gleich, gleich – nur noch schnell ein Telefonat in Sachen Nora.«

Beim Landratsamt traf sie auf großes Verständnis, musste aber hören, dass die eigentlich zuständige Fachkraft gerade im Homeoffice sei.

»Mhm. Und was mache ich jetzt? Soll ich etwa zu der nach Hause fahren?«

Eine ruhige Stimme erklärte ihr, dass sie direkt in Hergensweiler vermutlich schneller an die Akte kommen würde. Dort aber befand sich der zuständige Mitarbeiter zur Zeit im Urlaub. Es half alles nichts – sie wurde auf Montag vertröstet.

*

Auf dem Weg erzählte Schielin ihr von den vergeblichen Versuchen, bei dieser Bank jemanden zu erreichen.

»Mysteriöse Bank da in Tettnang. Sobald wir Zeit haben, fahren wir da mal vorbei. Und laut Bericht gab es von Boones Smartphone kein abgehendes Telefonat – nicht einmal am Sonntag. Er kann also nicht am Bregenzer Yachthafen gewesen sein, denn wenn dort auf ihn geschossen worden wäre, hätte er mit Sicherheit die Polizei angerufen. Alles andere wäre mehr als unvorstellbar. Eine spanische Nummer hat allerdings mehrfach versucht, ihn zu erreichen.«

Lydia schimpfte anschließend über Homeoffice und Leute, die im März Urlaub machten.

Die beiden passierten den Cavazzen und gingen schnellen Schrittes zur Ostseite des Stifts, wo sich Lydia mit der Putzfrau verabredet hatte. Während sie so liefen, scherte Schielin auf einmal nach rechts aus, machte einen kleinen Bogen und kam dann wieder an Lydias Seite. Sie verlangsamte ihren Schritt und sah zurück.

»Was war denn das?«

»Der Golgbrunnen. Komm jetzt!«

Sie blieb unbeirrt stehen.

»Ich sehe hier keinen Brunnen. Ist alles in Ordnung mit dir?«

»Jaja, den gibt's auch schon lange nicht mehr, der wurde vor einigen Jahrhunderten zugeschüttet.«

Lydia machte keine Anstalten, weiterzugehen.

»Aha. Und was hat es damit auf sich?«

Er tat unleidig.

»Die Stadt hat damals einigen aufmüpfigen Bürgern und jungen Patriziern den Kopf abschlagen lassen. Ihre Leiber und Köpfe hat man in den Golgbrunnen geworfen, der anschließend zugeschüttet und versiegelt wurde. Der Kreis auf dem Pflaster zeigt die Stelle heute noch an.«

»Ist ja interessant«, bedankte sich Lydia für die kleine stadtgeschichtliche Erläuterung.

»Ja und ich bin auf der Insel aufgewachsen, und weder meine Großmutter noch mein Vater sind jemals über diese Stelle gelaufen. Man geht, wenn man es weiß, drumherum.«

Lydia lief weiter.

»Das wird am Samstag, wenn Markt ist, aber schwierig.«

Er murmelte etwas Unverständliches.

»Jaja, jetzt kommt der Insulaner wieder in dir hoch. Weißt du, ein Arzt und Schriftsteller hat einmal hinterhältig geschrieben: *Die Lindauer sind stolze Insulaner, womit er nichts Nachtheiliges über sie gesagt haben wolle.* Genial formuliert, finde ich. Sag schon – gibt es noch mehr derartige Stellen auf der Insel, über die man nicht drüber laufen sollte?«

Er winkte ihr ungeduldig.

»Jetzt komm schon!«

»Sag!«, blieb sie hartnäckig.

Er antwortete widerwillig: »Vorne an der Seebrücke, etwa auf Höhe der Spielbank, da hat man beim Abriss des alten Landwehrtores – das war achtzehnhundertfünfundvierzig – einen geheimen, unterirdischen Kerker gefunden. Es gab nur eine Eisentür in die Zelle hinein und einen unterirdischen Gang unter der Stadtmauer hindurch. Wenn du also über die Seebrücke fährst, kannst du den unbekannten Unglücklichen gedenken, die da drunten verfault und verrottet sind.«

Die ehemalige Hauptwache lag immer noch verlassen – Café, Restaurant, Hotel – perdu, und die Fenster schauten matt und traurig zum Neptunbrunnen. Dabei hatte Ludwig Kick der Stadt die Hauptwache vermacht, um aus den Einnahmen den Cavazzen unterhalten zu können. Einzig der goldene Morgenstern leuchtete noch frisch und voller Kraft über dem zentralen Platz der Insel.

Sie bogen um die Ecke, und im Windschutz der Arkaden wartete eine junge, fesche Frau.

»Putzfrauen sind auch nicht mehr das, was sie mal waren«, raunte Lydia ihm zu. Sie stellten sich förmlich vor und zeigten ihre Dienstausweise. Nach einigem allgemeinen Geplänkel über das Wetter und den Zustand der Insel kam Lydia zur Sache.

»Sie sind also die Haushaltshilfe bei Herrn Vedder-Jacobsen.«

»Ja.«

»Wie oft sind Sie dort?«

»Montags, mittwochs und freitags.«

»Ah … auch an diesem Montag?«

»Nein.«

»Nein? Aus welchem Grund?«

»Er hat am Freitag gesagt, ich bräuchte nicht kommen. Ich mache die Wohnung immer schon sehr früh am Morgen, weil er da ja auf seinen Spaziergängen ist. Das ist praktisch für mich, weil ich dann anschließend die Kinder wegbringen kann.«

»Ah ja. Und diesen Montag also nicht.«

»Ja, wie oft, wenn seine Freundin die Nacht über da ist. Ist ja nichts dabei.«

Lydia sah kurz zu Schielin.

»Seine Freundin war über das Wochenende da bis zum Montagmorgen?«

»Ja. Das ist öfter der Fall. Dann kann ich natürlich so früh nicht zum Putzen kommen.«

»Kennen Sie diese Freundin vielleicht?«

Sie sah die beiden konsterniert an.

»Ja, natürlich.«

»Ist sie hier aus Lindau?«

»Ja.«

»Und wie heißt sie?«

»Sarah Ammon ... wir sind uns ein paar Mal zufällig in der Wohnung begegnet. Herr Vedder-Jacobsen macht daraus kein Geheimnis, verstehen Sie ... deswegen kann ich auch offen darüber reden.«

Lydia Naber blieb regelrecht die Spucke weg, sodass Schielin es übernahm, sich zu bedanken und die Frau zu verabschieden.

»So langsam kommt Farbe rein«, meinte er kopfschüttelnd.

Sie diskutierten kurz, wer zuerst an die Reihe kommen sollte: die Ammons oder der Komponist. Ihre Wahl fiel auf die Ammons.

Lydia drückte vier Mal unmittelbar hintereinander kräftig den Klingelknopf. Es dauerte eine Weile, bis von drinnen Schritte auf der alten Holztreppe zu hören waren. Sarah Ammon öffnete.

»Ohje! Was wollen Sie denn schon wieder? Wir haben doch schon alles gesagt.«

Lydia ging an ihr vorbei und sah sich ungeniert im Hausgang um. Am Sicherungskasten in der Ecke feierten die Spinnweben Feste.

Schielin klang ärgerlich.

»Alles? Wirklich alles? Da bin ich mir nicht so sicher! Ist Ihr Mann auch da?«

»Ja, oben ... ganz oben.«

»Dann gehen wir doch auch nach ganz oben«, sagte Lydia mit aufforderndem Blick zu Sarah Ammon, der ihr signalisierte, dass sie sich gefälligst anzuschließen hatte.

Ammon tat geradezu kumpelhaft, als sie eintraten.

»Ohje, die Schmier schon wieder ... das passt ja zu meinem schrecklichen Geschmiere hier gerade auf der Leinwand.« Er fuhr mit der Palette durch die Luft. »Was liegt an, die Herrschaften und Damen?«

»Vielleicht bald Handschellen«, entgegnete Schielin.

»Ho, ho, ho …«, höhnte Ammon, und seine gute Laune war Schielin und Lydia nur schwer verständlich. Sarah Ammon trat an die Staffelei und nahm ihm die Flasche billigen Whiskey weg, die unter einem mit Farben verschmierten Handtuch stand.

»Sie waren nicht zu Hause in der besagten Nacht von Sonntag auf Montag, Frau Ammon, richtig?«, sagte Schielin streng zu ihr. Sie tat so, als hätte sie es nicht gehört, und stellte die Flasche umständlich auf ein altes, abgeschabtes Sideboard in der Ecke.

Am Dachfenster raschelte es. Ein paar Tauben huschten hin und her.

»Frau Ammon!«, wurde Lydia laut, »… haben Sie gehört!?«

Sie tat die Frage mit einer Bewegung ab.

»Jaja, natürlich habe ich es gehört. Ich war nicht zu Hause, ja.«

»Sie haben uns also belogen!«, ging Schielin sie an.

Ihre Verteidigung war überraschend logisch und aggressiv.

»Ich kam doch gar nicht dazu, die Wahrheit zu sagen. Mein Mann hat gelogen, und ich habe seine Aussage eben nicht revidiert – so ist das! Und sagen sie mal, dürfen Sie das überhaupt, mich als Ehefrau zur gleichen Angelegenheit verhören wie meinen Mann oder meine Kinder, noch dazu, wo Sie um seine Alkoholsucht wissen? Das verbitte ich mir, und auch Ihre unangemeldeten Besuche hier in unserem Haus!«

Ammon sank in sich zusammen. Man hatte den Eindruck, er wolle gerne seine Arme schützend über seinen Kopf legen; dabei war er gar nicht Ziel ihres sprühenden Ärgers.

Lydia Naber sah Sarah Ammon ruhig in die Augen. Diese Frau war nicht zu unterschätzen.

Die sprach nun kontrollierter weiter.

»Ich muss doch nichts sagen, was meine Familie belastet, nicht wahr?«

»Nein, das müssen Sie nicht«, antwortete Schielin sachlich.

Ammon erhob sich von seinem Stützschemel und schwankte leicht, als er nun alleine auf seine Beine angewiesen war. Seine Stimme hingegen klang fest und ließ keinen Alkohol vermuten.

»Oh, hab ich das etwa nicht gesagt, dass sie bei ihrem Lover war?«

Lydia und Schielin sahen einander an, und Schielin entgegnete in ruhigem und gefasstem Ton, um eine Szene von Ammon zu vermeiden: »Nein, das haben Sie nicht. Sie sagten, Sie hätten beide im Bett gelegen.«

Sarah Ammon bückte sich unter die Dachschräge gegenüber und hob eine alte Decke auf, um sie ordentlich zusammenzulegen, was es ihr ermöglichte, von den anderen im Raum abgewandt zu sprechen.

»Sie können Herrn Vedder-Jacobsen gerne fragen.«

Sie warf ihrem Mann einen missbilligenden Blick zu, worauf der sich wieder auf den Schemel setzte. Als sie Schielin und Lydia hinausbegleitete, schlug sie die Tür zum Dachstudio heftiger zu, als es ihr selbst recht war, und folgte den beiden bis zur Haustür. Erschöpft lehnte sie sich gegen das Türblatt, als gälte es, zu verhindern, sie wieder hereinzulassen. Ihr Atem ging heftig. Mit schnellen Schritten eilte sie nun die Treppe nach oben, holte ihr Handy aus der Ladeschale und musste ein paar Mal ansetzen, es freizuschalten, weil sie so zitterte. Als Vedder-Jacobsen abnahm, war ihr schon etwas wohler.

»Sie kommen zu dir und werden gleich da sein.«

»Wer?«

»Die Polizisten – der Mann und die blonde Frau.«

»Ah ja …«, kam es wegwerfend aus dem Lautsprecher.

Sie wurde zornig und äffte ihn nach.

»Ahja … ahja …?!«

Er schwieg betreten. So ein Verhalten kannte er gar nicht von ihr.

Bevor sie weitersprach, ging sie zur Wohnungstür, öffnete sie einen Spalt und sah hinaus. Da war niemand, der lauschen konnte. Sie schloss sie wieder und ging in die Küche.

»Sie wissen es. Was machen wir denn jetzt?«

»Was wissen sie?«

»Sie wissen von uns und von Sonntagnacht«, erklärte sie.

»Ah … und woher? Außerdem ist es nichts Verbotenes, mein Gott!«

Sie wurde laut.

»Das ist doch alles egal! Was machen wir nun?«

Er unterdrückte den Reflex, zu fragen »Wieso wir?«, und sagte einlenkend mit sonorer Stimme und in langsamen Worten: »Also *wir* … wir machen gar nichts. Wenn sie es wissen, wissen sie es eben … wir haben ja schließlich nichts getan!«

Sie verdrehte die Augen und sah zur Decke.

»Ja schon, natürlich haben wir nichts getan, aber … sie fühlen sich jetzt belogen.«

Er unterbrach sie energisch.

»Aber bitte … was sollen die schon wollen?!«

»Bist du so naiv? Ich war nicht zu Hause, wie wir erst gesagt haben, du hast ihn gefunden … natürlich wirft das Fragen auf, und …«

Wieder fuhr er dazwischen.

147

»Ja und?! Wir werden uns einfach so verhalten wie bisher auch. Wovor hast du überhaupt Angst?« Er ließ eine kurze Pause entstehen. »Es gibt doch keinen Grund, Angst zu haben. Wir haben nichts getan.« Er lauschte für einen Moment in die Stille, die entstanden war, und spürte tief in sich ein Gefühl der Unsicherheit.

Ihre Stimme klang kühl und hatte einen lauernden Unterton, als sie einige Sekunden später antwortete: »Wenn du meinst.«

»Solche Gespräche in Zukunft bitte nicht mehr am Telefon«, ordnete er an und mühte sich dabei, es versöhnlich klingen zu lassen.

»Wir werden aber reden müssen.«

»Ja. Aber lass uns besser dazu treffen. Ich muss jetzt auch auflegen. Flaake kommt gleich.«

Sie nickte. Ach ja, Flaake. Den hatte sie ganz vergessen.

Er legte auf und atmete anschließend für einige Sekunden ganz tief ein und aus.

*

Kaum dass er aufgelegt hatte, klingelte es auch schon an der Tür. Er blies seine Atemluft kontrolliert durch die Lippen und lauschte dem feinen Zischen, das dabei entstand – eine Beruhigungs- und Konzentrationsübung. So lange würden die Polizisten eben warten müssen. Anschließend öffnete er mit bedrückter, schuldbewusster Miene und bat die beiden herein.

»Und?«, fragte Schielin provokativ, während er gleichzeitig mit einer beiläufigen Handbewegung das Angebot ausschlug, sich zu setzen. Lydia lief derweil mit verschränkten Armen im Zimmer umher und sah bewusst gelangweilt an Vedder-Jacobsen vorbei, dafür jedoch umso interessierter auf die Fotos an der Wand, die Bücher im Regal und vor allem auf den Tisch, denn dort stand heute eine edle Etagere, die mit Canapés, Petits Fours und lecker aussehenden Keksen drapiert war. Er erwartete demnach Besuch. Für wen das wohl gedacht war? Für Sarah Ammon sicher nicht; viel zu förmlich. Sie vergrößerte ihren Radius und warf nun auch einen Blick auf die Anrichte. Da stand ein Tablett mit feinem Teegeschirr. Sie tippte auf Rosenthal. Vier Tassen. Vielleicht Kunden, die einen Dreiklang für einen Schokokeks brauchten?

Vedder-Jacobsen fühlte sich unwohl, sie im Rücken zu haben, und drehte sich zu ihr um. Sie bemühte sich, möglichst unverfroren zu grinsen. Er klang ein wenig gequält.

»Ja nun … es wäre eine dumme Sache gewesen, dachte ich, Frau Ammon zu erwähnen, zudem ich ja nichts weiter getan habe, als meiner Bürgerpflicht nachzukommen, nicht wahr?«

Schielin vollzog eine herrische Geste mit dem Kopf.

»Lassen wir das mit der Bürgerpflicht einmal sein. Frau Ammon war also hier bei Ihnen in der Nacht von Sonntag auf Montag.«

»Ja.«

»Wann hat sie die Wohnung denn hier verlassen?«

Vedder-Jacobsen wog seine Antwort sichtlich ab.

»Das ist eine gute Frage, und ich möchte sie nicht durch eine Antwort verderben«, probierte er einen Scherz.

Schielin tat einen energischen Schritt auf ihn zu. Er wich zurück und hob entschuldigend seine Hände.

»Sorry … ist von John Cage … sagt Ihnen das etwas?«
Weder Schielin noch Lydia reagierten darauf. »Nach mir«, sagte er überlegend, als wäre er sich nicht so sicher darüber.

»Sicher?«

»Ja natürlich«, kam es nun etwas überzeugter von ihm.

»Hat Frau Ammon einen Schlüssel für Ihre Wohnung?«

Wieder dauerte die Antwort eine Sekunde zu lange und klang übertrieben überzeugt.

»Nein!«

Lydia schaltete sich ein und hakte nach.

»Aus welchem Grund irritiert Sie diese Frage? Es wäre doch eine völlig normale Angelegenheit.«

»Sie hat jedenfalls keinen Schlüssel«, versuchte sich Vedder-Jacobsen des Schlüsselthemas zu entledigen.

Lydia fragte in seinen Rücken: »Lag sie noch im Bett, als Sie die Wohnung verlassen haben?«

Vedder-Jacobsen musste schlucken, und sein Blick wich den beiden aus und ging zum Fenster hinaus, in eine Ferne, in die er sich in dieser Situation gerne geflüchtet hätte.

»Nein.«

»Sie haben die Wohnung aber nicht gemeinsam verlassen.«

Vedder-Jacobsen ging wortlos in die Küche und kam mit einem Glas Wasser zurück.

»Nein, wir haben die Wohnung nicht gemeinsam verlassen.«

Lydia klang sarkastisch.

»Sie war also noch im Bad.«

»Nein, sie saß am Tisch und hat einen Tee getrunken.«

»Oh, schön. Geht sie manchmal mit Ihnen spazieren auf ihren Runden um die Insel?«

»Nein. Wie ich Ihnen schon erklärt habe, ist das für mich eher gedankliche Arbeit. Deshalb möchte ich dabei alleine sein mit mir und nicht durch Belanglosigkeiten abgelenkt werden.«

»War Frau Ammon vielleicht doch vor Ihnen aus dem Haus?«

Er hob die Stimme, weil ihn das dauernde Fragen nerve.

»Nein. Sie ist irgendwann nach mir gegangen, Herrgott noch mal!«

Schielin lehnte sich an den Fenstersims und übernahm.

»Gibt es Probleme mit Herrn Ammon?«

»Nein, keine Probleme. Wir sind allerdings nicht gerade auf der Suche nach Gelegenheiten, die uns zusammenbringen.«

»Verstehe. Frau Ammon kannte den Toten sehr gut, nicht wahr?«, wechselte Schielin das Thema.

Vedder-Jacobsen hätte sich gerne gesetzt, denn es war ihm gänzlich unwohl. Er nippte an seinem Wasserglas, an dem er sich mehr festhielt als dass *er* es hielt. Gerade war ihm so gar nicht danach, zu sprechen.

»Wussten Sie davon?«, hakte Schielin nach.

»Nein«, antwortete er knapp.

»Was hat sie Ihnen denn über den Toten erzählt?«

»Nichts. Was soll sie mir auch über ihn erzählen?!«, sprach er schnell.

Lydia tat einige Schritte auf ihn zu.

»Oh, oh, oh! Na das wollen Sie uns aber nicht wirklich weismachen, oder? Sie finden einen Toten auf der Löwenmole, einen Bekannten Ihres Liebchens, Sie verschaffen ihr ein Alibi, nachdem das erste geplatzt ist, und dann wollen Sie beide in den vergangenen Tagen nicht über den Toten gesprochen haben?!« Sie trat nun ganz nahe an ihn heran. »Ich kann nur hoffen, Ihre Liedchen sind von anderer Qualität als die Märchen, die Sie uns hier erzählen.«

Vedder-Jacobsen ging einen Schritt nach hinten und hob stolz seinen Kopf.

»Frau Ammon ist nicht mein Liebchen, und ich komponiere keine Liedchen.«

»Was hat sie Ihnen von Boone erzählt?!«, wiederholte sie streng Schielins Frage.

Er machte den Fehler und lenkte ein.

»Mein Gott! Nur, dass sie ihn eben von früher her kannte.«

»Wieso belügen Sie uns eigentlich ständig?!«, fuhr Lydia ihn an.

»Aber ich lüge doch nicht!«, brauste er beleidigt auf.

»Natürlich! Alles Lüge! Gerade erst sagten Sie, Sie hätten nicht mit Frau Ammon über Boone geredet, und jetzt sagen Sie, dieser Tote war doch ein Thema zwischen Ihnen beiden. Was hat sie also über Boone erzählt?«

»Ja nichts weiter. Sie kannte ihn eben. Mehr nicht.«

»Mehr nicht, na schön!«, wiederholte Lydia Naber und wendete sich von ihm ab.

»Was ist mit den Kindern?«, fragte Schielin.

»Welche Kinder?«

»Die Zwillinge. Wissen Sie, welches Verhältnis Frau Ammon zu ihnen hatte?«

»Ja.«

»Und … Probleme?«

»Nein, es gibt da keine Probleme, und mich würde auch mal interessieren, was diese Fragen denn bitte alle sollen? Das ist doch wohl meine Privatangelegenheit.«

»Erstens muss Sie nicht interessieren, welche Bedeutung unsere Fragen haben, und Privatangelegenheiten gibt es keine bei Mordermittlungen. Erzählen Sie uns etwas über Herrn Ammon«, forderte Schielin ihn brüsk auf.

Vedder-Jacobsen zeigte sich entrüstet.

»Ja wie käme ich dazu!?«

»Indem Sie einfach anfangen!«

»Ja was verstehen Sie denn unter *erzählen*?«

»Was Sie eben wissen.«

Vedder-Jacobsen überlegte, wie er die beiden loswerden konnte. In den Fernsehkrimis verlangten die Betroffenen immer einen Anwalt. Sollte er das auch tun und einfach gar nichts mehr sagen, oder nur ein wenig, um die beiden nicht zu sehr zu verärgern? Er entschied sich für letzteres.

»Ammon trinkt. Er ist eine zutiefst frustrierte Persönlichkeit, sehr im Unfrieden mit seinen Lebensumständen ... von seiner Frau und den Kindern völlig entfremdet. Sein Sohn verachtet ihn, seine Tochter ebenso, zeigt es aber nicht auf so unangenehm deutliche Weise wie ihr Bruder. Alle sind einander eine Last, und so schleppen sie sich durch die Tage. Er verweigert sich einer Therapie ... einer Entziehung.«

»Woher rührt diese Frustration?«

»Er hat keinen Erfolg mit seiner Malerei. Und finanziell geht es ihnen auch nicht besonders.«

»Das Lagerhaus ist aber doch gut gefüllt, was wir so gesehen haben.«

»Es ist trotzdem nicht genug. Außerdem war es eine immense Investition, die Baracke auf den jetzigen Stand zu bringen. Und zudem gibt es ja noch einen Kompagnon.«

»Frau Ammon wollte ihn schon lange auszahlen, um mehr Handlungsspielraum zu bekommen, doch er will nicht.«

»Sie kennen demnach das Lager«, stellte Schielin fest.

Vedder-Jacobsen schnaufte genervt.

»Ja, natürlich war ich dort.«

»Natürlich ... und mit wem?«

»Na mit ihr natürlich.«

Lydia störte die Reserviertheit, mit der er von seiner Freundin sprach. Nicht ein einziges Mal hatte sie ihn ihren Vornamen Sarah sagen hören. Man hatte beinahe den Eindruck, sie wäre ihm peinlich. Es erinnerte sie an die Art, in der Boone von Nora schrieb.

Schielin warf das Wort *Bogenschießen* in den Raum.

Vedder-Jacobsen schüttelte den Kopf.

»Bogenschießen? Mach ich nicht.«

»Und Frau Ammon?«

»Hat sie früher mal.«

»Mhm. Woher wissen Sie das?«

»Fotos … ich habe alte Fotos gesehen von ihr … in einem Album … so wie man sich eben Fotos zeigt von früher … was ist dabei!?«

»Nichts, nichts ist dabei. Was haben Sie am letzten Sonntag gemacht … waren Sie da vielleicht mit jemandem unterwegs?«

»Nein. Ich war in Bregenz. Wenn ich nicht hier in Lindau bin, verbringe ich dort viel Zeit.«

Lydia horchte auf. Er war also am letzten Sonntag in Bregenz. Ob er wusste, wie er sich gerade in echte Schwierigkeiten manövrierte?

»Gibt es einen Grund dafür … wieso Bregenz?«

Er rang mit den Händen.

»Ja du meine Güte – wieso Bregenz!? Die Kunst und die Festspiele verleihen dem vielen Geld, das dort zu Hause ist, einen intellektuellen Glanz, und in solchen Umgebungen ist eben das, was sonst nur fein ist, mondän. Und ich mag es, dieses Mondäne. Ich mag diesen Stil, diese altmodischen Verhaltensweisen in modernem Umfeld. Zudem habe ich da einige Kunden, und am Seeufer in Richtung Bregenzer Ach ist an einem Sonntagnachmittag außerdem viel weniger Betrieb als auf der Insel.«

»Und haben Sie sich mit ihren Kunden dort getroffen?«

»Nein, nicht am Sonntag.«

»Wo waren Sie in Bregenz unterwegs, und wann genau?«

»Ich habe lange geschlafen und bin am Mittag gefahren …«, noch bevor Schielin fragen konnte, antwortete er schnell, »… mit dem Auto. Ich war dann Essen und bin anschließend am See spazieren gegangen bis zum späten Nachmittag.«

»Wo haben Sie das Auto geparkt?«

»Im GWL-Parkhaus. Der Parkschein sollte sich finden lassen, wenn Sie ihn brauchen.«

»Und wo waren Sie genau unterwegs?«

»Ich bin von der Seebühne aus bis zur Mündung der Bregenzer Ach gelaufen. Es war kein sonderlich gutes Wetter, sehr windig. Es ist ein schöner Weg da hinaus am See entlang.«

Gibt's ja nicht, dachte Schielin.

»Also waren Sie in der Mehrerau und beim Yachtclub?«

»Ja. Das lässt sich ja auch kaum vermeiden, wenn man am Ufer entlangspaziert«, antwortete er mit beleidigter Stimme.

»Klingt gemütlich!«, schaltete sich Lydia nun wieder ein, die sich über einen kurzen Blickkontakt mit Schielin verständigt hatte. Der zynische Klang ihrer Bemerkung provozierte Vedder-Jacobsen dazu, eine seiner Phrasen loszuwerden.

»Jedes Reisen wird in direktem Verhältnis zu seiner Geschwindigkeit stumpfsinnig.«

»Von Ihnen oder von John Cage?«, fragte sie schnippisch.

Er schüttelte pikiert den Kopf und konnte seine Nervosität nunmehr nur noch schlecht verbergen. Seine Hände fuhren ungelenk an den Armen auf und ab, er fasste sich an die Nase, strich sich über den Kopf und setzte an, sich wegzudrehen, doch nur, um doch festzustellen, dieser Situation nicht entkommen zu können.

»War Sarah Ammon dabei?«, wollte sie wissen.

»Nein. Wir haben uns erst am Sonntagabend hier in der Wohnung getroffen. Sie war bei ihrem … in ihrer Wohnung. Ihrem Mann ging es nicht gut.«

»Am Sonntagabend … da war Ihnen die Belanglosigkeit also wieder recht«, stichelte Lydia, wenn auch in nüchternem Ton.

Noch bevor Vedder-Jacobsen etwas entgegnen konnte, deutete Schielin mit Zeige- und Mittelfinger auf ihn und ordnete an: »Sie kommen morgen auf die Dienststelle zur Vernehmung, verstanden?! Vielleicht fallen Ihnen ja noch ein paar Details ein, zum Beispiel, wer im Fall Boone wen verraten hat und wer wen getötet haben könnte.«

Vedder-Jacobsen schluckte und nickte. Er fühlte Erleichterung. Endlich gingen die beiden.

Drunten in der Grub erregten die Auslagen im Schaufenster des Gutenberg-Ladens Schielins Interesse. Während er einige Nachdrucke alter Graphiken musterte, flüsterte Lydia ihm zu: »Er hatte edle Leckereien auf einer Etagere, und es waren vier Teetassen bereitgestellt. Ich würde kurz hier warten und mal beobachten, wer bei ihm klingelt. Was meinst du?«

Schielin wusste nicht so recht. Doch sie ließ nicht locker.

»Komm schon.«

»Na gut.«

Sie blieben in der Nähe des Hauses. Drunten am Scotch-Club hantierte die Putzfrau mit Eimer und Wischmob. Schielin meinte: »Noch zu früh für nen Whiskey.«

»Ammon sieht das anders«, lautete ihre Antwort.

Schielin nickte.

»Ja, der schon.«

Eine Weile später bogen zwei Männer in Begleitung einer Frau von der Peterskirche her in die Grub ein. Der ältere Mann trug einen schwarzen Borsalino, einen knöchellangen Kamelhaarmantel und einen edlen Schal. Der jüngere Mann und die Frau erweckten durch ihre unterwürfige Haltung den Eindruck, nicht mehr als Begleitung zu sein.

Lydia stupste Schielin an.

»Der Burberry-Typ da, das ist unser Mann, wetten?«

»Könnte sein.«

Sie folgten den Dreien und tatsächlich blieb die Gruppe vor dem vermuteten Hauseingang stehen. Ohne lange suchen zu müssen, klingelte der jüngere bei Vedder-Jacobsen.

Lydia lief zum Oberen Schrannenplatz und ging die Autos durch. Ein gepflegter Jaguar Sovereign XJ V8 in dunklem Grün mit Ravensburger Kennzeichen fiel ihr auf. Nichts anderes passt zu Borsalino und so einem Mantel, dachte sie undnotierte sich das Kennzeichen.

*

Zurück auf der Dienststelle fanden sie Robert Funk noch im Büro sitzen.

»Was machst denn du noch hier?«, fragte Schielin und warf sich in den Vitra-Sessel. Lydia nahm den englischen Ledersessel, auch wenn dessen Polster die Gefahr barg, sofort darin einzuschlafen.

»Ich war noch mal drunten im Hotel Helvetia und habe endlich die zwei Angestellten erwischt, die mit Boone zu tun hatten.«

»Und? Was hast du rausgefunden?«

Funk wiegte den Kopf.

»Boone hatte zwei Mal Besuch von einem Mann – Ammon. Die Angestellte kennt ihn, weil er im Hotel schon mal einige seiner Bilder ausgestellt hat. Boone und Ammon haben gestritten. Ammon war wohl sehr aggressiv und unbeherrscht und hat vor Wut ein Glas auf dem Boden zerdeppert. Boone soll der Auftritt jedoch völlig kalt gelassen haben. Die eine Angestellte meinte sogar, er hätte eine heimliche Freude am Zorn von Ammon gehabt.

Lydia war unzufrieden.

157

»Diese verfluchten Ammons. Ohne Spuren ist denen nicht beizukommen, und in dieser elenden Kiste muss doch etwas gewesen sein, etwas, das ihn rasend gemacht hat.«

Schielin wiegte den Kopf.

»Ich kann mir diesen Kerl einfach nicht mit Pfeil und Bogen im Dunkeln auf der Löwenmole vorstellen.«

Lydia dachte laut: »Seine Holde käme da schon eher in Frage. Aber die ist schon mit dem Komponisten versorgt, was eine Eifersuchtsnummer gegenüber Boone unwahrscheinlich macht.«

Lydia kamen die Fotos auf der Speicherkarte wieder in den Sinn.

»Hast du schon mal Zeit gehabt, über die wiederhergestellten Fotos auf der Speicherkarte zu schauen?«

Funk bejahte.

»Ja. Gemälde querbeet durch die Kunstgeschichte. Nicht sonderlich aufwendig fotografiert, und soweit ich es beurteilen kann, ganz passable Plagiate – von Fälschungen kann man ja erst reden, wenn eine Täuschungsabsicht vorliegt.«

Lydia bat Funk, das Kennzeichen des Jaguars einzugeben, das sie vorhin notiert hatte. Halter war ein gewisser Flaake.

Funk lachte auf.

»Guntram Flaake! Schau an!«

»Du kennst ihn?«, fragte Lydia erstaunt.

»Was heißt kennen. Guntram Flaake war einer der aussichtsreichsten Zuhälter in Oberschwaben, hat aber rechtzeitig das Metier gewechselt und ist ins Immobiliengeschäft eingestiegen. Sehr gebildeter Mensch … hat ein paar Semester Jura studiert und sogar ein wenig Kunstgeschichte. Ach ja – der Dolmetscher war übrigens da und hat Boones Dokumente übersetzt. Liegt schon alles drüben im Büro. Könnte ein längerer Abend für euch werden.«

Kriminalstatistik

Am darauffolgenden Tag brachte Kimmel deutlich bessere Stimmung mit in die Morgenrunde.

»Der Gangfunk meldet, es gibt was Neues im Fall Boone?«, stellte er gutgelaunt fest und fügte hinzu, »Das Wetter soll zum Wochenende hin ja auch besser werden, fast schon sommerlich.«

Niemand ging auf Kimmels Wetterbericht ein. Schielin ordnete mit gesenktem Kopf die Papiere, die vor ihm auf dem Tisch lagen.

»Ja, so langsam bekommen wir ein wenig Klarheit darüber, um was es in den Dokumenten geht, die Boone dabei hatte. Im Sommer des letzten Jahres ist er zusammen mit dieser Nora Mathis von der Ostküste Kanadas nach Großbritannien gesegelt. Sie haben eine Yacht zurückgeholt, mit der der Eigner zuvor an einer Transatlantik-Regatta teilgenommen hatte. Die Überfahrt dauerte knapp vier Wochen. Lydia wertet gerade die Tagebücher dazu aus. Vielleicht bekommen wir darüber noch ein paar Informationen. Im Moment sind es nur Fragmente. Jedenfalls – unverzüglich nach ihrer Ankunft sind die beiden von London nach Mailand geflogen und von dort direkt zu einer Werft in Aquilea, wo sie eine Yacht übernommen haben – Käufer und Eigentümer: Martin Boone, Name der Yacht *Alcyone II*, Wert: siebenhunderttausend Euro. Mit der Yacht sind sie dann das Mittelmeer runter, haben an einem Hafen in Portugal für einige Tage gerastet, von wo aus sie nach Belize weitersegeln wollten, um sie dort weiterzuverkaufen. Das jedenfalls geht aus den Unterlagen hervor. Zur Übergabe selbst ist es aber nie gekommen, denn die Yacht ist gesunken. Es existiert ein

Bericht der portugiesischen Küstenwache dazu.« Schielin las eine Meldung der Seenotleitstelle Bremen zu dem Unglück vor: *Weit vor der Küste Madeiras ist eine Rettungsinsel mit einem Deutschen gefunden worden. Von seinem Boot, der Diamond Solaris 55 Alcyone II, und von seinem Mitsegler fehlt bisher jede Spur. Die portugiesischen Seenotretter haben kaum noch Hoffnung, Mann und Schiff zu finden. Für ein Sinken des Bootes gibt es sichere Anzeichen. Noch gelten Schiff und Mitsegler allerdings offiziell nur als vermisst.«*

Schielin sah auf und blickte Kimmel an. Der zuckte mit den Schultern.

»Kann passieren da draußen im Atlantik und ist sicher kein Einzelfall.«

Schielin stimmte ihm zu.

»Durchaus. Boone und diese Nora sind Ende August in Albufeira an der portugiesischen Algarve in Richtung Azoren aufgebrochen. Wie aus den Aufzeichnungen hervorgeht, gab es die letzte Sichtung der *Alcyone II* vor Porto Santo; das gehört zum Madeira-Archipel und liegt knapp dreißig Meilen von der Hauptinsel entfernt. Das *Maritime Rescue Coordination Centre* in Lissabon hat die Seenotleitstelle in Bremen schließlich über das Unglück unterrichtet. Es wurde dann eine groß angelegte Suche zu Wasser und in der Luft in Gang gesetzt, aber wie gesagt, ohne jeden Erfolg. Die gesamte Schifffahrt in dem Seegebiet wurde um Unterstützung und besondere Achtsamkeit gebeten, aber auch dies ohne Erfolg. Boone ist in Horta auf den Azoren vernommen worden. Wie er dabei angegeben hat, habe er in der Nacht geschlafen, als er plötzlich durch einen massiven Aufprall des Schiffes geweckt worden sei. Bis er es an Deck geschafft habe, sei es zu einem zweiten Aufprall gekommen, jedoch weniger stark. Er habe im direkten Bereich der Yacht einen treibenden Container ausmachen können, vermutete aber, dass die *Alcyone II* auf mehrere davon aufgelaufen sei. Aufgrund eines schweren Wassereinbruchs war er schließlich gezwungen, die *Alcyone II* zu verlassen, und ist daher in die Rettungsinsel gestiegen. Zuvor konnte er noch einen Mayday-Ruf absetzen, der von einem Frachter einer norwegischen Reederei gehört wurde, der Wilson Narvik, die sofort zu Hilfe eilte und rund drei Stunden später am Unglücksort eintraf. Auch dem dortigen Kapitän hat er geschildert, wie er gegen drei Uhr morgens, während er wachfrei hatte, einen starken Schlag verspürt habe. Dazu habe es einen lauten Knall gegeben, und in den Steuerbordrumpf sei in kurzer Zeit sehr viel Wasser eingedrungen. Die Bilgenpumpen hätten zwar sofort ihre Arbeit aufgenommen, doch es sei einfach zu viel Wasser gewesen. Eine Chance, das Leck zu lokalisieren, geschweige denn abzudichten, habe er nicht gehabt. Zudem habe es noch ein zweites Leck, etwas kleiner, am Backbordrumpf gegeben. Nachdem er verzweifelt versucht habe, seine Mitseglerin zu finden, sei er kurz vor dem Sinken der Yacht in die Rettungsinsel gestiegen. Als die *Wilson Narvik* eintraf, soll nur noch der Backbordrumpf der Yacht aus dem Wasser geragt haben. Boone ist dann mit dem norwegischen Schiff bis nach Horta und dann dort von Bord gegangen.«

»Und dieser verschollene Mitsegler war diese Nora Mathis?«, fragte Kimmel nach.

»Genau.«

Er sah in die Runde.

»Mhm … tja nun … ein Schiffsunglück … und?«

Schielin holte einige andere Kopien hervor und legte sie vor sich auf den Tisch.

»Vor drei Wochen hat sich Boone eine neue Yacht gekauft, ein wenig kleiner diesmal, eine halbe Million, bei der gleichen Werft in Italien.«

Kimmel sah auf.

»Mhm … Geldprobleme scheint der nicht gehabt zu haben.«

»Na ja. Offiziell liegt uns von den spanischen Behörden noch nichts vor. Pleite war er jedenfalls nicht, aber er hatte auf keinen Fall die finanzielle Potenz, eine solche Yacht zu kaufen.«

»Wo stammt die Kohle her?«

»Für den Kauf der *Alcyone II* hatte er eine Vollfinanzierung und entsprechende Sicherheiten. Der Kauf der zweiten Yacht wurde mit dem Geld der Versicherung finanziert. Die hat tatsächlich gezahlt.«

»Diese Bank, das ist doch die mit der Zweigstelle in Tettnang«, stellte Kimmel mit säuerlicher Miene fest.

»Ja, da sind wir dran.«

»Und diese Bootsversicherung … die für die untergegangene Yacht, die hat einfach so gezahlt?«

»Nach einem knappen halben Jahr haben sie gezahlt, ja. Recht schnell angesichts der Summe, aber es gab ja auch ein Todesopfer.«

Es entstand Schweigen in der Runde, und alle sahen Schielin fragend an.

»Was machen wir nun mit diesen Informationen?«, fragte Kimmel schließlich.

Schielin richtete sich auf.

»Wir werden erst mal weitere Nachforschungen anstellen.«

»Du meinst, dieser Schiffsuntergang könnte in Zusammenhang mit dem Mord an Boone stehen?«

»Zumindest sollten wir uns da mal näher mit befassen. Allem Anschein nach hat das Unglück Boone nicht sonderlich zu schaffen gemacht. Sein finanzieller Aufstieg begann sozusagen mit dem Untergang des Segelschiffes. Mir stellen sich da schon Fragen: Eine Yacht geht unter, er muss in eine Rettungsinsel, treibt im Atlantik, seine Begleiterin versinkt in den Fluten – und er? Fliegt von den Azoren nach Spanien, und das erste, was er macht, ist, sich eine neue Segelyacht zu kaufen.«

Widerspruch bekam er für seine Schlussfolgerung zwar nicht, aber Wenzel war anderer Meinung.

»Also ich setze ja eher auf diese Ammons. Der Suffkopf war doch an dieser ominösen Munitionskiste vom Boone dran. Wäre es da nicht langsam an der Zeit, denen mal die Bude auf den Kopf zu stellen? Ihr Alibi ist ja im Grunde auch geplatzt, und dieser Komponist, der lügt, wenn er nur das Maul aufmacht. Der hat mir von Anfang an nicht gefallen. Also meiner Meinung nach – Ammon! Ganz klar: Kiste aufgebrochen, Speicherkarte gelöscht, vandalisiert, Boone im Hotel angegangen, und der liegt ein paar Tage später tot mit zwei Pfeilen im Leib auf der Löwenmole. Leute … hallo!?«

Robert Funks Miene war skeptisch. Lydia war Wenzels Vorschlag gegenüber eher geneigt, doch Schielin schüttelte den Kopf.

»Eine Durchsuchung sollte schon ein Ergebnis bringen. Glaubst du, wir würden dort die Tatwaffe finden? Ich nicht. Und wen sollen wir festnehmen: hn? sie? Er hat ein passables Alibi, und rein psychisch und physisch traue ich ihm das auch nicht zu; seiner Frau schon eher, und ihr Alibi ist wackelig, gut. Und ja, beide haben auch mal mit einem Bogen geschossen. Aber wo ist das Motiv? – Das ist doch die entscheidende Frage. Das Motiv! Wenn wir einen von beiden festnehmen, ohne einen echten objektiven Beweis in den Händen zu haben, ist er am nächsten Tag wieder auf freiem Fuß, und wir haben die Anwälte am Hals. Jetzt einen Haftbefehl zu bekommen, halte ich für aussichtslos, und andererseits hat uns die gute Frau Ammon ja schon recht deutlich auf die rechtlichen Rahmenbedingungen aufmerksam gemacht. Im Moment kämen wir mit einer Durchsuchung da nicht weiter.«

Wenzel blieb unbeeindruckt.

»Der Ammon hat was aus der Kiste geklaut, das den Boone rasend gemacht hat. Da wette ich drauf! Natürlich faselt er jetzt den Unsinn von wegen Sauferei und Wut und Neugier, aber ich glaube ihm kein Wort.«

»Ich auch nicht, aber ich kann auch das Gegenteil nicht beweisen. Und Boone … wenn es so brisant gewesen wäre, was Ammon angerichtet oder aus der Kiste entwendet hat, warum hatte er dann keine Zeit, umgehend zu uns zu kommen oder uns an Ort und Stelle zu rufen, um diesen Vorfall aufzunehmen? Wenn man alles zusammennimmt, haben wir zwar alle einen Verdacht. Um einen von den Ammons jedoch in Haft zu bringen, reicht es nicht. Und aus diesem Grund müssen wir halt weitersuchen.«

»Dieser Boone hatte aber nur Kontakt zu den Ammons. Sonst gibt es doch weit und breit keine anderen Personen«, legte Wenzel nach.

»Na ja«, wendete Schielin ein, »du hast diesen Komponisten nicht auf der Rechnung, und ich denke, wir tun gut daran, zu schauen, wo noch andere Bezugspersonen sein könnten. Mich beschäftigt der Untergang dieser Segelyacht sehr, und der Tod dieser Nora Mathis auch. Ich finde, wir sollten da in jedem Fall noch mal intensiver nachforschen. Und zu deiner Beruhigung: Den Durchsuchungsbeschluss habe ich schon beantragt. Lassen wir die beiden aber mal noch über das Wochenende in ihrem trostlosen und galligen Familiensaft kochen. Mir geht es vor allem darum, die beiden etwas mehr unter Druck zu setzen. Wer auch immer das getan hat, war von großer Emotion, einem immensen

Willen angetrieben... es schreit geradezu nach einer der sieben Todsünden.«

»Und die Sache in Bregenz?«, warf Kimmel ein, noch bevor Schielin weiterreden konnte.

Lydia antwortete ihm.

»Zweifelsfrei der gleiche Pfeil, und Zufall halte ich hier für ziemlich ausgeschlossen. Entweder hat der Täter dort Boone aufgelauert oder ... er hat geübt. Beides ist aber eher unwahrscheinlich.«

»Und diese Zwillinge?«

Funk hatte die beiden befragt.

»Der Bub ist eher introvertiert und etwas scheu; seine Schwester ist da schon offener. Die zwei waren am Sonntagabend zu Hause und sind am Montagmorgen wie immer aus dem Haus und zur Schule. Die Schulfreundin von ihnen bestätigt das. Ammon hat am Sonntagabend betrunken auf dem Dachboden gelegen, sagen sie.«

Schielin ergriff wieder das Wort.

»Wir werden uns die Ammons schon noch vornehmen. Vielleicht könntest du ihn zuvor aber noch mal befragen, Robert. Du hast über die Malerei sicherlich mehr Zugang zu ihm.«

*

Lydia sehnte das Ende der Besprechung herbei, um endlich wieder in den Keller zum Lesen zu kommen.

Im folgenden Tagebuch schrieb Boone zu ihrer Verwunderung über die Schlacht im Skagerrak. Seinen Worten nach habe der britische Oberbefehlshaber Mühe gehabt, seine genaue Position zu bestimmen, als er mit der deutschen Flotte aneinandergeriet, weil aufgrund schlechter Sicht keine

Messungen möglich waren. Lydia fand es eine seltsame Vorstellung: diese Kriegsschiffe, die sie nur von Fotografien her kannte, diese majestätischen Kolosse – angewiesen auf Sextanten und Chronometer, um sich zurechtzufinden. Sie überflog die Zeilen, in denen Boone sich über Seekriegstaktik ausließ, bis es wieder um sein Boot ging.

Blieb lange in meiner Koje, setzte mich dann in die Sonne, las Slocum und sah zu, wie sich die Wolken auftürmten, das Barometer fiel und das Wetter umschlug. Der Wind drehte nach West und nahm zu auf Stärke fünf, weshalb wird das Hauptsegel einholten und bei 6 Knoten mit der Genua gut vorankamen. So ganz wohl dabei war mir allerdings nicht, sodass ich abermals auf das hemdgroße zweite Stagsegel verkleinerte. So holten wir 4 Knoten heraus. Nora hätte das Risiko nicht gestört; einmal sah sie mich an, als wollte sie sagen: Was bist du denn für eine Memme!

Zu Mittag die üblichen Sandwiches. Vor meiner Wache legte ich mich trotz des starken Rollens und Rumpelns noch mal hin und versuchte, zu schlafen. Kurs liegt auf 105° an, Position: 42°34' N 46°16' W.

Seit über zwei Wochen sind wir nun auf See, umgeben von nichts als Wasser, unter uns eine unendliche Tiefe und ein Himmel darüber, dem die Wolken Stunde um Stunde ein anderes Angesicht verpassen. Der Wetterumschwung und die Aussicht auf eine gute weitere Woche auf See macht mir zu schaffen, aber ich kenne das schon und kann das Gefühl unterdrücken, mich in meiner Freiheit eingeschränkt zu sehen, weil mich das Meer bewegt und nicht ich das Meer. Nora nimmt es hin, wie sie alles hinnimmt. Nora, Nora, Nora – ich kann mich nicht daran erinnern, wie sie früher eigentlich war, und sie ist mir damals auch nicht aufgefallen, obwohl wir so nahe beisammen lebten, zusammen in der

166

Schule waren. Vielleicht kommt diese Ruhe, die sie umgibt, von dem großen Verlust, den sie hat hinnehmen müssen. Doch diese Gelassenheit den Elementen gegenüber, die hat irgendwie auch etwas Arrogantes und fängt an, mich zu bedrücken, mich, der ich doch einer der großen Wanderer bin und niemals einen Verlust werde hinnehmen müssen, weil ich alles von mir fernhalte, was verloren gehen könnte. Etwas wie ihr könnte mir niemals widerfahren. Ich bin gespannt, wie es sein wird, das neue Leben, das sie will. Uruguay – auf diese Idee muss man wirklich erst einmal kommen. Und dennoch gibt es nichts, was sie ins Wanken brächte. Sie ist die Richtige für das Vorhaben. Es kann nur mit ihr gelingen! Am Mittag lautete unsere Position 42°30' N 43° 57' W. Wir kommen also nur langsam voran – nur gute hundert Seemeilen.

Lydia blätterte einige Seiten weiter, denn die mathematischen Varianten der Positionsbestimmung, über die sich Boone nun ausließ, interessierten sie nicht.

Wind aus Süd, Stärke 4. Ein elender Tag, an dem alles schiefgeht: Als wir versucht haben, die Batterien aufzuladen, ist der Motor ausgefallen. Das Licht im Kompasshäuschen ging nicht an, und das Spülmittel ist auch ausgelaufen, weswegen wir nun mit reinem Meerwasser abwaschen müssen. Die Müdigkeit sitzt inzwischen in jeder Pore. Selbst die einfachen Dinge werden kompliziert, und die komplizierten Dinge erheben sich vor einem wie ein Berg der Unmöglichkeit. Am Abend Polarsternmessung.

Bei achterlichem Wind wird es zum Glücksspiel, die richtige Segelfläche zu finden – entweder zieht man zu viel oder zu wenig auf. Das Boot schlingert entsetzlich. Die dichten Wolken vereiteln jede Messung, und ich bekomme kaum Schlaf. Die alten Wanderer auf See – waren sie bis jetzt Hel-

den für mich, so werden sie nun immer mehr zu Heiligen für mich. Slocum, Cook, Vancouver, Bligh. So wenig ich an ein Jenseits glaube, hoffe ich doch auf eines: diesen großen Geistern einmal zu begegnen. Wäre ich ihrer würdig? Würden sie mich ernst nehmen?

Und wieder verlor er sich in Betrachtungen über die Herangehensweise dieser von ihm bewunderten Welterforscher. Sie blätterte einige Tage weiter:

Haben nun leichten Gegenwind von NO. Wechselte auf die blaue Genua. Aus dem Funkgerät schnarrte ein portugiesischer Radiosender – unser erster Kontakt mit dem alten Kontinent. Der Sender sitzt vermutlich auf den Azoren, denn wir sind um einiges nördlicher. Es sind keine fünfhundert Meilen dorthin. Angenehmer Abend mit dem BBC-Seewetterbericht. Meine Abendlektüre: Matthew Flinders umsegelt Australien.

Sie klappte das Notizbuch zu. Je mehr sie von diesem Boone las, desto mysteriöser wurde ihr seine Persönlichkeit. Die einzige Frage, die ihn scheinbar manisch umgetrieben hatte, war jene nach seiner physischen Position. Und was tat er nicht alles, diese mittels alter analoger Methoden zu bestimmen. Wo aber war der Mensch Boone auf diesem Erdball geblieben? Wo waren seine Gefühle? Hatte er sie in seiner Munitionskiste verwahrt? Und was war mit der Frau auf den Fotografien, die er so angestrahlt hatte? Über seine Liebe zur Malerei verlor er auch kein einziges Wort. Stattdessen nichts als Wetter, Geschwindigkeit, Positionen, Wellengang, Windrichtung, Segel und Taue – nur ab und an mal ein paar Sterne, aber selbst die beschrieb er in farbloser Nüchternheit: Alcyone – der hellste Stern der Plejaden, mehr nicht, und das, wo es doch gerade über die Plejaden so herrliche Dinge zu erzählen gab, über die Töchter von Atlas und Pleione – Elektra, Maia, Merope, Taygeta, Celaeno und Asterope. Weshalb hatte Cousteau sein Boot denn überhaupt Alcyone genannt? Ja weil bei deren Zeugung Poseidon mit im Spiel war – der Gott des Meeres. In Boones Aufzeichnungen jedoch nichts davon, nur Zahlen, die Zustände ausdrückten.

Zwischen all diesen Graden, Minuten und Sekunden, Seemeilen und Knoten wurde es ihr zusehends klar, dass Boone ein Verlorener auf diesem Erdball war, der sich zu retten suchte, indem er maß, wo er war. Überall und nirgends, so schien es ihr. Immer unterwegs, immer möglichst weit entfernt von Land und nirgends und niemandem zugehörig. Der Bodensee war diesem Charakter viel zu klein. Alles zu nah, zum Greifen nah: die Appenzeller Berge, das Rheintal, der Untersee, Lindau. Oder war er ein zu kleiner Charakter, um die Größe der Heimat zu erkennen?

Nein. Boone war ein Ruheloser, ein Getriebener, mehr noch, so schien es ihr, ein Flüchtender. So verbissen er auch maß und rechnete, er wusste nicht, wo sein Platz auf der Welt war. So sehr er seiner Leidenschaft auch nachging, gewann sie doch nicht den Eindruck, er wäre richtig glücklich gewesen. Und jetzt lag er tot in einem Kühlfach, und die Rechtsmedizin freute sich schon auf einen halbwegs gesunden Leichnam.

Bevor sie nach oben ging, machte sie noch einige Notizen: *Uruguay, Nora, ein Vorhaben, für das sie die Richtige war, großer Verlust, neues Leben.*

Frustriert darüber, mit diesen Stichworten in dem Fall nicht viel weiterzukommen, tappte sie nach oben, hockte sich zu Gommi ins Büro und rief Hundle her, der mit noch müderen Schritten angetrottet kam und neben ihr geradezu zusammenbrach. Sie beugte sich hinunter und streichelte ihn.

»Das ist ein Scheißfall, kann ich dir sagen!«

Gommi sah auf.

»Redest du mit mir oder mit Hundle?«

»Mit dir.«

»Ah ja.«

»Was heißt hier *ah ja*!«

Gommi blickte ungerührt auf den Bildschirm.

»Also wenn du schlechte Laune hast, ist das gerade ganz schlecht. Ich muss mich nämlich konzentrieren.«

»Ach Schatzi, wobei musst du dich denn konzentrieren? Verwaltest du deine Schwarzgeldkonten in der Schweiz, oder was?«

»Jetzt komm! Schmarrn. Die Kemptener wollen wissen …«

»… wie viele Steckdosen wir haben«, fiel sie ihm ins Wort.

»Noi!«, fuhr er auf. »Des haben wir doch schon lange gemeldet. Nein, sie wollen die Kilometerstände von unseren Dienstfahrzeugen haben, und die vielen Zahlen machen mich ganz närrisch, und immer, wenn ich zum Beispiel zweihundertdreißigtausendsiebenhundertsiebenundachtzig bei Excel eingebe, steht da was ganz Komisches da.«

Sie stand auf und sah auf den Bildschirm, auf dem 2,31E + 05 zu lesen war. Sie schüttelte den Kopf und spendete Hundle noch ein paar Streicheleinheiten, bevor sie wieder an ihren Bildschirm ging.

*

Im Gang begegnete ihr Kimmel, einen Packen Papier in der Hand und auf dem Weg zu Gommi. Dort zog er einen Bürostuhl zu sich heran und legte den Papierstapel ab.

»Wir müssen zukünftig genauer auf die Kriminalstatistik achten … meinen die in Kempten«, sagte er zu Gommi.

Der war zur Seite gerückt, um ihm Platz zu machen.

»Die spinnen doch da drob!«, regte er sich auf.

Kimmel war drauf und dran, ihm zuzustimmen, doch er fing den Reflex ab.

»Nutzt jetzt nix, wir müssen das noch mal durchgehen.«

Gommi zog den Stapel heran und blätterte durch die Erfassungsblätter.

»Haben wir doch alles schon eingegeben.«

Kimmel ging darüber hinweg, nahm einen der Bögen in die Hand und referierte: »Der zweiundachtzigjährige Täter, übrigens mein Onkel, was aber nichts zur Sache tut, geht mit Unterstützung seines Gehstocks auf der Alwindstraße entlang. Aus einem der schönen großen Gärten hängt der Ast eines Obstbaumes weit zum Gehweg hin. Der Täter greift in seine Hosentasche und holt sein Taschenmesser heraus, stützt sich am Gartenzaun mit der einen Hand ab, zieht mit der anderen den Ast zu sich heran und schneidet von diesem eine kleine Mistel ab. Soviel zum Tathergang.«

»Ja, ja – an den Fall erinnere ich mich genau, weil ich mich noch gefragt hab, was das wohl für ein Trottel sein muss, der das angezeigt hat, aber heutzutag …«

Kimmel unterbrach ihn.

»Wo ist der Tatort? Was hast du damals angegeben?«

»Ja im Garten natürlich … wo denn sonst?!«

Kimmel schüttelte unwirsch den Kopf.

»Ja siehst du, das ist eben grundfalsch! Der Tatort ist *Straße*.«

»Die Straße? Aber wieso das denn?«

»Ja weil der Täter auf der Straße steht und eben nicht im Garten – ist doch logisch, oder?«

»Ja da brauchst dich gar net so aufregen, weil so logisch

171

finde ich das gar nicht, schließlich steht der Baum ja im Garten, oder?«

»Wenn die Straße der Tatort ist, kann es schon nicht der Garten und damit auch nicht der besonders geschützte, intime Wohnungsbereich sein. Und wenn in Bayern Hunderte, Tausende das so falsch machen wie du, entstünde doch der Eindruck, wir hätten ein Problem mit Straftaten im Umfeld des intimsten Lebensbereichs unserer Bürger, verstehst du? Also – nächster Fall.«

»Vor dem Rewe auf der Insel wird ein Mountainbike geklaut. Zwei Tage später findet man das Rad abgestellt in der Rickenbacher Straße an den Außenmauern von Sankt Wolfgang.«

Gommi nickte.

»Ja, des war dem Schinderle sein altes Mountainbike, und wie der da war deswegen, hab ich ihn rüber zur PI schicken wollen, weil wir ja gar net zuständig gewesen wären, und der hat auch überhaupt kein Schloss drangehabt, und selbst wenn er eins hätt, tät er niemals absperren, der Säckel der, weil er zu faul dazu ist, und übrigens hat er, wie er do herin gehockt ist, nach Williams gestunken und des schon am Vormittag ... und erst ein paar Wochen ists her, da ham die ihm den Schein endlich gnommen.«

Kimmel brach Gommis Ausführungen mit einer entschiedenen Handbewegung ab.

»Die Tat ist falsch, Gommi, die Tat ist falsch angegeben.«

Ungehalten fuhr er mit der Maus auf ein kleines Fenster, das in Begleitung des üblichen Signaltons den Eingang einer E-Mail bekannt gab, und klickte auf Löschen, denn er las ein in Klammern gesetztes SPAM. Gommi wetterte vergeblich: »Du kannst des doch nicht einfach so löschen ... des könnt doch was Wichtiges sein.«

»Lenk jetzt nicht ab. Das war doch Spam.«

»Aber nachschauen musst du da schon, was eigentlich drin ist.«

»Schau du lieber die Erfassungsbögen an. Wenn's wichtig war, wird's schon noch einmal kommen.« So ganz sicher war er sich seiner Sache aber nicht, weshalb er seine Stimme besonders fest klingen ließ. Mufflig nahm Gommi den Erfassungsbogen in die Hand und suchte leise mosernd den Eintrag.

»Tat falsch, Tat falsch, ja was soll denn da falsch sein?« Als er die Zeile gefunden hatte, las er siegessicher vor: »Fahrraddiebstahl! Das stehts: Fahrraddiebstahl!« Er sah zu Kimmel. »Des musst du mir jetzt schon erklären. Da klauen die am Rewe auf der Insel ein Fahrrad, wir nehmen den Schmarrn vom Schinderle auf, und dann ist es am Ende kein Fahrraddiebstahl?«

»Nein, es ist kein Fahrraddiebstahl. Du musst *Unerlaubte Benutzung* erfassen. Denn der Täter hat es ja nicht geklaut, sondern bei Sankt Wolfgang wieder abgestellt. Es fehlt somit die Zueignungsabsicht – er wollte das Ding gar nicht behalten.«

»Ja natürlich fehlt die Zueignungsabsicht. Es war ja auch der Schwager vom Schinderle, der der noch größere Depp ist. Des hat der mir irgendwann danach emole im Bierzelt in Aeschach erzählt. Willst du jetzt vielleicht einen geklärten Fall draus machen, oder was?«

Kimmel stöhnte.

»Erfasse die *unerlaubte Benutzung*, und danach will ich des Zeug nicht mehr sehen, klar?! Und zukünftig bitte streng nach Erfassungsrichtlinien ... streng! Auf den anderen Bögen ist alles vermerkt, was du noch ändern musst. Mach es einfach, und wir haben damit in der Statistik ein paar Fahrraddiebstähle weniger, und ich kann dann voller Stolz sagen, wir hätten eine rückläufige Kriminalitätsentwicklung, und der Polizeipräsident kann das dann auch sagen, und der Minister ebenfalls, und dass es die großartige Unterstützung der Polizei gewesen sei, die genau dazu geführt hätte.«

»Aber dem Schinderle ist es wie ein Fahrraddiebstahl vorgekommen«, lamentierte Gommi.

Kimmel schimpfte.

»Gommi, du bist uneinsichtig, du bist ignorant, und Leute wie du sind daran schuld, dass die Bevölkerung sich nicht mehr sicher fühlen kann. In Kempten hat uns das ein Psychologe genau so erklärt. Wer interessiert sich außerdem für den Schinderle – ich nicht, der Polizeipräsident nicht und der Minister auch nicht.«

Als Kimmel gegangen war, moserte Gommi leise weiter.

»Wir brauchen bald keine Bürger mehr, wir beschäftigen uns schon ganz mit uns selbst und der Erfassung von Krimskrams – aber das statistisch richtig und mit einem Haufen Personal. Und in Lindau rennt einer rum, der die Leut mit Pfeil und Bogen umlegt, und nächste Woche kommen die ersten Psychos, aber wir erfassen greise Täter, die Misteln klauen.«

*

Der vereidigte Dolmetscher kam an diesem Tag eher als erwartet. Wenzel erläuterte ihm die wesentlichen Umstände des Falles und wies ihn in seine Aufgabe ein, der er ohne großes Aufheben nachkam. Er hatte sein eigenes Bluetooth-Set dabei und legte gleich los. Um seinen braungebrannten Schädel lag ein silberner Haarkranz, und seine Stimme war kräftig und klang jung. Während er Wenzels Liste mit spanischen Telefonnummern abtelefonierte, fertigte er gewandt Notizen an. Das längste Telefonat führte

er mit einem Galeristen aus Marbella, der von der Todes-
nachricht Boones völlig entsetzt war. Wie der Dolmetcher
Wenzel später erklärte, hatte er jedoch vielmehr den Eindruck, die heftige Reaktion sei eher dem Verlust eines
guten Geschäftes entsprungen als der des Abscheidens von
Boone.

*

Schielin und Lydia waren auf dem Weg nach Niederstaufen, wo sie die Kompagnons von Ammon vernehmen wollten. Sie brauchten fast eine halbe Stunde bis dorthin, weil
an der Ampel zur Autobahnauffahrt ein veritabler Stau entstanden war.

»Jetzt staut es sich schon im März bei Nieselregen«, kommentierte Lydia genervt und drehte den Funk ein wenig
leiser. In Heimenkirch fand gerade eine Wohnungsöffnung
statt, und der Kollege forderte lautstark die Feuerwehr mit
Atemschutz an, weil die Wohnung seinen Worten zufolge
nicht betretbar war und einer der Rettungssanitäter selbst
ärztliche Hilfe benötigte.

»Was für ein Elend«, sagte Schielin, »dabei war es doch
kühl die letzten Wochen. Wie lange muss die schon so dage-
legen haben, wenn es so stark riecht?«

Die Vernehmung brachte den beiden keine neuen Er-
kenntnisse in dem Fall, jedoch Einblicke in eine moderne
Familie von heute. Wieder draußen im Auto schüttelte
Lydia sich.

»Mein Gott, da denkt man, schon alles gesehen und erlebt
zu haben, und dann kommt sowas.«

Schielin nickte.

»Wie hieß das Enkelchen noch mal?«

Sie lachte.

»Scarlett-Anastasia … und das Brüderchen Pierre-Gilbert.«

»Was schauen die für Sender, um auf solche Namen zu kommen?«

»Und der Vater erst, das war vielleicht ein Affe … diese dicke Hornbrille, das Hütchen, das karierte Hemd …«, lästerte Schielin.

»Hipster«, entgegnete Lydia, »Hipster nennt man das heute.«

»Nicht Affe?«

»Schon, schon – aber Hipster, das sind digitale Affen.«

*

Auf dem Rückweg stellte Lydia in jammerndem Ton fest, ihr Magen fühle sich so an, wie Hundle immer schaut.

»Freitagnachmittag … etwas Süßes würde helfen.«

Schielin fuhr an der Dienststelle vorbei, durch den Aeschacher Kreisverkehr und hielt auf dem Parkplatz des Cafés Ebner.

»Brav«, sagte sie. Zuvor hatte sie telefonisch die Bestellung der anderen aufgenommen.

Ein Mann in dunklem Anzug war der einzige Kunde vor ihr und bestellte gerade drei Schweizer Nusshörnchen.«

»Haben Sie die bestellt?«, fragte die Verkäuferin.

»Bestellt? Nein, bestellt habe ich nicht. Sind die auf dem Blech denn alle reserviert?«

»Ja.«

Er überlegte.

»Na dann bitte zwei Mal Quark-Mohn und ein Stück Apfelkuchen.«

Die Bedienung lächelte ihn an.

»Das ist nun aber etwas grundsätzlich anderes. Wir hätten auch noch Nusskuchen.«

Er lehnte freundlich ab.

»Wissen Sie, wenn ich etwas Ähnliches nehmen würde, würde es sich wie zweite Wahl anfühlen, verstehen Sie?«

Lydia trat einen Schritt vor und blickte in die verspiegelten Flächen hinter dem Tresen, um sich den Typen genauer anzusehen. *Wenn ich etwas Ähnliches nehmen würde, wäre es wie zweite Wahl.* Interessanter Typ, dachte sie.

Wenzel empfing sie im Gang.

»Der Dolmetscher war wirklich cool.«

»Ist er schon weg?«

»Ja. Aber er ist zur Stelle, falls wir ihn brauchen.«

»Das Wichtige ganz schnell, der Rest dann beim Kaffee«, mahnte ihn Schielin. Kaffee trinken – zusammen Kaffee trinken war ein soziales Erlebnis, es war teambildend und förderte die Kommunikation und brachte damit auch Informationen zutage, die sonst nicht aufkämen. So hatte sie es auf einem Lehrgang gelernt.

»Wir hatten einen Galeristen dran. Der war wirklich geschockt, denn Boone war wohl ein wichtiger Zulieferer von Gemälden. Der war echt fix und fertig, wie der Dolmetscher erzählte, weil das Geschäft nun futsch sei.«

»Ja und?«, kam es von Lydia, die endlich ihren Mohn-Quark mit einer heißen Tasse Kaffee wollte.

»Robert ist auf dem Weg zu Ammon«, informierte Wenzel die beiden.

»Gibt es da Neuigkeiten?«

»Er hat sich mit dem Dolmetscher unterhalten, bevor er los ist, und war danach irgendwie in Gedanken versunken. Boone hat zwei Mal im Jahr Gemälde geliefert, was er irgendwie seltsam fand, wo die Galerie doch ganz in der

Nähe war und auch Lydia gemeint hat, er habe kein Wort über die Malerei in seinen Tagebüchern verloren.«

Lydia ging ins Besprechungszimmer.

»Bahnbrechend, diese Informationen! Da hilft nur Kaffee.«

*

Lydia nahm sich nach der Kaffeerunde noch eine Tasse mit in den Keller und versenkte sich wieder in Boones Tagebücher.

Nora weckte mich versehentlich schon um 3 Uhr eine Stunde zu früh, aber ich wurde bald darauf durch einen selten farbigen Sonnenaufgang entschädigt. Gegen 7 Uhr begegnete uns ein rot leuchtender Containerfrachter: die »Rio Madeira«, vermutlich mit Kurs auf Boston. Habe versucht, mit dem Funktelefon Kontakt aufzunehmen, was aber nicht funktionierte. Wir waren aber nahe genug, dass ich sehen konnte, wie jemand auf der Brücke uns zuwinkte. Ich lächelte, was ihnen genügen musste. Immer dieses Winken – ich frage mich, warum die Menschen das bei jeder Gelegenheit tun?

Sie legte das Notizbuch zur Seite und schnaufte laut.

»Ja, du Heini! Sie zeigen damit eben ihre Freude, ihre Freundlichkeit, sie wünschen alles Gute.«

Wie erwartet nahm der Wind zu auf Stärke 4 von Süd, weswegen wir das Hauptsegel refften und mit dem weiter auffrischenden Wind immer noch 6 Knoten schafften. Mittagsposition: 43°18' N 33°22' W.

Am nächsten Morgen eine graue Dämmerung bei nach wie vor günstigem Wind. Wir schaffen 5 Knoten. Das Brot ist mittlerweile vollständig verschimmelt. Nora macht Rührei, und wir essen die letzten brauchbaren Krümel dazu, was uns erstaunlich gut schmeckt. Da die See um uns herum noch immer ziemlich schwer ist und so schnell keine Besserung zu erwarten ist, bleiben wir beim Stagsegel. Mittagsposition: 44°44' N 27°52' W. Haben den Mittelatlantischen Rücken nördlich der Azoren nun weit hinter uns gelassen und gerieten im Lauf des Tages in eine große Schar von Sturmtauchern, die in der Luft kreisten und im Wasser badeten. In einigem Abstand zum Boot eine Gruppe Delfine. Ein Fischschwarm, hinter dem sie alle herwaren, unterquerte das Boot – ein weitflächiger dunkler Schatten.

Nora kann sich an dem Regenbogen nicht sattsehen, obwohl ich ihr sage, sie solle sich besser schlafen legen. In stillem Ernst schaut sie auf die Wellen, Vögel, Delfine und das Naturschauspiel.

Steuern 080° Richtung Lands End und bekommen gute Laune, als wir das erste Mal BBC klar und deutlich empfangen. Hole den Laphroaig heraus. Nora trinkt keinen Schluck. Huhn aus der Konserve, Bohnen und Kartoffeln. Als Nachtisch Reispudding. Für mich noch einen Laphroaig.

∗

In Schielins Büro läutete das Telefon: Walter Lurzer.

»Was gibt's, Walter?«, meldete sich Schielin und erfuhr sogleich von einem Ehepaar, das am Sonntagabend entlang des Uferwegs mit dem Rad zum Yachtclub gefahren war und einem Roller ausweichen musste, der von dort her angebraust kam.

»Ein Roller?«, fragte Schielin.

»Ja, ein Roller. Ist das irgendwie von Interesse für euch? Ich erinnere mich dunkel, dass ihr von einem Zeuge erzählt habt der einen Roller gesehen haben will«, entgegnete Lurzer.

»Ja, das stimmt. Gibt es mehr Erkenntnisse zum Fahrer oder Modell?«

»Nein, leider nicht. Es ging wohl zu schnell.«

*

Robert Funk war zu Fuß unterwegs, denn er brauchte ein wenig Zeit, um seine Gedanken zu ordnen, bevor er bei den Ammons klingelte. Im Zeitungsarchiv hatte er sich die alten Artikel herausgesucht, in denen Boone als junges Malertalent gefeiert wurde. Dass Boone in seinen Tagebüchern kein einziges Wort über Malerei verlor, wie Lydia ihm im Vorübergehen erzählt hatte, das trieb ihn um.

Als Tropfen fielen, knöpfte er seinen Trenchcoat zu und schlug den Kragen hoch. Er wählte den längeren Weg hinunter zum Giebelbach. Am Bahnübergang musste er warten, lehnte am Zaun und sah hinaus auf den See, der noch immer weit zurückgezogen vom Ufer ruhte. Die lange Trockenheit des letzten Sommers hatte den See weit abfallen lassen. Aus dem grauen Einerlei der ruhigen Seefläche tauchte in der dunstigen Ferne gerade noch die Hintere Insel auf; von den Bergen war heute nichts zu sehen.

*

Ein erster Zug ratterte aus Richtung Friedrichshafen heran. Die Fahrgäste, die man durch die großen Scheiben sehen konnte, schienen den Blick auf den See gewohnt zu sein und schenkten weder den Wartenden noch der Weite der grandiosen Wasserfläche einen Blick. Einige Minuten nach dem roten Regionalexpress stampfte mit mächtigem Dröhnen eine blaue Diesellok des *Alex* von der Insel heran und quälte sich über den Bahndamm an den Wartenden an der Schranke vorbei – viel Geschnaufe für die wenigen Waggons. Doch auch damit war es noch nicht getan. Ein sanftes Grollen vom Alpengarten her kündigte den schweizerischen Eurocity an, der kurz darauf von entsetzlichem Quietschen begleitet durch die enge Kurve des Gleisdreiecks zog, bis die Waggons im Grau der Insel verschwanden.

Endlich bimmelte die durchdringende Glocke des Wärterhäuschens, und die Schrankenarme hoben sich. Auf der Hälfte des Weges über den Bahndamm hielt er inne und lauschte dem schnattrigen Singsang eines Stars, bevor er über Grub weiter zur Bindergasse ging, jedoch nicht ohne einen Blick durch die vergitterten Scheiben der unteren Räume des Zeller'schen Auktionshauses zu werfen. Der große *Vaeltl*, ein Ölbild mit einem überbordenden Sommerblumenstrauß, hing noch immer im Nachverkauf und war eine Überlegung wert.

An der Wohnung der Ammons empfing ihn die Tochter, die seinem Blick auswich und eher in Lauten als in Worten seine wenigen Fragen an sie beantwortete. Sie leitete ihn die schmale Stiege hinauf in die *Höhle*, wo Ammon wie immer auf seinem Schemel starr vor der Leinwand hockte. Er erwiderte Funks Gruß nur beiläufig und wandte den Blick nicht für eine Sekunde davon ab.

Funk zog den Mantel aus und holte aus der Ecke einen zweiten Schemel, den er entdeckt hatte. Er hockte sich ein Stück entfernt neben Ammon und starrte ebenfalls auf die Leinwand. Eine Landschaft war darauf zu sehen. Ätherisches Blau spannte sich über die gesamte Fläche, und nur

feinste weiße und graue Striche machten die Linie kennt-
lich, an der sich die Seefläche vom blauem Himmel schied.
Die wenigen Wolken spiegelten sich famos auf der Wasserfläche, und einfache, doch gekonnt gesetzte helle Striche
am Horizont stellten Segelboote dar. Eine dünne dunkel-
graue Linie fuhr oberhalb des Horizonts dahin, und Funk
erkannte die Konturen der Appenzeller Hügelkette. Er ging
ein Stück nach vorne, um genauer schauen zu können,
und entdeckte den mit Bleistift vorgezeichneten Gipfel des
Säntis.

Ammon mischte verschiedene Grüntöne, gab einen
Klecks Ocker dazu und fuhr mit einer schmalen Spachtel an
seiner Musterlinie entlang.

»Und, haben Sie es erkannt?«

Funk richtete sich auf.

»Könnte der Blick vom Giebelbach sein. Von da komme
ich gerade.«

»Ist es auch … bestellte Arbeit.«

»Oh … Sie erledigen auch Auftragsarbeiten?«

»Meine Frau verlangt es … man muss eben sehen, wo man
bleibt.«

»Ich habe vor vielen Jahren eine Ausstellung von diesem
One besucht.«

»Mhm.«

»In der Kiste, die Sie aufgebrochen haben, waren ja einige
Gemälde von ihm.«

Ammon zuckte mit den Schultern.

Funk überlegte und entschied, direkt zur Sache zu kommen. Mit ehrlichem Mitleid in der Stimme sagte er: »Ich
stelle mir das unglaublich schwierig vor.«

»Was stellen Sie sich schwierig vor?«

»Dass ein doch talentierter Künstler wie Sie mit einem
Mal die Entscheidung trifft, einer anderen Person sein Kön-

nen zuzueignen und selbst wie ein namenloser Schatten im Dunkel zu verschwinden.«

Ammon tat einen tiefen Griff mit der Spachtel in das Kobalt-Cölinblau und trug es in dickem, wellenartigem Rhythmus im Himmelsbereich auf. Anschließend fuhr er fachmännisch über das Muster, sodass eine Himmelsstruktur entstand. Noch ein wenig Weiß und Grau dazu, und es gäbe eine wundervolle Tiefe, dachte Funk. In der Heftigkeit der Spachtelstriche äußerte sich die Aufregung Ammons. Als er sich wieder etwas beruhigt hatte, fragte er: »Wie meinen Sie das mit dem namenlosen Schatten?«

»Ich denke, Sie waren und sind dieser *One*, den Boone für sich reklamiert hat, und ich vermute, aus einem jugendlichen Scherz ist etwas Dauerhaftes geworden. Ich könnte mir vorstellen, Ihnen fehlte damals der Mut, an die Öffentlichkeit zu treten, und Ihr Kumpel Boone hatte da halt weniger Hemmungen – ein Sonnyboy eben.«

Ammon tat so, als fixiere er eine besondere Stelle auf dem Gemälde.

Nach einer kurzen Atempause fuhr Funk in ruhigem Ton fort: »Der Galerist in Marbella sagte uns, er hätte zwei Mal im Jahr eine Lieferung mit Gemälden erhalten. Kennen Sie den Spruch: *Das ist der Fluch der bösen Tat, dass sie, fortzeugend, immer Böses muss gebären?* War es so bei Ihnen, Herr Ammon? Haben Sie Boone den *One* ermöglicht, und erwuchs daraus fortzeugend Böses? Sind Sie ihn nicht losgeworden? Es hat seiner Eitelkeit geschmeichelt, als Künstler betrachtet zu werden, wo er doch nur ein langweiliger Segelhandwerker war, nicht wahr?«

Ammon tat gelangweilt und fuhr mit dem Malmesser in ein mattes Grün, das er gerade gemischt hatte. Er wollte nicht antworten, doch der schwache Teil in ihm setzte sich durch und ließ etwas verlauten, was seine Stimme rau werden ließ.

»Selbst wenn es so wäre, verboten ist es jedenfalls nicht.«

»Mhm, was noch genauer zu betrachten wäre«, äußerte Funk. »Worum ging es denn bei Ihrem Streit mit Boone im Hotel Helvetia?«

Ammon murmelte etwas Unverständliches und kratzte mit dem Malmesser über die Leinwand.

»Ich habe nichts Verbotenes getan.« Jetzt konnte er nicht mehr widerstehen und griff trotz der Anwesenheit des Polizisten unter einen mit Farben verschmierten Lappen und förderte eine Flasche hervor. Er nahm einen kräftigen Schluck. »Es waren keine Fälschungen im eigentlichen Sinne. Ich habe mich intensiv mit den Künstlern auseinandergesetzt und die Lücken in ihrem Werk nachträglich gefüllt. Verstehen Sie das?«

Funk war abgestoßen vom Alkoholdunst, der Selbstgefälligkeit und der Feigheit Ammons.

»Mir ist in meinem Beruf bislang nur selten jemand begegnet, der von sich gesagt hat, er habe eben nicht genug Talent, Fleiß, vielleicht auch Glück gehabt, um damit seinen Geiz, seine Gier nach Reichtum oder Anerkennung zu befriedigen, und der deswegen gefälscht, eingebrochen, geraubt, betrogen und vielleicht sogar getötet hat.«

Ammon fixierte den Himmel auf der Leinwand.

»Sie wollen mich einfach nicht verstehen! Sie sind eben auch einer dieser kleinen inkompetenten Spießer – Sie können mich gar nicht verstehen!«

Funk stand auf und verabschiedete sich.

»Bleiben Sie sitzen, Herr Ammon, ich finde allein raus. Nicht, dass Sie noch stürzen.«

Sein Rückweg führte ihn zunächst hinunter zum Hafen, wo es laut zuging, weil die zwei Boote des technischen Hilfswerks zusammen mit der DLRG und der Wasser-

schutzpolizei gerade eine Übung abhielten. Über Lautsprecher hallten Funksprüche über das Wasser, leistungsfähige
Dieselmotoren drehten hoch, und das Wasser zischte unter
der Einwirkung von Schrauben und Propellern. Er folgte
dem Treiben eine Weile und ging danach hinüber ins Hotel
Helvetia, wo er noch zwei Angestellte befragen musste.

Zurück im Büro informierte er Schielin und Lydia von seinem Besuch bei Ammon.

»Dem kommt niemand bei... der lebt ganz in seiner
alkoholisierten Welt. Ich frage mich, wie seine Frau und
seine Kinder das überhaupt aushalten.«

Schielin erwähnte den Anruf von Lurzer und dessen Hinweis auf einen Roller, der vom Yachtclub hergekommen
war.

»Na ja, ein Durchbruch ist das nicht gerade. Aber diese
kleine Ammon, die fährt doch auch Roller, oder?«

»Ja, die hat einen Roller... aber auch ein Alibi«, bestätigte
Lydia resigniert. »Sie war zu Hause – ihr Bruder und ihre
Freundin bezeugen das – die ganze Nacht bis zum Montag-
morgen, bis es in die Schule ging.«

Funk schlug ein paarmal mit den Fingerknöcheln gegen
den Türrahmen.

»Ist aber auch ein Mist, so alles in der Familie, wo der eine
gegenüber dem anderen Zeugnisverweigerungsrecht hat.
Da fehlt einem ja jeder Hebel ohne echte Spuren. Ich war
noch mal in den Hotels – leider ohne Ergebnis, völlig ohne
Ergebnis. Wir hängen ganz schön fest.«

Schielin sagte zu Hundle: »Am Montag, gleich in der
Früh, werden wir dem Haus Ammon einen Besuch abstatten, uns Wohnung und Lager vorknöpfen und die beiden
dann getrennt vernehmen, und den Herren Komponisten
ebenso.«

»Den Komponisten auch?«, fragte Funk.

»Ja, den werden wir parallel dazu in Schach halten.«

»Worauf hoffst du?«

»Irgendwann wird einer vor den Dreien nervös und wir stoßen auf ein echtes, brauchbares Motiv.«

Kurz bevor Schielin Feierabend machen wollte, kam Kimmel noch mal ins Büro und hielt einen Zettel in der Hand.

»Ein Herr Waldemar von Schayern hat angerufen und sich wortreich entschuldigt, sich jetzt erst zu melden. Eine Auslandsreise hätte ihn verhindert.«

Schielin sah Kimmel fragend an.

»Waldemar von Schayern? Ah genau, diese Mailänder Bank!«

»Er wird Anfang nächster Woche zurück in Tettnang sein und würde sich dann rechtzeitig hier melden.«

»Ah … schau an. Damit hätte ich gar nicht mehr gerechnet.«

»Ich habe ihm deine Durchwahl gegeben.«

»Wir verzetteln uns mit diesen Ammons«, meinte Lydia zu Schielin, als Kimmel gegangen war. »In den Tagebüchern, da schreibt der Boone immer wieder von dieser Nora. Die beiden planten irgendetwas, womit jeder von ihnen ein neues Leben hätte beginnen können. Und nur sie sei für dieses Vorhaben die Richtige, meinte er. Mich macht das stutzig. Zusammen wollten sie dieses neue Leben aber nicht beginnen; sie wollte anscheinend nach Uruguay.«

Schielin stöhnte.

»Um Gottes Willen – jetzt auch noch Uruguay. Wir kommen schon in Lindau und Bregenz nicht einen einzigen Schritt weiter.«

Er tippte in die Suchmaske von Google ein Wort ein – Neid – und klickte sich durch die Webseiten.

Todsünden

Lydia hatte sich über das Wochenende den letzten Band der
Tagebücher mit nach Hause genommen und lange auf die
Gelegenheit gewartet, das Wohnzimmer für sich alleine
zu haben, um sich ungestört aufs Sofa unter eine Decke zu
verziehen und zu lesen. Die Gedanken an die Schicksale
von Boone und vor allem Nora ließen sie einfach nicht zur
Ruhe kommen. Zudem empfand sie auch ein wenig Skrupel
dabei, die Tagebücher eines Ermordeten und dessen Sicht
auf eine Ertrunkene zu lesen. Viellicht, dachte sie, könnte
ein wenig Fernsehen ablenken. Doch als sie beim Zappen in
einer Verkaufssendung landete, in der für ein *Schlankstütz-
Spaghetti-Leichttop* geworben wurde, schaltete sie fassungslos und wie benommen davon die Kiste wieder aus,
blätterte zu der Stelle, an der sie zuletzt aufgehört hatte,
und las weiter.

*Tag 20. Die letzten Tage haben uns eine flotte Fahrt be-
schert, da der Wind immer die Grenze zum Stürmischen hin
suchte, was uns durch eine aufgewühlte See trieb. Es hat uns
viel Kraft gekostet, weil uns nach wie vor der nötige Schlaf
fehlt. Nun sind wir froh, dass Wind und Wellengang endlich
weniger werden, und kommen dabei mit Windstärke 3 aus
Nord mit vollem Hauptsegel und Stagsegel immer noch auf
6 Knoten Geschwindigkeit. Am Morgen abermals von Del-
finen begleitet worden. Einer schoss ganz nah vollständig
aus dem Wasser und schien mich dabei direkt anzuschauen.
Nora stand am Bug, sah ihnen zu und lachte vergnügt wie
ein kleines Kind. Und die Delfine, sie scheinen sich ihrer
Gegenwart tatsächlich bewusst zu sein und bewegen sich*

mit erstaunlicher Leichtigkeit und Anmut, so als würden sie um sie herumtanzen. Ich beneide sie um ihre Freiheit und ihre Fähigkeit, hier draußen heimisch zu sein, wo wir Menschen nur geduldet sind und niemals leben könnten.

...

Bedeckter Himmel und recht kalt. Mittagsposition 45°32' N 25°34' W. Zum Mittagessen Suppe, Knäckebrot und Corned Beef, Dundee Cake als Nachtisch; dazu starker Kaffee. Ich nahm einen Schuss aus der Flasche dazu, als sie endlich verschwunden war, um zu schlafen. Wo nimmt sie nur diese Kraft her, oder ist es gar keine Kraft, sondern vielmehr ein Umhergetrieben sein? In der Nacht sternenklarer Himmel. Erneut Sterne beobachtet und mich danach geärgert, nicht geschlafen zu haben.

Lydia fluchte leise: »Sterne beobachtet ... Sterne beobachtet – ja und!? Nix dazu geschrieben, was!? Wie immer!«

Die See ist zu unserer Zufriedenheit ruhig geblieben, daher nachts auch gut schlafen können und ganz von selbst um 4 Uhr aufgewacht und die Wache übernommen. Sobald es hell wurde, gelesen – Bligh.

Besuch von Achtern bekommen: ein glänzend weißer Stückgutfrachter, der mit voller Geschwindigkeit auf dem gleichen Kurs dicht an uns vorbeifuhr. Die Besatzung stand an der Reling und winkte, Nora winkte heftig zurück. Ich kommentierte es nicht. Den Rest des Tages segelten wir herrlichen raumachterlichen Kurs mit 6 Knoten bei mäßigem Wind um Stärke 3. Ich zog sogar wieder Shorts an. Mittagsposition 46°32' N 23°57' W. Kurs 090°. Am Abend gab es Penne mit Pesto Genovese aus dem Glas, und wir stellten die Uhren eine Stunde vor.

...

Ich bin mir sicher, all dieses Erleben auf See bald zu teilen, wirklich zu teilen. Auf die große Reise werde ich sie mitnehmen, denn sie sind mir ... sie sind mir, so wie sie immer mir waren! Ich werde nicht um Erlaubnis fragen.

Lydia stutzte. Die letzten Sätze waren insofern außergewöhnlich, als dass sie eine große Erregung Boones offenbarten. Wen wollte er mitnehmen, wer oder was gehörte ihm, und auf welche große Reise?

Den ganzen nächsten Tag über sehr neblig, nur gegen Mittag kam die Sonne ein wenig raus. Ohne jeden Vortrieb schlingerten wir elend herum, und ich entschied mich, den Motor anzuwerfen, was es ein wenig besser machte. Inzwischen bekommen wir ohne Unterbrechung den BBC rein, die Nachrichten erscheinen mir wie aus einer anderen Welt. Ich entscheide mich für das Spinnaker, und wir gewinnen weiter an Fahrt damit. Mittagsposition 49°10' N 7°2' W – noch ausreichend außerhalb der Fährlinien zwischen Roscoff in der Bretagne nach Cork in Irland, denn wer braucht es schon, Tag und Nacht in unablässiger Kollisionsgefahr unterwegs zu sein. Noch ein, zwei Tage.

Das Echolot zeigte heute Nachmittag fünfzig Faden Tiefe an. Auch die Farbe des Wassers hat sich verändert: Das tiefe Blau der Ozeane ist einem etwas trüberen Grün gewichen. Ich saß hinter dem Steuer in der Sonne und dachte über die alten Zeiten nach, jene der großen Seefahrer, über Cook, Vancouver, Bligh, über ihre Messingfernrohre, die magnetischen Kompasse, Chronometer, Tabellen mit Monddistanzen und Sextanten. Im Grund fühle ich mich gut gelaunt, was auch anhält, als sich einen Tag später wieder eine graue Dämmerung einstellt. Aber der südliche Wind umgibt uns mit Wärme und begünstigt unser Fortkommen nach wie vor.

Immer häufiger begegnen wir nun Schiffen. Land in Sicht! Welch ein Gefühl!

*

Es war noch dämmrig, als Schielin am frühen Samstagmorgen hinüber zur Weide ging. Ein leichter Wind verfing sich in den noch kahlen Bäumen und brachte die Motorengeräusche vom Schönbühl herüber. Über der Insel schwebte Dunst.

Ronsard trabte freudig mit wackelnden Ohren heran, als er Schielin mit der Leine sah. Sein Gang war schon beinahe wieder fest, und nur der Verband am rechten Huf deutete noch auf seine Verletzung hin. Als Schielin das Gatter aufmachte und in die Weide trat, kamen auch die zwei Friesen herangetrabt und drängten ihre Nasen schnaufend an seine Schultern, um ihren Anteil an Zuwendung einzuklagen. Ronsard enervierten die beiden, und er schnaubte auf Eselart und drehte sich einmal unfreundlich um sein Hinterteil. Schielin scheuchte die Friesen weg, um Ronsard in Ruhe das Halfter anlegen zu können, und zog anschließend mit ihm in den Morgen.

Der Boden war vom beständigen Nieselregen ganz aufgeweicht, und die Sonne hatte noch Mühe, ihre Lichtstrahlen durch die wabernden Dunstschichten zu schicken, und trat nur als großer heller Fleck auf. Schielin marschierte gedankenverloren dahin und tauchte hinter Streitelsfingen in die Stille der Streuobstwiese ein, durch die der Weg hinüber zum Waldrand und hinunter in den Tobel führte.

»Es ist so ärgerlich, aber meine Theorie vom Neid kann ich vergessen, nachdem nun klar ist, dass Boone für Ammon gar kein Konkurrent gewesen ist – und es auch nie war. Schade, wirklich schade, denn Neid ist ein so großes Gefühl, ein mächtiges Gefühl, aus dem heraus Menschen durchaus imstande sind, zu töten. Ja ja, du, mein Lieber, du kennst nur den Fressneid, aber wir Menschen empfinden Neid weitaus fundamentaler, und nicht umsonst hat ein Papst namens Gregor, der die Abgründe der menschlichen Seele beschrieben hat, zu Hochmut, Habgier, Zorn, Wollust, Völlerei und Trägheit auch den Neid zu den sieben Todsünden hinzugefügt. Und jemand formulierte mal recht klug, er sei die aufrichtigste Form der Anerkennung. Er enthält Ärger, Wut und Traurigkeit – in der Malerei ordnet man dem Neid die Farben Grün und Gelb zu – jemand ist grün vor Neid, sagt man … mhm.«

Ronsard trabte wie eh und je über die Wiese, den Kopf aufmerksam aufgerichtet.

»Es hätte so schön gepasst, denn Ammon ist ein schwacher Mensch, und Neid hat seine Quelle in eben unserer ausgeprägten charakterlichen Schwäche, in unserem Kleinmut und mangelndem Selbstvertrauen, in selbstempfundener Unterlegenheit oder in überspanntem Ehrgeiz, weswegen Neider diesen unschönen Charakterzug immer schamhaft zu verbergen suchen. Während du dich gewaltsam an den Futtertrog drängst oder mich an der Führungsleine durch die Gegend wirbelst, nur um zum Fressen, Fressen und immer wieder zum Fressen zu kommen, lehnt der wirkliche Neider es lauthals ab, es dem Beneideten gleichzutun, und mehrt so den Schmerz in seinem Innern in geradezu masochistischer Weise. Du hingegen, wenn du vollgefressen bist, lässt auch andere an den Trog. Tja – aber Ammon konnte Boone nicht beneiden, dessen bin ich mir nun sicher. Aber du merkst schon – so leicht kann ich von dieser Theorie nicht lassen, denn Neid wäre so passend gewesen.

»Natalia Strelchenko – der Name wird dir nichts sagen –

sie war eine norwegisch-russische Konzertpianistin. Ihr Lebensgefährte, ein britischer Cellist, hat sie am zweiten Jahrestag ihrer Beziehung zu Tode geprügelt, ja zu Tode geprügelt – aus Neid! Während er, der kreative Feingeist und Kontrabassist, im Orchester fidelte, eilte sie als Solistin von Erfolg zu Erfolg. Und anstatt sich darüber zu freuen, hat er angefangen, sie zu drangsalieren und hat sie schließlich totgeschlagen – der Feingeist.«

Ronsard tänzelte, blieb stehen, tänzelte wieder und entließ schließlich eine heftige Blähung. Schielin beschleunigte seine Schritte.

»*Der deutschen Güte, dem Leid und der Not gegenüber entspricht keine ähnliche Fähigkeit, am Glück, am Schönen, am Erfolg des Mitmenschen teilzunehmen.* Stammt von einem Arzt, Psychiater und Politiker namens Willy Hellpach; so einer muss es schließlich wissen. Aber gut – da wir mit Neid nicht weiterkommen, bleiben also noch Hochmut, Habgier, Zorn, Wollust, Völlerei und Trägheit.«

Ronsard senkte den Kopf und ließ ihn tief baumeln. Seine Lippen schwangen bei jedem Schritt sanft über dem Gras, das noch einige Tage Licht brauchte, um ein kräftiges, neidisches Grün in die Welt zu emittieren.

»Was davon können wir weglassen? – Eigentlich alle deine Laster, mein Lieber: Trägheit, Völlerei und Wollust. Blieben dann noch Hochmut, Habgier und Zorn.«

Schielin trat unter die ersten Zweige, und obwohl Büsche und Bäume noch ohne Laub standen, drang nur wenig Licht bis in den Tobel, und ganz drunten am Grund, wo es gurgelte, war es derart dunkel, dass sich der Sehsinn eine Zeit lang abmühen musste, die schattigen Kontraste zu unterscheiden. Schielin schritt bedacht voran und achtete auf Stellen, die für Ronsard gefährlich sein konnten. Erst als er den Wegverlauf wieder sicher ausmachte, sprach er weiter.

»Weißt du, ich glaube, dieser Boone war mit einer Krankheit geschlagen, die Baudelaire den *Ekel vor dem eigenen
Heim* nannte – immer nur unterwegs, unterwegs und nirgends ein Heim. Diese Kiste im Lagerraum lässt ihn mir
irgendwie infantil und unreif erscheinen; ein letzter physi-
scher Nervenstrang der Erinnerung an etwas, was es vermutlich nie gab – Wärme, Geborgenheit, ein Heim vielleicht? Ich finde, es birgt etwas Verlorenes in sich – diese
Bücher, Tagebücher und alten Souvenirs. Weißt du, Ammon
und Boone sind sich im Grunde sehr ähnlich, auch wenn es
sich nicht gerade schreiend mitteilt. Und nach Boones Tagebüchern nach zu urteilen, scheint Boone sich selbst als einen
der mythischen Wanderer der Menschheitsgeschichte gesehen zu haben, wie Lydia erzählt – ein recht selbstgefälliger
Affekt, finde ich, sich auf eine Ebene mit Kain oder dem
Juden Ahasver zu stellen. Wie wäre es also mit Hochmut?
Doch weit und breit leider kein Gegenpart, den dieser
Hochmut zum Töten angestachelt hätte. Wir müssen weiter
die Augen aufhalten.«

Ronsard stoppte, als hätten ihm die letzten Worte gegol-
ten. Er schnaubte, fuhr mit dem Maul nach unten zum Fuß
und versuchte, am Verband zu knabbern. Schielin drückte
ihm den Kopf sanft zur Seite und rieb fest über die Binde,
was zu helfen schien.

»Kommt bald weg das Ding – versprochen.«

Sie gingen weiter auf dem Weg, der dem Bach folgte.

»Habgier? Reich war er nicht – kurz vor seinem Tod
allerdings irgendwie schon als alleiniger Besitzer einer Yacht.
Und der Untergang der *Alcyone II*, der Tod dieser Frau …
da fände man sicher einigen Grund für Zorn und Hass. Und
Zorn und Hass, den trägt diese kaltblütige Art der Tat mit
Pfeil und Bogen durchaus in sich. Wer das getan hat, der
ist wahrlich keine Lusche – also suchen wir einen starken

Charakter, eine starke Persönlichkeit und eben keinen, der sich von einem Affekt mal ebenso hinreißen lässt. Es ist ein langes Stück Weg zur Mole, da an der Mauer entlang bis zum Podest. Dahinter steckt Planung, Zielstrebigkeit und ein Handeln, das vom unbedingten Willen getrieben ist, zu töten: Zschschsch – erster Pfeil, Boone am Oberschenkel getroffen. Schon kommt der zweite angeflogen und schlägt ihm unter den Rippen ein. Und der nächste Pfeil nimmt ihm endgültig und mit einem Schlag das Leben. Ob der Täter danach zu ihm gegangen ist, um seinem Opfer ins Gesicht zu sehen, um seinen Erfolg zu kontrollieren? Oder war er sich der Wirkung sicher und ist im Dunst des Morgennebels sofort verschwunden? Wie gesagt – ein langer Weg nach vorne und somit ausreichend Zeit, um das Vorhaben zu überdenken. Ich vermute Hass, Wut, Zorn.«

Familiendramen

Es war noch stockdunkel, als Schielin am Montagmorgen zur Dienststelle kam. Drinnen brannte schon Licht, obwohl er gedacht hatte, er sei der erste. Gommi werkelte bereits herum, und es duftete nach Kaffee. Nacheinander trudelten alle anderen ein – Lydia, Kimmel, Funk, Wenzel und Jasmin Gangbacher mit noch verschlafenen Augen. Wenzel hatte sie über den frühen Wochenstart verständigt.

»Du hast eine Idee«, meinte Kimmel Schielin anzusehen.

»Nein«, enttäuschte Schielin ihn.

»Läuft der Esel endlich wieder?«, fragte Kimmel.

»Ja, seit Samstag.«

»Na also. Da stehen die Aussichten ja gar nicht schlecht, dass dir noch was einfällt.«

Schielin erläuterte, wie die Durchsuchung ablaufen sollte. Für sechs Uhr war eine Gruppe mit acht Bereitschaftspolizisten angekündigt, die von Königsbrunn anreisten und sie unterstützen sollten – Kisten schleppen, wenn nötig, und dokumentieren.

»Und du glaubst...«, setzte Wenzel an, doch Schielin unterbrach ihn. »Mein Glaube in dieser Angelegenheit ist in der Tat erschütterbar, aber warten wir doch erst mal ab. Es wird in jedem Fall große Unruhe bei den Beteiligten erzeugen und bestimmt neue Erkenntnisse bringen.«

Kimmel fragte: »Erkenntnisse über diese ominöse Kiste?«

Schielin winkte ab.

»Oh, diese alte Munitionskiste – die lassen wir am besten erst mal beiseite. So exotisch sie auch ist und so verrückt Ammons Aktion erscheint, sie fesselt unsere Gedanken und

Vorstellungen so sehr, dass wir darüber ein wenig den weiten Blick auf diesen Fall verlieren.«

»Du glaubst wirklich nicht so recht an eine Täterschaft Ammons, oder?«

»Auf jeden Fall wird kein Täter mehr aus dem Gebüsch springen, den wir noch nicht in unseren Akten und Unterlagen haben. Wer auch immer es war – wir haben seinen Namen mindestens schon mal gehört.«

Funk stöhnte.

»Oh Mann, was für ein Gestochere; es wird endlich Zeit, etwas Handfestes zwischen die Finger zu kriegen.«

Bevor es losging, meldete sich Lydia noch zu Wort und bat Gommi, noch am Vormittag nach Hergensweiler zu fahren, um die Akte von Nora Mathis zu holen.

*

Die zwei Gruppen fuhren alsbald auf die Insel, wo die eine die Wohnung der Ammons durchsuchte und sich die andere auf der Hinteren Insel das Lagerhaus vornahm. Die Zwillinge waren gerade auf dem Weg in die Schule, als sie ankamen.

Sarah Ammon folgte den Polizisten mit eisiger Miene durch die Wohnung, ging mit ihnen von einem Zimmer ins nächste, sprach kein Wort und beantwortete auch keine Frage. Ihr Mann wirkte nicht verwirrt – er war es. Wie ein alter, dementer Mensch irrte er umher, ziellos, mit fragendem Blick und zitternden Lippen. Lydia beobachtete aus dem Augenwinkel, wie Sarah Ammon ihn beiseite nahm, mit ihm im Bad verschwand, nachdem sie es freigegeben hatten, und nach geraumer Zeit wieder mit ihm auftauchte. Nun war er ordentlich angezogen, gekämmt und machte einen aufgeräumteren Eindruck. Er blieb in der Folge an ihrer Seite wie ein kleines Kind. Es rührte Lydia beinahe, die beiden so zu sehen. Hatten sie die richtige Vorstellung von der Beziehung dieser beiden Menschen?

Robert Funk war derweil im Lagerhaus zugange. In drei Kammern stieß er auf ganze Stapel ungerahmter Leinwände, so wie auf den Fotos der Speicherkarte abgebildet. Er nahm einige der Werke näher in Augenschein. Zwei kleine Stücke von August Macke – *Frau mit Sonnenschirm vor Hutladen* und einen *Eselreiter*. Er ließ die Pappe behutsam durch die Hände gleiten, tastete und fühlte vorsichtig mit seinen Fingern – alte Pappe, echte alte Pappe. Für einen Moment zweifelte er, ob er nicht tatsächlich ein Original in den Händen hielt, denn das Aquarell war signiert, und auf der Rückseite stand in schöner Handschrift, die mit einem dicken, weichen Bleistift geschrieben worden war: *August Macke – Nachlass Elisabeth-Erdmann Macke.*

Er legte die beiden Werke vorsichtig zur Seite und zog zwei größere Gemälde aus dem Stapel. Eines war ein Wilhelm Leibl – *Zwei Jäger mit Hund.* Die Figuren in Jagdkleidung standen in einem herbstlichen Wald. Im Hintergrund war eine Bergkette zu sehen, und er meinte, darin die Benediktenwand zu erkennen. Das andere Gemälde schätzte er auf fünfzig mal siebzig Zentimeter – ein *Blühender Flieder* von Max Slevogt.

Die Qualität dieser Kopien, Repliken oder Fälschungen war enorm. Da war alles an Können vorhanden: ein Impasto ganz im Stile van Goghs, Pinsel, Malmesser, Geschwindigkeit und Dynamik im Farbauftrag – deckend, halbdeckend, lasierend, Dripping – kleinste Tröpfchen und Kleckse, gekonntes Stupsen mit dem Stupspinsel oder Arbeiten mit dem Schwamm.

Er ließ alles dokumentieren und brachte, als sie fertig waren, ein Siegel an der Tür zum Lager an.

*

Die Ammons warteten auf der Dienststelle auf ihre Vernehmung. Die Zeit bis dahin wurde ihnen mit der erkennungsdienstlichen Behandlung verkürzt.

Schielin, Lydia Naber und Kimmel hockten zusammen bei Robert Funk im Büro. Funk sagte mit gedämpfter Stimme: »Die Gemälde sind eindeutig hergestellt worden, um zu täuschen, also um ihre Echtheit vorzutäuschen. Ob wir das beweisen können, steht allerdings auf einem anderen Blatt, aber ein Zweifel darüber besteht nicht. Hervorragende handwerkliche Arbeiten für den gehobenen Geschmack, da gibt es durchaus einen Markt für.«

»In Spanien?«, fragte Schielin zweifelnd.

»Ja sicher. Die Zweitwohnungen, Sommerresidenzen und Alterssitze der deutschen zahlungskräftigen Klientel wollen schließlich bestückt werden.«

Lydia war auch skeptisch.

»Und die hängen sich in eine spanische Wohnung dann die Benediktenwand von Leibl, einen August Macke oder ein Gartenmotiv von Slevogt oder Liebermann? Kann ich mir nicht vorstellen.«

»Natürlich!«, bestätigte Funk. »Ist nur die Frage, ob sie als echt angeboten wurden oder als Plagiat. Ich vermute mal, man war da durchaus flexibel. Die kleinen Stücke von Macke zum Beispiel, die ich gesehen habe – ich bin mir sicher, die wurden als echt angeboten. Weswegen sollte man sich sonst die Mühe machen, auf der Rückseite diese Notizen mit Bleistift anzubringen? – Habt ihr denn was in der Wohnung gefunden?«

»Nix«, sagte Lydia enttäuscht, »jedenfalls nichts, was uns weiterbringt. Keinen Pfeil und keinen Bogen, dafür aber stapelweise Unterlagen und Rechnungen und einen Raum mit altem Zeugs. Der Ammon ist wirklich nicht ganz bei Trost. Der hat im Allgäu droben, bei Opfenbach, von einem Abrisshof die alten Fensterläden und Scheunentore gekauft.«

Robert Funk merkte auf.

»Ah! Da schau an!«

»Kannst du damit was anfangen?«

»Ja klar. Was meinst du wohl, woher man sonst gutes altes Holz für Bilderrahmen herbekommt? Die Fensterläden, die Scheunentore, die werden zersägt, gehobelt und aufbereitet. Perfektes Material. Ich hatte doch mal den Kunstschreiner draußen in Stockenweiler, der auf dem alten Hof seine Werkstatt eingerichtet hat. Der hat sich auch immer die alten Scheunentore und Fensterläden geholt, um damit Möbel auf alt zu trimmen. Hundertprozentig hat der Ammon die alten Pappdeckel auch aus den Gebäudeauflösungen oder von Haushaltsauflösungen, und mit dem alten Holz, darauf lässt sich prima malen, oder man fertigt daraus die geeigneten Rahmen.«

»Ja aber lohnt sich denn das überhaupt?«, fragte Kimmel. »Was ist denn mit den Bildern am Markt zu machen?«

»Erstens ...«, begann Funk, »läuft das Geschäft in Cash und vor allen Dingen steuerfrei. Und zweitens bleibt für den Ammon pro Stück sicher ein anständiger vierstelliger Betrag hängen. Hier bei uns am See geht da gar nichts. Da rennen dir die Kunsthändler gleich mit dem Provenienznachweis hinterher. Spanien und seine Pensionistensiedlungen – das ist dagegen ein vortrefflicher Markt.«

»Und Boone war demnach der Zwischenhändler, derjenige, der den Markt in Spanien erschlossen hat«, schlussfolgerte Schielin.

»Und hatte auf einmal keine Lust mehr dazu.«, setzte Lydia den Gedankengang fort. »Deshalb auch der Streit mit Ammon drunten im Hotel Helvetia.«

Schielin machte eine unzufriedene Miene.

»Ja, kann sein, … aber deswegen gleich mit Pfeil und Bogen anrücken – das macht doch keinen Sinn. Das Geschäft läuft seit Jahren zwischen denen, und die werden nicht zum ersten Mal gestritten haben.«

Kimmel schaltete sich ein.

»Die Ammon, die ist eine sehr attraktive Erscheinung, die passt überhaupt nicht zu dem fertigen Kerl.«

»Ja … sie hat doch aber auch schon den Komponisten«, stellte Lydia fest.

Es klopfte an der Tür, und Gommi sah herein.

»Bei mir ist grad ein Herr Waldemar von Schayern aufgeschlagen. Er sagt, er wolle eine Aussage machen. Und die Akte aus Hergensweiler, die liegt auf deinem Schreibtisch, Lydia … ist schon schlimm, was in manchen Familien so passiert.«

Lydia stand auf und nahm Gommi beiseite.

»Was meinst du damit … was passiert in manchen Familien so alles?«

»Na ja, in der Familie, da gibt's nur Unglücksfälle und Tote. Ich hab mich kurz mit dem Standesbeamten da droben unterhalten, der mir die Familiengeschichte eben erzählt hat … furchtbar.«

»Kanns es kaum erwarten, sie zu hören. Ich muss jetzt aber erst mal diesen Banker erledigen.«

⁎

Als sie Herrn von Schayern im Gang traf, stutzte sie für einen Moment. Das war doch der Typ mit den Nusshörnchen vom letzten Freitag. Sie nahm ihn mit in Funks Büro, das gerade frei war und einem Menschen, der erste Wahl bevorzugte, sicher entgegenkommen musste. Er zog seinen Mantel aus, steckte den Schal in den Ärmel und warf das Ensemble leger über die Lehne des Vitra-Stuhls.

Von Schayern nahm auf jener Seite des kleinen runden Bistrotisches Platz, von dem aus er die Tür sehen konnte. Lydia beließ es so. Wenn sie ihn unter Druck hätte setzen wollen, hätte sie ihn mit dem Rücken zur Tür platziert, damit er weniger Kontrolle über die Situation hatte. Sie bot ihm Kaffee an.

Er verschob die Lippen.

»Ach ja, einen Kaffee, sehr gerne.«

Sie war froh darum, denn es verschaffte ihr ein wenig Zeit, sich auf die Befragung vorzubereiten. Einen Bankdirektor hatte sie sich irgendwie anders vorgestellt. Ob er überhaupt schon vierzig war? Seine Art war ungekünstelt und offen. Schade, schade, dachte sie. Ein etwas schmieriger Typ wäre ihr lieber gewesen. Aber mal abwarten, was so kommen würde – und überhaupt: Waldemar. Wie gerät ein so junger Kerl zu einem derart antiquierten Vornamen? Hingegen – auf gewisse Weise passte es auch zu seiner Erscheinung, diese Melange aus Tradition, Understatement und altem Geld.

Gerade als Waldemar von Schayern den ersten Schluck Kaffee probiert hatte und Lydia einen anerkennenden Blick dafür zuwarf, kam Schielin herein und setzte sich dazu.

»Frisch gemahlene Bohnen und mit Hand aufgebrüht … Omas Vollautomat«, erklärte sie.

Er lächelte.

»Ganz anders hier, als ich es mir vorgestellt hatte ... alles ganz anders.«

Lydia nahm die Steilvorlage an.

»Was waren denn Ihre Vorstellungen?«

»Na was man eben so aus dem Fernsehen kennt. Ich befinde mich – dem Herren sei Dank – nicht oft auf Polizeistationen, weder in Italien noch hier.«

Schielin meldete sich zu Wort.

»Zunächst einmal vielen Dank, dass Sie sich gemeldet haben, Herr von Schayern.«

Der nickte freundlich.

»Ich komme gerade direkt aus Mailand und wollte mit der Sache nicht länger warten.«

»Sehr freundlich. In Tettnang haben Sie eine Zweigstelle?«

Schayern lachte.

»Ohje, nein. Früher habe ich mal längere Zeit von Tettnang aus gearbeitet, daher dieser veraltete Eintrag im Internet. Irgendwie zum Lachen, nicht wahr? – Mailand, Tettnang. Ich befand mich in den letzten vierzehn Tagen auf See – kein Netz. So etwas gibt es noch.«

»Kennen Sie einen Herrn Martin Boone?«, fragte Lydia, um endlich zur Sache zu kommen.

»Aber sicher.«

»Woher?«

»Ich habe vor einigen Jahren ein paar Segeltörns mit ihm unternommen, um meine Hochseefähigkeit zu verbessern. Er ist ein hervorragender, leidenschaftlicher Segler ... hat einen tadellosen Ruf in der Branche.«

Schielin fühlte, wie Enttäuschung in ihm aufkam. Zum einen machte dieser Schayern einen grundsoliden Eindruck und andererseits waren die Dinge wie so oft letztlich schlicht und banal. Der adrette Kerl da vor ihm war ganz einfach selbst ein begeisterter Segler und mit Boone auf Tour. Na klar, so lernt man sich eben kennen, und längere Zeit auf beengtem Raum beieinander, da erfährt man viel über den anderen, es entsteht Vertrauen – oder Misstrauen, im vorliegenden Fall wohl ersteres.

Schielin stellte eher fest, als dass er fragte: »Sie haben eine Finanzierung für Herrn Boone realisiert ... für eine Segel-yacht, richtig?«

Waldemar von Schayern zeigte nicht annähernd Symp-tome von Nervosität und zuckte gelassen mit den Schul-tern.

»Ja, das ist unser Geschäft, wenngleich es in der Haupt-sache nicht darin besteht, Segelyachten zu finanzieren, aber in diesem Fall ... wir kannten uns halt.«

»Herr Boone war ja nicht gerade vermögend ...«, fing Lydia Naber an, eine Frage zu formulieren.

»War?«, unterbrach sie von Schayern überrascht.

Sie ärgerte sich, denn sie wollte den Tod von Boone eigentlich so lange wie möglich verschweigen.

»Ja ... Herr Boone wurde vor einer Woche hier in Lindau tot aufgefunden. Aus diesem Grund führen wir Ermittlun-gen.«

Schayern zeigte keine übermäßige emotionale Reaktion, aber ehrliche Bestürzung.

»Also doch! Ich hatte mir schon so etwas gedacht, als ich Ihre Nachricht erhielt. Aus welchem Grund sonst sollte einen auch die Kriminalpolizei kontaktieren.« Er presste die Lippen aufeinander, richtete den Blick zur Decke und sagte: »Das tut mir leid für Boone. Ein so großartiger Segler.«

Lydia dachte einen Moment über seine Worte nach: *ein großartiger Segler*. Vom *großartigen Menschen* Boone sprach er nicht.

Sie fragte: »Was ist das für eine Bank, für die Sie arbeiten?«

Er war sofort wieder bei der Sache.

»Ich arbeite nicht für die Bank – es ist meine Bank, beziehungsweise bin ich Vorstand eines inzwischen raren traditionellen Familienunternehmens. Wir stammen ursprünglich aus Ulm. Meine Vorväter haben im neunzehnten Jahrhundert die Bank dort gegründet, und meine Familie mütterlicherseits hat ihre Wurzeln in Tettnang. Meine Mutter heiratete einen italienischen Banker, die Geschäftszweige wurden zusammengelegt, und so wurde es über die Jahrzehnte schließlich eine italienische Bank. Wir finanzieren mittelständische Unternehmen, das klassische Geschäftsfeld eben.«

»Und Sie leben in … in Italien?«

»Ja. Die Familie lebt im Norden von Mailand, und in Tettnang halten wir noch den Stammsitz des deutschen Teils der Familie. Aber ich denke, es ist jetzt langsam an der Zeit, das aufzugeben. Wir sind ja kaum noch hier. Nur ich fahre noch ab und zu hierher – aus purer Sentimentalität. Meine Kinder wollen schon jetzt nicht mehr mitkommen, sie finden es langweilig, und meine Frau ist Italienerin mit einer großen *familia*.«

Er lächelte gewinnend.

»Ihre Frau arbeitet auch in der Bank?«, fragte Lydia.

Er lachte.

»Nein, nein. Sie ist Geigenbauerin.«

»Ah ja. Sehr schöner Beruf.«

Schielin nahm den Faden wieder auf.

»Boone war ja nicht sonderlich vermögend. Jedenfalls hätte er diese Yacht, die *Alcyone II*, nicht ohne Ihre Unterstützung kaufen können. Wie kam das zustande?«

Er lehnte sich in seinem Stuhl zurück.

»Ich wollte das im Grunde zunächst gar nicht machen, aber wie gesagt, wir kannten uns eben von den Segeltörns … und schließlich konnte er die Sicherheiten, die man für so ein Geschäft braucht, vorweisen.« Er räusperte sich. »Eigentlich dürfte ich über das Geschäft kein Wort verlieren, aber ich denke mal, es war kein natürlicher Tod, wenn Sie derartige Ermittlungen führen, oder?«

Lydia Naber bestätigte.

»Sie vermuten richtig – es war ein sehr unnatürlicher Tod.«

Er sah sie einige Sekunden lang an und fragte sich, was sich hinter ihrer kryptischen Formulierung wohl verbergen könnte. Dann gab er sich einen Ruck.

»Nun, es handelte sich de facto um eine Vollfinanzierung. Boone brachte ausreichend Sicherheiten ein, und zwar die Beleihung von Immobilien.«

»Immobilien?«

»Ja. Immobilien. Ein Mehrfamilienhaus mit Gewerbeflächen im Erdgeschoss … voll vermietet, passabler Zustand.«

Lydia Naber sah Schielin verwundert an und wendete sich dann wieder diesem Bankmenschen zu.

»Von einem Immobilienbesitz Boones hier in Lindau wussten wir bisher gar nichts.«

»Oh nein, nicht Martin Boone. Der besaß keine Immobilien«, antwortete Schayern ernst. »Er besaß im Grunde gar nichts. Sein Einkommen war zwar nicht gering, denn gute und zuverlässige Segler wie er müssen um Aufträge nicht bangen. Aber er hat das Leben auch sehr genossen, und die Partynächte auf Ibiza wollen bezahlt sein. Wer dort mithalten will, benötigt viel, viel Geld, Sie verstehen? Champagner … Frauen …«

Schielin rückte mit dem Stuhl etwas nach hinten und schlug die Beine übereinander, was er sonst in diesem Raum nie tat, weil es eine Vernehmung zu einem Gespräch werden ließ.

»Und diese Immobilien?«

»Eine Frau hat die Sicherheiten eingebracht. Eine gewisse Nora Mathis. Ich versichere Ihnen, wir haben das alles seriös abgewickelt.«

Lydia spürte, wie ihr Herz für einen kurzen Augenblick aussetzte. Nora Mathis hatte die Yacht finanziert, mit der sie in den Tod gerissen wurde? »Nora Mathis, sagen Sie?«, versicherte sie sich noch einmal.

»Ja, Nora Mathis, eine sehr eindrucksvolle Frau. Wir haben alles überprüfen lassen – alles korrekt.«

»Wissen Sie, dass sie beim Untergang der *Alcyone II* zu Tode kam?«

Seine Gesichtszüge wurden um eine Spur ernster.

»Sicher, sicher. Wir mussten ja infolge dieses Unglücks ihre überlassenen Sicherheiten einbringen.«

»Das verstehe ich nicht«, sagte Schielin nach einem Moment der Stille. »Es handelte sich doch um einen von der portugiesischen Küstenwache bestätigten Untergang, und nach unseren Unterlagen zahlte die Versicherung. Aus welchem Grund wurden dann die Immobilien eingebracht?«

»Weil Herr Boone als Bootseigentümer Zahlungsempfänger der Versicherung war und mit diesem Geld nicht die bestehende Belastung für die *Alcyone II* beglichen hat. Aus diesem Grund mussten wir die Sicherheiten exekutieren. Eine Anwaltskanzlei aus Ravensburg hat die Abwicklung für uns übernommen. Die Immobilien wurden verkauft. Boone war für uns in dieser Angelegenheit kein Ansprechpartner, denn der Kreditvertrag und die Sicherheiten wurden ja von Frau Nora Mathis bestellt.«

Schielin fügte das eben Gehörte nochmals für sich zusammen: Boone kauft also eine Luxusyacht, deren Finanzierung allein Nora Mathis sichert. Die Yacht soll in Belize weiterverkauft werden, obwohl in den Unterlagen jedoch von den Kapverden die Rede ist. Bei der Überführung kommt es zur Kollision mit Containern, die Yacht sinkt, und Nora Mathis ertrinkt. Boone kassiert die Versicherungssumme und erwirbt umgehend ein neues Boot. Der Kredit für den Kauf der Yacht interessiert ihn nicht – der wird durch die Immobilien dieser Nora Mathis sichergestellt. Ihre Immobilien werden von der Bank übernommen und verkauft.

In kurzen Worten fasste er es noch einmal für Schayern zusammen, um sicherzugehen, auch alles richtig verstanden zu haben.

Der bestätigte: »Alles korrekt. Von Boones neuer Yacht höre ich heute allerdings zum ersten Mal.«

»Die hat er bei der gleichen Werft gekauft. Für Boone war das kein schlechtes Geschäft«, ergänzte Schielin.

»Kein schlechtes Geschäft… nun ja, so kann man das auch sehen«, meinte Schayern zurückhaltend.

Lydia Naber hatte sich nicht wenig erschrocken, als der Name *Nora* gefallen war. Am liebsten wäre sie gleich aufgesprungen, um drüben in ihrem Büro die Akte über sie in Augenschein zu nehmen, die ihr Gommi auf den Schreibtisch gelegt hatte. Sie wollte diesem gefassten Menschen gegenüber aber weder hysterisch noch unhöflich erscheinen und blieb daher sitzen. Sie fragte: »Was war dieser Martin Boone für ein Mensch? Sie waren ja beim Segeln längere Zeit auf engstem Raum mit ihm unterwegs. Da lernt man sich ja sicher gut kennen.«

»Oh ja, durchaus. Selten ist mir ein Mensch begegnet, der derart fanatisch war, was seinen Beruf angeht. Für Boone gab es wirklich nur eines – Segeln! Meer, Himmel, Boote,

Wellen und die Geschichten der alten Seefahrer. Die kannte er auswendig und erzählte sie bei jeder Gelegenheit. Wirklich sehr unterhaltsam. Für seine Leidenschaft, da bin ich mir sicher, hat er auf Vieles verzichtet, und dafür hat er auch anderen Menschen Verzicht auferlegt.«

»Wie meinen Sie das?«

»Na so, wie ich ihn kennengelernt habe, hat er die Bedürfnisse und Wünsche anderer Menschen stets seinen Interessen untergeordnet, und zwar stringent. Das hatte Vorteile – zum Beispiel, wenn sie ihn als Skipper engagiert haben. Sein privates Umfeld aber, das schien mir eher wie ein großes Durcheinander … das ist aber nur mein Eindruck, völlig subjektiv.«

»Er war also nur glücklich, wenn er auf einem Boot auf hoher See war«, stellte Lydia Naber fest.

Schayern hatte da seine Zweifel.

»Glücklich? Nein, das war er auch da nicht. Man könnte es durchaus vermuten, doch er war wie ein von seiner Leidenschaft getriebener. Einmal zum Beispiel bin ich mit ihm und noch drei anderen Leuten eine Inseltour von Sardinien nach Korsika und weiter nach Mallorca und Ibiza gesegelt. Wir hatten fantastisches Wetter, perfekten Wind – es war vollkommen! Doch anstatt es zu genießen, machte er sich ständig Gedanken über seine nächste geplante Tour zu den Kapverdischen Inseln. Er hat immer nur in der Zukunft gelebt. Ich weiß nicht, ob Sie verstehen, was ich meine. Ich persönlich finde das Zusammensein mit Menschen, die den Augenblick nicht genießen können, jedenfalls ziemlich mühsam. Kurzum: Martin Boone war ein vom Wunsch nach dem Glück Getriebener und kein glücklicher Treibender.«

»Wissen Sie vielleicht von den Tagebüchern, die er auf den Reisen geführt hat?«

Zum ersten Mal überlegte Schayern länger, bevor er antwortete.

»Mhm ... ab und an hat er geschrieben, das schon. Ob es ein Tagebuch war, kann ich aber nicht sagen.«

Lydia wechselte das Thema.

»Gut. Ich möchte noch mal zurückkommen auf diese Sicherheiten für den Kredit. Dabei handelte es sich um Immobilienbesitz dieser Nora Mathis, richtig?«

Schayern nickte.

»Ja, hier in Lindau, ein Haus auf der Insel mit exzellenter Bewertung und Bonität. Wir haben es schnell und gut verkaufen können, womit das Geschäft für uns erledigt war.«

»Und Boone?«

»Tja Boone. Ich hatte keinen Kontakt mehr mit ihm seither.«

»Hat Sie der Gedanke an den Untergang dieser Yacht nicht nachdenklich werden lassen?«

»Durchaus. Als ich es erfuhr, war ich sehr davon betroffen.«

»Kannten Sie Nora Mathis?«

»Wir sind uns nur einmal kurz in Mailand begegnet. Die Formalitäten hat allerdings unser Büro abgewickelt. Sie hat einen sehr entschlossenen Eindruck auf mich gemacht.«

*

Nur ein paar Meter weiter im Zimmer nebenan saß Norbert Ammon. Er hatte den Stuhl vom Tisch zurückgerückt, die Beine übereinander geschlagen und presste seinen Oberkörper gegen die Rückenlehne, was daher rührte, dass er die Hände in seinem Nacken verschränkt hielt. Er grinste dumm. Sein Gesicht zeigte rote Flecken in unterschiedlicher Intensität, und von seiner knolligen Nase zogen dunkelrote Fäden hinunter auf die Wange.

Robert Funk schaltete das Aufzeichnungsgerät ein und belehrte Ammon.

»Haben Sie verstanden, was ich gesagt habe, Herr Ammon!?«, fragte er laut und unfreundlich, als er seinen Text aufgesagt hatte. Ammon nickte.

»Ob Sie mich verstanden haben!?«, fuhr Funk ihn an.

»Jaaa!«, dehnte er seine Antwort hässlich aus.

Schielin, der gerade hereinkam, stieg sofort ins Verhör ein.

»Sieht so aus, als wären wir auf eine veritable Fälscherwerkstatt gestoßen, Herr Ammon.«

Ammon veränderte seine Haltung nicht, auch wenn sie ihm beim Reden beschwerlich sein musste.

»Es ist in der Kunst oft schwer zu sagen, was ein Original ist«, begann er in oberlehrerhaftem Ton. »Es gibt Studien, erste Entwürfe, Mehrfachdrucke oder Abgüsse. Manchmal hat einer der alten Meister auch nur eine Skizze angefertigt, ein Schüler das Werk dann ausgeführt und der Meister anschließend ein wenig retuschiert, bevor er am Ende signiert hat. Es gibt also keine rechte Vorstellung davon, was eigentlich ein Original ist. Da lehnen Sie sich weit aus dem Fenster mit ihrer Fälschungstheorie, denn eine Fälschung ist jedes Kunstwerk, das mit der Absicht erstellt wird, die Illusion zu erwecken, eine andere Herstellungsgeschichte als die wirkliche zu haben, während eine Kopie schlicht eine andere oder sehr ähnliche Version eines früheren Werks ist, Herr Kommissar. Eine Kopie wird also von jemand anderem als dem Urheber erstellt. In früheren Zeiten machte man gewöhnlich auch Kopien zu Dokumentations- und Studienzwecken.«

»Oh, vielen Dank, Herr Ammon, für ihre fachkundigen Ausführungen, die uns zeigen, wie genau Sie also wissen, worum es geht. Als was würden Sie denn dann die Gemäldes bezeichnen, die wir in Ihrem Lager gefunden haben?«

Ammon nahm die Hände aus dem Nacken und legte die Oberarme auf dem Tisch ab, wofür er ein wenig mit seinem Stuhl heranrückte.

»Ein Künstler könnte malen wie Monet, aber immer noch mit dem eigenen Namen signieren. Null Problem.«

Funk blickte gelangweilt drein.

»Sie sind weit entfernt von den großen Meistern, Herr Ammon.«

»Ja sicher. Sie werden auch keine Plagiate bei mir finden, denn ich stehle anderen Künstlern nicht ihre Idee und gebe sie als meine eigene aus. Ein Plagiat ist das genaue Gegenteil einer Fälschung, denn ein Fälscher gibt sein Werk als das Werk eines anderen aus, ein Plagiator hingegen gibt das Werk anderer als sein eigenes aus.« Er hob die Arme und sprach in überheblichem Ton: »Im Grunde wären wir fertig, meine Herren Kommissare.«

Robert Funk lehnte sich nach vorne.

»Ganz vorzüglich erklärt, Herr Ammon. Auf einem ihrer Monets hat aber Monet signiert, und auf einem Macke tatsächlich Macke – blöd, nicht wahr? Verschonen Sie uns also bitte im Weiteren mit Ihren fachkundigen Erläuterungen. Für uns sieht es ganz danach aus, als hätten Sie in halbwegs ansprechendem Niveau Gemälde nachgepinselt, die am Markt recht begehrt sind ...« Funk hielt kurz inne, um zu prüfen, ob sein letztes Wort auch verletzend genug gewesen war, und fuhr zufrieden fort, als er sah, wie ein böses Zucken durch Ammons Gesicht gelaufen war. »In der Tat, Sie sind ein recht passabler Fälscher. Die Frage, die sich uns nun stellt, lautet: Wie abhängig waren Sie von Boone. Sagen Sie schon: Sie müssen Boone doch gehasst haben, Herr Ammon! Habe ich recht?«

Ammon lachte abwehrend.

»Ha. Oh je, nein wirklich nicht. Aus welchem Grund sollte ich ihn denn gehasst haben?«

»Weil er ein freies Leben führte und man ausgerechnet ihm, der nicht einen Gran künstlerischer Begabung hatte, abnahm, genau ein solcher zu sein – ein talentierter Maler – und das mit Ihren Werken! Das muss doch über die Jahre hinweg furchtbar an einem zehren.«

»Ach Gott. Das ist mir doch egal, für was sich Boone ausgibt. Und was sein Leben angeht, so war das übrigens überhaupt nicht so frei, wie Sie denken.«

Schielin schaltete sich ein, ließ es sein, auf seine Alkoholsucht anzuspielen, und blieb sachlich.

»Weshalb sind Sie im Hotel Helvetia auf ihn losgegangen?«

»Ich bin doch gar nicht auf ihn losgegangen. Wer sagt denn sowas? Wir haben gestritten … geschäftlich … das kommt eben vor.«

»Na ja. Sie haben ein Glas zerschlagen, Herr Ammon. Worüber haben Sie also gestritten?«

»Er hatte die Kontakte zu den spanischen Leuten. Ein sehr gutes Geschäft, und auf einmal wollte er damit nichts mehr zu tun haben. Er wollte auf Weltreise gehen, sagte er. Hatte sich eine Yacht gekauft. Ich frage mich, wo er das Geld dafür herhatte.«

Funk beobachtete Ammon. Was er sagte, klang nachvollziehbar.

»Sie sprachen vorhin von den großen alten Meistern. Han van Meegeren sagt Ihnen demnach etwas?«, fragte Funk weiter.

Ammon gönnte dem Polizisten, der ihm so zusetzte, keine klare Antwort.

»Kann sein.«

»Dieser van Meegeren fälschte in den Dreißigern des letzten Jahrhunderts Vermeer und trat als sein eigener Händler auf. Er erfand die Geschichte von angeblich verschollenen und nun wieder aufgetauchten Vermeers und fälschte sie so gut, dass man seine Märchen glaubte. Sogar Göring kaufte im Auftrag von Hitler eines seiner Werke. Selbst über den Tod van Meegerens hinaus war man sich nicht mehr über die Echtheit der echten Vermeers sicher. Sein Werk *Junge Frau am Virginal* zum Beispiel wurde über Jahrzehnte als Plagiat behandelt und erst 2004 für echt befunden und für 4,5 Millionen Euro versteigert. Minderbegabte Künstler, aber talentierte, hochbegabte Handwerker wie van Meegeren sind der wirklichen, großen Kunst im Wege. Sie befördern sie nicht, sie sind einfach nur Hindernisse. War das Ihr Problem? Hat das Ihren Hass auf sich selbst und Boone befördert, der sie mit seiner arroganten Eskapade als *One* auf diesen Weg gebracht hat und sie sich dadurch mehr als Fälscher denn als Künstler fühlen?«

Ammon schnaufte genervt.

»Muss ich mir den Quatsch von Ihnen über Kunst wirklich anhören? Sie haben doch keine Ahnung!«

»Mich interessiert der Grund Ihrer Frustration, Herr Ammon. Beltracchi zum Beispiel ist weder Alkoholiker noch in einer anderen Weise frustriert. Ein wirklich begnadeter Fälscher. Er hat renommierte Sachverständige getäuscht und der Familie Aldi richtig Kohle abgeknöpft, Millionen! Sie dagegen müssen sich mit Boone rumstreiten, dessen mittelmäßige Kundschaft Ihnen doch sicherlich ein Graus ist. Natürlich haben Sie ihn gehasst.«

Ammon hatte während der ganzen Zeit, da Funk in so harten Worten mit ihm sprach, den Blick durch den kahlen Raum schweifen lassen. Doch in der Monotonie des verblichenen Graus gab es nicht einen Fleck, nicht einmal einen

Schmutzfleck, an den er sein Auge länger hätte heften können.

»Ihre Einnahmen waren dennoch recht anständig, Herr
Ammon, nicht wahr? Bar und steuerfrei.«

Ammon musste husten.

»Ein Glas Wasser vielleicht?«, fragte Funk mitleidsfrei.

Ammon brachte keinen Ton mehr hervor und nickte
heftig, während er gegen die Trockenheit und das Stechen
in seinem Rachen kämpfte. Tränen rannen ihm über die
Wangen.

*

Nachdem Lydia Waldemar von Schayern am Eingang ver-
abschiedet hatte, eilte sie hinüber in ihr Büro und setzte
sich sofort an die Akte von Nora Mathis. Wie der Kollege
aus Kempten versprochen hatte, war darin wirklich alles
enthalten. Hastig blätterte sie durch die Unterlagen. Vor
drei Jahren war diese Nora Mathis aus Deutschland weg-
gezogen. Dreiundvierzig Jahre alt wäre sie vor einigen Wochen geworden. Sie ging alle Kopien durch: Geburtsurkunden, Heiratsurkunden und Sterbeurkunden. *Nora Mathis,
geborene Tauber*, las sie da.

Sie hielt inne. Tauber – der Name war ihr doch schon einmal begegnet. Aber wo? Sie überlegte, suchte in den Mails
und schließlich in den bisherigen Berichten, wo sie diesen
Tauber als Randnotiz tatsächlich fand. Jetzt erinnerte sie
sich wieder. Ammon war es gewesen, der von diesem *alten
Tauber* erzählt hatte, dem Bogenschützentrainer, der das
alles in Sauters organisiert und geleitet hatte. Und hier stand
nun: Nora Mathis, geb. Tauber. Das war seine Tochter.

»Poh! Poh!«, hörte sie sich selbst vor Verblüffung sagen.

Sie nahm ihr Smartphone und wählte Schielins Nummer,

denn einfach hinübergehen und ohne Absprache die Vernehmung stören, das wollte sie nicht. Vielleicht kam das Telefonat ja auch gelegen und ließ sich in die Befragung einbauen.

»Schielin«, meldete er sich ernst, was ihr den Eindruck vermittelte, dass die Vernehmung von Ammon nicht so recht vorankam.

»Kann ich reden?«, fragte sie.

»Ja«, antwortete er gespannt.

»Ich hab was.«

»Ich höre?«

Fast hätte sie darüber lachen müssen, wie ernst er tat.

»Nora Mathis ... Nora Mathis ist eine geborene Tauber. Sagt dir der Name etwas?«

»Mhm ... kommt mir bekannt vor ...«

Sie stellte sich vor, wie Ammon ihm gerade gegenübersaß und das Telefonat vermutlich auf seine Situation und Person bezog.

»Das ist der Bogenschützentrainer droben in Sauters gewesen.«

Stille am anderen Ende.

»Hey, bist du noch da?«, fragte sie nach ein paar Sekunden.

»Jaja ... das ist eine sehr wichtige Information. Danke dir!«, antwortete er kryptisch.

»Wie läuft es mit unserem verkannten Malergenie?«, wollte sie noch wissen, bevor er auflegte.

»Das ist eine wenig erfreuliche Angelegenheit.«

»Willst du ihn zu Tauber befragen?«

Er zögerte.

»Das halte ich im Moment für keine gute Idee.«

»Ich aber schon. Ich bin ganz kribbelig, seit ich davon weiß. Wir müssen so schnell wie möglich zu diesem Tauber!«

»Ja. Das hat jetzt Priorität«, sagte Schielin und sah dabei auf Ammon, der mit verschränkten Armen und gesenktem Kopf dasaß. »Die Anschrift hast du?«

»Ja. Paradiesplatz.««

»Dann bis gleich. Dauert nicht mehr lang.«

*

Ammon behielt den Blick auf der Tischplatte. Seine Augen saugten sich an einem kreisrunden Muster fest, das einst der heiße Porzellanring einer Kaffeetasse in den Kunststoff eingebrannt hatte. Er sah aus dem Kreis weitere Kreise entstehen, die verschiedene Farben annahmen, und ein Gemälde entstand vor ihm, obwohl er noch nie mit Kreisen gearbeitet hatte. Wie aus der Ferne hörte er Schielins Stimme – unwirklich, unecht. Doch sie wurde immer lauter, bis er schließlich den Kopf hob. Tatsächlich – da saß dieser Polizist vor ihm und neben ihm der andere, der ihn verachtete. Und er? Er hockte in der Tat in einem Raum, der abstoßender nicht sein konnte. Er sah Schielin mit großen Augen an und gab ein überraschtes Ja von sich. Trotz der Entfernung, die die Tischplatte zwischen die beiden brachte, schaffte es ein Hauch von Alkohol bis zu Schielin herüber. Und dieser Schielin sprach zu ihm. Er hörte die Worte Gemälde, Spanien, Fälschungen, Geld, und alle Klänge mischten sich zu einem Brei. Auch die Konturen begannen, sich zu verzerren, und er spürte, wie die Kälte an seinem Rücken emporkroch und sich ein feiner Schweiß auf der Stirn bildete. Er musste hier weg, und um das zu schaffen, musste er freundlich sein. Er nickte und sagte: »Genau so war es.«

Schielin sah Funk an, der nur mit einem Zucken seiner Lippen antwortete. Mit diesem Ammon kamen sie jetzt nicht mehr weiter. Der Entzug stand ihm ins Gesicht geschrieben, und er lallte nicht vor Suff, sondern vor beginnender Nüchternheit. »Er hat mir gesagt, es nicht mehr nötig zu haben, wollte nichts mehr mit mir zu tun haben, weil er die Welt umsegeln und ein Buch darüber schreiben wollte ... hat er gesagt ... Hochmut ... er war ganz außer sich vor Glück, der Trottel.«

Da er den letzten Satz ohne Aussetzer gesprochen hatte, entschloss sich Schielin, es doch weiter zu versuchen.

»Herr Ammon. Erzählen Sie uns doch mal etwas über diesen Tauber, der damals das Bogenschießen in Sauters organisierte.«

Ammon sah verwundert auf.

»Tauber? Was soll ich denn über den erzählen? Das ist ein alter Mann geworden«, und versonnen wiederholte er, »wirklich ein alter Mann. Tauber ... er hatte eine hübsche Tochter, aber an ihm und der ganzen Familie klebt das Unglück, denn alle sind tot. Seine ganze Familie ist tot, soweit ich gehört habe. Er lebt jetzt irgendwo auf der Insel in einem Verschlag.« Ammon richtete sich im Stuhl auf und lehnte sich mit den Armen auf den Tisch. »Der Tauber, das war einer, der ganz und gar für sein Bogenschießen auf der Welt war.« Er hob die rechte Hand und deutete mit dem Zeigefinger an einen imaginären Punkt an der Decke. »Das allein wäre ja noch gegangen, wenn er darin nicht auch so etwas gesehen hätte wie eine Methode zur Bewältigung des Lebens, verstehen Sie, so was Esoterisches. Er tat immer so, als helfe einem das Bogenschießen dabei, ein vollendetes Leben zu führen.« Sein Körper straffte sich, und in militärischem Ton sagte er: »Bogen – Sehne – Pfeil! Stand, Konzentration, Loslassen, Verfolgen, Entspannen!« Ammon sank wieder in sich zusammen und nuschelte, als spräche er mit sich selbst. »Ich habe es bis heute im Kopf behalten – bis

217

heute!« Er lachte bitter. »Der Tauber, der glaubte wirklich daran. Ja! Wer in der Lage war, einen Pfeil in das Schwarze einer Ringscheibe zu schicken, würde auch mit den Herausforderungen des Lebens besser zurechtkommen. Ha! Und nun!? Alle tot … alles verloren. Da kann er nun Pfeile durch die Luft schießen, wie er will.« Er sah auf und lachte Schielin an.

»Wissen Sie etwas von einer Beziehung zwischen Boone und dieser Nora?«

Ammon wich regelrecht zurück.

»Was!? Boone und Nora!? Ne, also wirklich nicht. Die zwei … miteinander?! Ich kann mir ja viel vorstellen, aber das nicht. Nein, ist ausgeschlossen.«

»Sie sagten vorhin, alle sind tot …«

»Ja, ein Unglück nach dem anderen, eines nach dem andern. Ich habe es nur so am Rand mitbekommen, aber es hat mich nicht wirklich interessiert, aber die Sprüche vom Tauber sind mir wieder in den Sinn gekommen. Ja – alle sind tot.«

*

Wenzel und Jasmin befassten sich derweil mit Sarah Ammon in Wenzels Büro. Sarah Ammon bestand darauf, zu erfahren, ob ihre Kinder auch vernommen werden würden, und meinte, sie würde keinen Ton sagen und sofort einen Anwalt kommen lassen. Jasmin antwortete ihr nüchtern.

»Wie wir es Ihnen in der Belehrung schon gesagt haben, Frau Ammon, müssen Sie sich nicht zu der Sache äußern.«

»Dann wäre es ja besser, ich hielte ganz meine Klappe.«

Jasmin antwortete mit einer Frage.

»Boone gab sich als Maler aus … er posierte mit den Werken Ihres Mannes. Wie kam es dazu?«

Sie sah die beiden mit müden Augen an.

»Ach jetzt bitte. Das ist doch Kinderkram und zwanzig Jahre her. Eine Dummheit, weil Martin was für die Schule brauchte ... bei einer Flasche Wein auf der Hinteren Insel kamen die beiden auf die Idee. Und Martin legte sich natürlich auch gleich einen Künstlernamen zu: *One*. Die Aufmerksamkeit, die damit überraschenderweise zustande kam, hat ihm sehr gefallen. Es hat seiner Eitelkeit geschmeichelt. So war er eben.« Und ebenso spöttisch, wie sie die letzten Sätze gesprochen hatte, fuhr sie fort: »Es war das einzig Kreative, was ihm jemals eingefallen ist, dieses *One*. Und nachdem das schon beim ersten Mal so gut geklappt hat, ging er damit dann hausieren, woraus für Norbert ein gewisser Druck entstand, denn Boone besetzte quasi seinen Platz. Er selbst hätte niemals die Öffentlichkeit gesucht, und ihm fehlt auch völlig die große Klappe. Reingeschlittert ist er da .... Glauben Sie mir, so wenig wie er selbst habe auch ich nicht gemerkt, wie er durch diese dumme Sache irgendwann sein eigenes künstlerisches Ich verloren hat. Es tat gut, als Boone weg war, weil er sich für nichts, aber auch gar nichts anderes interessiert hat als dafür, auf dem Wasser zu sein und Wind in den Segeln zu haben. Damals schon. Der See war ihm zu klein ...«, und mehr zu sich selbst gesagt fügte sie hinzu, »... alles war ihm im Grunde zu klein.«

»Und wie ging es dann weiter?«

»Norbert hat nach dem Abitur begonnen, zu studieren ... zuerst auf Lehramt, um seine Eltern zu beruhigen, die eine halbwegs sichere Zukunftsperspektive für ihn haben wollten, weil er das Geschäft ja nicht weiterführen wollte – Posamentenmacherei. Er hat das aber abgebrochen, heimlich Russisch gelernt und ist nach St. Petersburg.«

»St. Petersburg ... damals?!«, fragte Wenzel nach.

»Ja.«

»Wieso das denn?«

»Ihm brannte das Herz danach, das Handwerk der alten Meister zu lernen. In Russland wurde das noch gelehrt – die Techniken, mit denen sie arbeiteten: Holz, Leinwände, Farbenlehre. An deutschen Kunstakademien ging es da eher um andere Dinge.«

Jasmin Gangbacher machte weiter.

»Und dann kam Ihr Mann aus St. Petersburg zurück und weiter?«

Sarah Ammon hob die Stimme.

»Jesus Maria, wollen Sie vielleicht unsere ganze Lebensgeschichte hören!? Ja … er kam nach Lindau zurück, malte natürlich, doch niemand interessierte sich für seine düsteren Gemälde – handwerklich auf höchstem Niveau. Er lag seinen Eltern auf der Tasche, die für das alles nicht das geringste Verständnis hatten. Sie waren alt, krank und verbittert darüber, dass ihre handwerkliche Tradition niederging – keine gute Zeit. Dann kam ich zurück nach Lindau, wir wurden ein Paar, er malte weiter ohne Erfolg, die Galerien in Stuttgart, Karlsruhe, München, Zürich und St. Gallen ließen es bald sein, und es wurde finanziell schwierig. Irgendwann tauchte dann Boone wieder auf. Seine Mutter war gestorben, und er musste ihre Wohnung auflösen. Ich erinnere mich noch gut daran, wie er plötzlich wieder vor uns stand, es war kurz nach unserer Hochzeit: braungebrannt, sportlich, frisch, energetisch. Er hatte allerdings auch Probleme und schlug sich in Spanien als Segellehrer durch. Bei reichlich Schnaps ließen die beiden *One* wieder auferstehen, und als Boone sah, wie perfekt Norbert die alten Meister kopieren konnte, war das Geschäftsmodell geboren. Norbert malte und lieferte – Boone brachte das Zeug unter die Leute. Nur einmal ging etwas schief; da hat er an einen Schweizer verkauft, wenn ich mich recht erinnere. Ging aber glimpflich ab.«

»Klingt alles nachvollziehbar«, griff Wenzel wieder ein. »Aus welchem Grund wollte Boone plötzlich nichts mehr damit zu tun haben?«

Sie verzog ihren Mund zu einer abfälligen Miene.

»Was ich mitbekommen habe, war er zu Geld gekommen und wollte ein Buch über eine Weltumsegelung schreiben.«

»Gut. Und dieser Komponist ...«, fing er an und erntete einen aufgebrachten Blick von ihr, »... Herr Vedder-Jacobsen ... was hat er mit der Sache zu tun?«

Sie konnte ihre Überraschung nicht verbergen.

»Er? Ja nichts. Wie kommen Sie darauf?«

»Immerhin hat er den Toten gefunden, und Ihr Alibi für die Zeit ist mindestens wackelig.«

»Ach«, konterte sie forsch und meinte, »die Sache hat ihn ganz schön mitgenommen und die Dinge, die eh schon kompliziert genug sind, nicht einfacher gemacht – und nun sitze ich hier, und Sie verhören mich.«

»Herr Vedder-Jacobsen hat angegeben, Sie hätten seine Wohnung an diesem Montagmorgen nach ihm verlassen. Wann genau war das, und wo hielten Sie sich danach auf, Frau Ammon?«, wurde Jasmin Gangbacher konkret.

»Ich war von Sonntagabend bis Montagmorgen bei Herrn Vedder-Jacobsen. Am Montagmorgen hat er wie immer gegen fünf Uhr das Haus verlassen, es kann auch etwas früher gewesen sein. Ich bin kurz danach gegangen; das war etwa um halb sechs.«

»Nach Hause?«, hakte Jasmin Gangbacher nach.

Sarah Ammon atmete laut aus, als koste es sie Überwindung, weiterzusprechen.

»Nein. Ich war hier auf der Insel am Oberen Schrannenplatz und habe in einer Anwaltskanzlei geputzt. Das weiß bisher niemand, weder meine Familie noch sonst jemand. Wir brauchen das Geld.«

Wenzel sah sie durchdringend an. Das war also das Problem. Sie schämte sich nicht für das Verhältnis mit Vedder-Jacobsen oder ihren erfolglosen, alkoholaffinen Mann. Nein, sie schämte sich dafür, putzen zu gehen.

»Und aus welchem Grund sagen Sie das erst jetzt?«, fragte Jasmin Gangbacher verständnislos.

»Der Anwalt möchte keine Probleme, und ich auch nicht. Ich bin da nicht angemeldet.«

Wenzel schüttelte den Kopf.

»Gibt es Zeugen?«

»Nein. Zu dieser Zeit ist da niemand. Die Kanzlei öffnet erst um neun Uhr, und ich bin vier Mal in der Woche vorher dort: Montag bis Donnerstag. Mir ist allerdings auf dem Weg dorthin der Hausmeister der Sparkasse begegnet, die jetzt hinter dem Diebsturm ist – wir haben uns begrüßt.« Sie hob ihre Stimme. »Falls Sie meinen Mann verdächtigen sollten, er hat vor zwei Jahrzehnten zuletzt einen Bogen in der Hand gehabt, genau wie ich. Er wäre überhaupt nicht zu einer solchen Tat in der Lage.« Sie ließ eine Pause entstehen und sprach mit aggressiver Stimme weiter: »Er ist ein Wrack, verstehen Sie, ein Wrack! Er säuft. Er säuft richtig, nicht des Saufens wegen, sondern weil er zu feige ist, sich vor einen Zug zu schmeißen, oder weil er es uns nicht antun möchte, ihn am Strick hängend zu finden. So säuft er sich eben tot und gefällt sich dabei noch in seinem Selbstmitleid. Er würde nie putzen gehen. Ja er könnte ein fantastischer und gefragter Restaurator sein. Aber nein! Der geborene Künstler will selbst einen großen Namen haben – Norbert Ammon, der große Maler. Vedder-Jacobsen ist Komponist und erdenkt Melodien für Putzmittel, Müsliriegel, Immobilienfirmen … für was weiß ich. Er lebt gut, ohne daran zu leiden, kein Mozart oder Wagner zu sein. Es tut gut, die Gesellschaft solcher Menschen, vor allem, wenn sie nicht trinken.«

Jasmin Gangbacher sah sie reglos an. Wenzel behielt seine ausdruckslose Miene bei, obwohl er von dem, was Sarah Ammon so freimütig erzählte, angefasst war. Er verstand Ammon nicht. Wie konnte ein erwachsener Mensch so lange, so überlange seinen Träumen nachhängen, wo doch die Realität einem tagtäglich den Spiegel vorhielt? Waren Künstler in der Tat so selbstvergessen, auf einen in hellen Sphären schillernden Ruhm fixiert, dass sie alles Wirkliche darüber vergaßen? – Die Miete, die Versicherungen, die Eltern, die eigenen Kinder, sogar die eigene Frau, das eigene Leben?

»Wo befindet sich diese Anwaltskanzlei?«

Sie gab Adresse und Namen an.

»Wann waren Sie dort mit Ihrer Arbeit fertig, und wann kamen Sie zu Hause an?«

»Nach halb sieben war ich fertig, wie immer, und bin dann nach Hause. Mein Mann kam gerade vom Bäcker. Wir frühstückten gemeinsam – weil ... eine Freundin meiner Tochter war da ... an anderen Tagen ist das nicht so, also dass wir als Familie zusammen frühstücken.«

»Und Ihre Kinder sind danach zur Schule?«, fragte Jasmin.

Sarah Ammon beugte sich nach vorne, um ihr näher zu kommen.

»Ja. Und mit Sicherheit nicht mit einem Jagdbogen.«

»Wie kommen Sie auf einen Jagdbogen?«, fragte Wenzel.

»Mit welchem anderen Bogen könnten Sie denn sonst einen Menschen erschießen?«

»Sie scheinen sich ja gut auszukennen.«

Sie schoss ihn an: »Na offensichtlich besser als Sie! Kann ich jetzt endlich gehen?«

*

223

Draußen begann es bereits, zu dämmern. Schielin und Lydia standen am Fenster und beobachteten, wie die Ammons die Dienststelle verließen und die wenigen Schritte hinüber zu ihrem Auto gingen. Sarah Ammon stützte ihren Mann, der zusammengesunken an ihrer Seite hing.Lydia verfolgte die beiden genau.

»Ich werde aus den beiden nicht schlau. Er ist so was von fertig, und selbst vor uns Fremden giften sie sich an, und dennoch glaube ich, sie liebt ihn – dieses Wrack. Und er? Da hat er eine patente, attraktive Frau, zwei passable, gesunde Kinder dazu und säuft sein Leben in Grund und Boden. Ich finde das widerlich. Wenn sie ihm den Laufpass geben würde – sie käme mit den Kinder alleine besser zurecht. Ihr würde ich es wirklich zutrauen, das Ding da draußen unter dem Löwen, so kontrolliert und klar wie sie ist. ... Liebe in Zeiten des Alkoholismus – so schaut das wohl aus.«

Schielin wartete, bis die beiden den Hof verlassen hatten.

»Die ganze Aktion war ein Fehlschlag. Nur gut, dass wir von vornherein nicht zu hohe Erwartungen hatten. Auf zu diesem Tauber!«

*

Sie parkten am Paradiesplatz direkt vor der Einfahrt zur Grub und gingen die paar Meter hinüber zum Haus. Schielin suchte das Klingelschild ab und drückte bei Tauber. Der Klingelknopf befand sich an oberster Stelle. Die Buchstaben waren mit zittriger Schrift auf ein ausgerissenes, kariertes Papier geschrieben worden; die Schrift war schon verblasst.

Lydia trat ein paar Schritte zurück und sah an der Fassade nach oben. Alle Fenster waren dunkel.

»Du, ich hätte schwören können, da oben unter der

Gaube hat gerade noch Licht gebrannt, als wir angekommen sind.«

Sie warteten eine Weile, drückten noch zwei Mal den Klingelknopf, danach auch bei den Nachbarn, doch im ganzen Haus schien gerade niemand zu Hause zu sein. Es kam auch niemand aus dem Eingang oder wollte gerade in das Haus.

»Was machen wir?«, fragte sie.

Er schlug den Kragen seiner Jacke hoch, denn ein kühler Windzug wehte unerwartet vom Kleinen See her.

»Ich schlage vor, wir gehen eine kleine Runde über die Insel und schauen in einer halben Stunde wieder hier vorbei. Was hältst du davon?«

Sie spazierten über die Insel wie ein Touristenpärchen, schauten hier und da in die Schaufenster und kamen schließlich über die Grub wieder zurück zu ihrem geparkten Fahrzeug.

*

Helmut Tauber hatte am Tisch gesessen und Zeitung gelesen. In dem kleinen Raum mit den hoch angesetzten Dachschrägen wurde dieser alte Küchentisch zwangsläufig zum zentralen Möbelstück. In der Art wie Berufsfahrer die Innen- und Außenspiegel bedienten, wendete er ab und an den Blick zum Fenster hinunter auf den Platz, auf dem zeitweise Interessanteres geschah, als die Zeitung berichtete. Das fragmentierte Panorama, welches sich ihm bot, erfasste einen Teil des Brunnens und die Fläche bis zur Einfahrt in die Grub. Lange wohnte er noch nicht hier oben, doch inzwischen wusste er, wer wann von wo kam und wohin diese Menschen gingen: der Franzose mit dem Schlapphut aus dem Feinkostladen, die Verkäuferinnen vom Holde-

225

ried, die blonde Buchhändlerin vom Gutenberg-Laden, die armen rumänischen Kerle, die bis spät nachts in der Kneipe drunten schufteten und in einem alten Ducato gebracht und geholt wurden. Die Vertrautheit mit den Menschen und ihren Wegen ließ ihn sofort erkennen, wenn jemand zugange war, der nicht in dieses Gefüge gehörte, in diese kleine, vertraute Welt zwischen dem vergehenden Gasthof zum Goldenen Lamm, dem italienischen Modeladen und dem La Fontana. Zwei Mal war er schon dort zum Essen gewesen, und wenn er es sich leisten könnte, würde er öfters gehen.

Der hellgraue Passat mit der wackelnden Antenne auf dem Dach, der langsam bis zum Eingang der Grub gefahren war und wie selbstverständlich im Halteverbot geparkt hatte, gehörte nicht zu der ihm bekannten Fensterblickwelt. Der Fahrer hatte schon beim Aussteigen suchend um sich geschaut. Einer unbestimmten Eingebung folgend war Tauber aufgestanden und hatte das Licht gelöscht, so wie ein erfahrener Fahrer das Gas wegnahm und sich bereit machte, zu bremsen, wenn ihm etwas Ungewisses sagte, es würde notwendig werden. Seine Augen brauchten einen Moment, um sich an die Dunkelheit zu gewöhnen. Er blieb in einigem Abstand zum Fenster stehen und stützte sich an der Lehne des Stuhls ab. Das Auto stand noch da, doch der Mann und die Frau, die er auf dem Beifahrersitz gesehen hatte, waren verschwunden. Er schrak zusammen, als seine Türglocke klingelte und hielt den Atem an, als könnte man ihn vier Stockwerke weiter unten hören. Er starrte in das Dunkel des Zimmers, drehte langsam seinen Kopf zum Fenster und sah wieder hinunter. Was wollten sie von ihm, dieser Mann und diese Frau? Sie mussten es sein, die da klingelten – anders konnte es nicht sein. Er wartete. Wieder ertönte die Klingel. Herrgott! Er harrte aus. Er ertrug auch das nächste Klingeln und spähte so vorsichtig wie möglich nach unten. Da waren die beiden und verschwanden in Richtung Maximilianstraße. So wie sie sich bewegten, konnten sie kein Ziel haben.

Er machte Licht im Bad, denn von dort aus konnte man es unten auf der Straße nicht sehen. Er musste auf der Hut sein, wollte er nicht noch mehr verlieren, als er eh schon verloren hatte. Er wusch sich das Gesicht mit kaltem Wasser, zog ein frisches Hemd über und setzte sich wieder in das Dunkel. Er richtete den Stuhl so, dass er bequem saß und einen guten Überblick über das Geschehen draußen hatte.

Diesmal kamen die beiden aus der Grub. Er senkte den Kopf und erschrak nicht mehr, als die hässliche Klingel ratterte, jetzt allerdings nur ein einziges Mal. Eine Weile darauf sah er die beiden in das Auto einsteigen. Der Scheinwerfer schien auf, und er zog den Kopf vom Fenster weg, obgleich niemals ein Lichtstrahl von da unten bis nach oben gereicht hätte. Erst als die Schlussleuchten in Richtung Zwanzigerstraße verschwanden, trat er wieder ans Fenster und folgte ihnen in Gedanken – wie sie an der Inselhalle vorbeifuhren und durch den Kreisverkehr und über die Seebrücke aufs Festland gelangten. Und von dort – wohin fuhren sie?

Als seine Hand den Lichtschalter ertastet hatte, ließ sie etwas zurückzucken. Die Dunkelheit war gut, sie war seit geraumer Zeit sein Freund. Er setzte sich und wurde ganz ruhig.

Lydia war unzufrieden.

»Erst sind alle im Homeoffice, haben Urlaub in dieser Gurkenzeit und kriechen sonstwo herum – und jetzt das!«

»Was?«, fragte Schielin.

Sie drehte sich ihm im Autositz zu.

»Ich hätte schwören können, da oben, wo er wohnt, hat Licht gebrannt, als wir angekommen sind. Wirklich! Es macht mich ganz kirre, wenn ich mir vorstelle, da oben hockt ein Mörder und beobachtet uns anstatt wir ihn.«

»Es ist wohl ein alter Mann«, beschwichtigte Schielin sie und musste plötzlich heftig bremsen, als er in den Kreisverkehr an der Heidenmauer einfuhr, weil zwei Fahrradfahrer ohne Licht von der Fischergasse her angesaust kamen.

»Deppen!«, schimpfte er ihnen nach. »Er könnte ja auch einfach auf der Insel unterwegs sein … spazieren gehen, durch die Gassen, am Hafen … so wie Vedder-Jacobsen oder Boone.«

»Fahr zurück!«, forderte sie ihn auf.

»Zurück?«

»Ja komm … fahr zurück. Ich will das jetzt wissen.«

Schielin war schon an der Spielbank, fuhr bis zum Kreisverkehr jenseits der Seebrücke, drehte eine Runde und nahm den Weg wieder zurück. Lydia meinte, sich erklären zu müssen.

»Es interessiert mich einfach, ob da jetzt Licht an ist. Inzwischen ist es ja so dunkel, da geht es gar nicht mehr ohne.«

Er bog erneut zum Paradiesplatz ein, der gerade menschenleer war. Sie beugte sich nach vorne und schielte nach oben.

»Herrgott! Immer noch dunkel. Jetzt fange ich schon an, Gespenster zu sehen.«

Tauber saß oben und sah, wie der Wagen am Brunnen wendete und langsam aus seinem Blickwinkel verschwand wie zuvor. Diesmal klingelte niemand an seiner Tür.

*

Zurück auf der Dienststelle verabredete Schielin eine Abschlussbesprechung, und Lydia horchte Gommi derweil über seine Erkenntnisse zu Nora Mathis aus. Er hatte nicht nur bei der Gemeinde nachgefragt, sondern auch im Dorf ein paar Bekannte aufgesucht und so einen ganzen Fundus an Gerüchten mitgebracht. Er erzählte ihr auch, dass Wenzel am Nachmittag in der gleichen Sache ein paar Informationen drüben bei der Inspektion erhalten hatte, die mit einem Verkehrsunfall zusammenhingen. So langsam erschloss sich ihr ein Bild des Geschehens, das auch zu den Anklängen in den Tagebüchern passte.

Während Schielin hinaus in den Abend sah, erzählte sie ihm davon. Dunkle Wolken hatten sich über den See geschoben, und in der Ludwig-Kick-Straße staute sich ein unerwarteter Abendverkehr zwischen Ampel und Kreisverkehr. Die modernen Fahrzeugleuchten emittierten, gleich ob hell oder rot, ein seelenlos helles Licht, fand er.

Kurz darauf suchte Hundle im Besprechungsraum einen Platz zwischen den vielen Beinen unter dem Tisch, drehte sich ein paar Mal in die eine, danach wieder in die andere Richtung, bis Kimmel schimpfte: »Ja hast es jetzt bald?!«, und sich der Vierbeiner mit einem dumpfen Grunzen endlich zu Boden fallen ließ.

Kimmel eröffnete schlicht.

»Und?«

Schielin fasste zusammen.

»Die Durchsuchung und Vernehmung hat bisher nichts gegen die Ammons erbracht, was uns in der Sache Boone weiterbringen würde – weder diese ominöse Kiste noch der Handel mit den Fälschungen, der über Boone lief, führt uns zu einem echten Motiv.« Er wendete sich an Jasmin Gang-

bacher. »Habt ihr die Sache mit der Anwaltskanzlei überprüft?«

»Ja. Sarah Ammon putzt da seit etwa einem Jahr ... so wie
sie es gesagt hat.«

»Es hilft nichts – wir müssen den Blick in eine andere
Richtung lenken, und Lydia hat vielleicht ganz nützliche
Informationen über diese Nora Mathis für uns.«

Lydia blätterte in ihren Unterlagen, während sie sprach.

»Das Interessante an dieser Nora Mathis ist die Verbindung, die sich zwischen ihr, Boone und ihrem Vater konstru-
ieren lässt. Ihr Vater Helmut Tauber ist ein hervorragender
Bogenschütze und hat viele Jahre einen Kurs für Bogenschützen geleitet – Nora Mathis gehörte zu dieser Gruppe
und auch die Ammons, Boone allerdings nicht. Boone
schrieb in seinem Tagebuch recht kryptisch von einem großen Verlust, den Nora Mathis erlitten habe. Inzwischen
wissen wir, was es damit auf sich hat. Nora Mathis war ver-
heiratet und hatte eine Tochter im Alter von acht Jahren.
Ihr Mann befand sich zusammen mit der Tochter auf der
Fahrt von Lindenberg nach Lindau, als er in der Kurve
zwischen den Scheidegger Wasserfällen und dem Rohrach
ins Schleudern geriet und quer gegen einen Baum prallte –
das Mädchen war sofort tot, er starb einige Stunden später
im Krankenhaus in Wangen.« Sie legte die Unterlagen zur
Seite. »Ein gutes Jahr nach diesem Unfall hat Nora Mathis
Deutschland verlassen. Gommi hat sich umgehört, und wie
die Leute erzählen, hat sie es nicht mehr hier ausgehalten.
Im Einwohnermeldesystem war ihr Datensatz bereits gesperrt. Als sie Deutschland verließ, hat sie auch auf die deutsche Staatsangehörigkeit verzichtet und ausschließlich die
Staatsangehörigkeit Uruguays behalten. Ihre Mutter war
gebürtig von dort. Gerede ist zwar Gerede, aber sie wollte
über Spanien dorthin auswandern. In Spanien muss sie aber

auf Boone getroffen sein. Wir wissen nicht, ob es Zufall war oder sie ihn gezielt aufgesucht hat, denn sie kannten sich von früher her. In seinen Tagebüchern hat Boone eigenartige Andeutungen gemacht. Ich habe mir Stichpunkte dazu notiert.« Sie las vor: »*Schayern – das ist der Banker, der heute hier war – bereitet alles vor. Übernahme Aquilea. Kunde in Santa Maria; Mindelo als Übergabeort viel zu gefährlich.* Und später schrieb er: *Uruguay, auf diese Idee muss man wirklich erst einmal kommen,* und: *Nora sei für das Vorhaben die Richtige; sie hätte einen großen Verlust gehabt und wollte ein neues Leben – und er auch.*«

Kimmel wackelte mit dem Kopf und rollte mit den Augen.

»Das ist in der Tat sehr kryptisch.«

»Warte ab«, vertröstete ihn Schielin.

»Dieses Vorhaben, von dem da die Rede ist, war unserer Meinung nach der Kauf der Luxusyacht, die im Atlantik versunken ist. Boone war der Käufer dieser Segelyacht, und Nora Mathis lieferte die Sicherheiten für die Vollfinanzierung des Kredits. Eine Immobilie.« Sie sah in die Runde. »Na – klingelt's!?«

Niemand sagte einen Ton.

»Wir müssen unbedingt mit ihrem Vater, diesem Helmut Tauber reden, dringend! Denn nach dem Tod seiner Tochter wurde der Familienbesitz verkauft, um den Kredit auf die Yacht zu versorgen – Boone behielt die Kohle aus der Versicherung nämlich für sich. Und da lauert natürlich ein Motiv.«

Alle erschraken, denn Kimmel schlug mit der flachen Hand auf den Tisch. »Und was für eins – wie aus dem Lehrbuch!«, freute er sich.

Schielin schwieg.

»Jetzt sag schon was!«, fauchte Kimmel ihn an.

231

Doch Schielin blieb nachdenklich und zurückhaltend.

»Mhm. Dieser Tauber hat sowohl die Fähigkeit, mit einem Bogen umzugehen als auch einen Pfeil genau ins Ziel zu bringen. Er wird über die geeigneten Bögen verfügen und wissen, welche Pfeile zu verwenden sind. Und gegenüber Boone hat er durchaus ein Motiv. Das stimmt. Dazu kommt seine psychische Zerrüttung durch die vielen Schicksals- schläge, die er erleiden musste – seine Frau ist erst vor Kur- zem gestorben – und vielleicht auch der Hass auf das eigene Leben, die Ungerechtigkeit des Schicksals, und auf einmal kommt so ein skrupelloser Sonnyboy namens Boone daher, der für den Tod der Tochter verantwortlich ist und dessen ungerührt sofort seine Weltumsegelung in Angriff nehmen will. Das passt alles.«

Kimmel wunderte sich über Schielins Zurückhaltung.

»So wie du das sagst, klingt da ein Aber mit.«

»Nein, ganz und gar nicht. Mir wäre jedoch wohler, wenn wir endlich mit ihm reden könnten. Er scheint nicht zu Hause zu sein.«

»Mit ihm reden – aber sicher! Macht das! Wo ist das Pro- blem?«

»Es gibt kein Problem. Er war bisher nur nicht zu Hause anzutreffen. Und ... na ja, wenn man das so hört, diese brutalen Schicksalsschläge, die vielen Toten in der nächsten Umgebung, das ist ja für einen Menschen kaum auszuhal- ten. Und wenn ... wenn Tauber unser Täter sein soll, wenn er Boone getötet hat ...«

»Ja ...!«, forderte Kimmel ihn auf, weiterzureden.

»Ich meine ... welchen Grund gäbe es denn dann noch für ihn, weiterzuleben? Das ist es, was mich gerade ein wenig umtreibt. Wir sollten da heute noch vorbeifahren.«

Robert Funk sagte aufgeregt: »Oh Mann, du hast recht ... da liegt ein Suizid in der Luft.«

Kimmel fragte: »Habt ihr die Ammons nach diesem Tauber gefragt?«

»Ja, schon. Die haben aber keinen Kontakt mit ihm und erzählten halt Geschichten von früher.«

Kimmel stand auf.

»Gut. Ihr fahrt auf die Insel, ich verständige die Kollegen von drüben, die sollen euch mit einer Streife unterstützen ... Feuerwehr für die Türöffnung? Unter Umständen ist Atemschutz erforderlich ... hatten wir die Tage ja erst.«

Kimmel sah sich um.

»Wer hilft noch?«

Gommi wurde blass und ging dem Blickkontakt aus dem Weg, indem er sich zu Hundle hinunterbeugte und ihm über das Fell strich.

Schielin meinte: »Mit der Feuerwehr warten wir noch.«

∗

Am dichten grauen Wolkenhimmel hatte sich zur Abenddämmerung hin ein Riss aufgetan, und die untergehende Sonne schickte wie zum Hohn auf die regnerisch kalten Tage warme orange glühende Strahlen über die Seefläche, die darunter wie ein Rubin aufflammte. Der Pulverturm und die Schmuckfassade der Luitpoldkaserne reflektierten das warme Licht in die Leere der Wasserfläche. Am Hotel Bad Schachen schauten einige der Gäste aus der Lobby hinunter auf das Spektakel, das so schnell wieder erlosch, wie es aus dem Nichts gekommen war, und auch im Lindenhofpark waren die wenigen Spaziergänger stehengeblieben und bewunderten das Schauspiel.

Die Dunkelheit kam nach dem dramatischen Aufflackern schnell über den See, und eine leichte Brise wehte Kühle in den Hafen und bis in die engen Gassen der Insel. Die Blumenfrau vor der Brodlaube hatte ihren Stand schon lange geräumt, und in der Maximilianstraße waren nur noch wenige Gestalten unterwegs, in Eile nach Hause zu kommen.

✻

Helmut Tauber war auf seinem Stuhl eingenickt. Die Anstrengungen der letzten Zeit waren doch zu fordernd gewesen, wenngleich nichts im Vergleich zu dem, was die letzten Jahre über ihn hereingebrochen war. Er träumte – eines der surrealen Durcheinander, wie sie da Gehirn manchmal inszeniert. In seinem Traum klingelte es hässlich. Ständig schellte es. Irgendwann, ganz aus der Ferne, realisierte er, dass es wirklich klingelte – und zwar Sturm. Er rappelte sich hoch und musste erst seine Sinne zusammenbringen, bevor ihm der Blick nach unten zwei Autos offenbarte, die da nichts zu suchen hatten. An einem brannte noch Licht, und zwei Männer lehnten am Blechdach und schauten zu ihm hinauf.

Wieder klingelte es. Er machte Licht und schlurfte zur Tür. Welch eine Plage. Sollte er wirklich nach unten gehen oder wie üblich das Fenster öffnen und den Waschlappen mit den Schlüsseln hinunterwerfen?

»Das ist gerade Licht angegangen«, sprach Wenzel in sein Funkgerät, und im Treppenhaus hallte es furchtbar laut aus Schielins Funkgerät. Der drehte erschrocken leiser.

»Das muss man auch mögen, jeden Tag diese Treppensteigerei«, meinte Lydia.

»Die Ärzte meinen, es sei gesund«, entgegnete Schielin schnaufend.

Endlich kamen sie an der Wohnungstür von Tauber an. Höher wäre es auch nicht mehr gegangen. Selbst die enge

234

Treppe wurde hier schmaler und führte nur noch um eine weitere Biegung direkt in den Dachboden.

*

Die Tür stand halb offen. Helmut Tauber hielt sich am Türblatt fest und wartete gespannt. Es polterte dumpf auf manchen der Stufen. Ein Mann mit dunklem Haar und eine blonde Frau kamen ihm entgegen. Ganz sicher die beiden, die heute schon einmal bei ihm geklingelt hatten, dachte er. Jetzt hatten sie es aber geschickt angestellt – und recht rücksichtslos. Er sollte sich vor ihnen in Acht nehmen. Er lehnte sich mit der Hüfte an das Türblatt, um es jederzeit zudrücken zu können.

Schielin hielt seinen Dienstausweis hoch und sprach den Mann, der da in der Türe stand, an.

»Herr Tauber? Sind Sie Herr Helmut Tauber?«

Tauber murrte unfreundlich: »Wer sollte ich denn sonst sein? Und wer sind Sie?«

»Kriminalpolizei. Wir müssen mit Ihnen reden. Können wir das hier erledigen, oder möchten Sie mitkommen?«

Mitkommen? Mit der Polizei mitkommen? Das ging gar nicht. Er trat einen Schritt zurück und öffnete die Tür vollständig.

»Kommen Sie nur rein, auch wenn es schon so spät ist. Ich war schon eingenickt. Außerdem wüsste ich nicht, was die Polizei mit mir zu schaffen haben sollte.«

»Es sind nur ein paar Fragen, Herr Tauber«, sagte Lydia freundlich im Vorbeigehen, »nur ein paar Fragen.«

Dieser Tauber war eine stattliche Erscheinung, um die eins neunzig groß, und was das Alter anging, schätzte sie ihn auf Mitte sechzig. Die dunklen Haare, in denen nur

235

wenige graue Strähnen aufleuchteten, hatte er schlicht nach hinten gekämmt. Er trug eine blaue Jeans und ein dunkelgraues, langärmeliges Hemd, darüber eine Strickweste. Seine Augen blitzten. Insgesamt strahlte er Kraft aus, wenngleich ihr auffiel, wie unsicher und eigenwillig er sich bewegte.

Vom engen düsteren Gang aus ging es direkt in den Wohnraum. Die Fenster wiesen zum Paradiesplatz hinaus. Es roch nach Rührei mit Speck. Eine Glühbirne hing blank in der Fassung und verbreitete einen grellen Schein. Lydia scannte die Wohnung: klein, eng, spärlich eingerichtet. Sie trat an den Tisch und sah hinaus auf den Paradiesplatz. Schöne Aussicht, wie sie fand.

An der Wand gegenüber der Fenster war eine schlichte Küchenzeile installiert. Ein Durchgang nach Norden führte zu einer Tür. Sie vermutete das Schlafzimmer dahinter. Bad und Toilette mussten demnach hinter der alten Holztür liegen, an der sie im Gang vorbeigekommen waren.

Sie warteten. Tauber kam ihnen umständlich nach und wies auf die Stühle am Tisch. Es waren gerade drei. Ein vierter hätte keinen Platz gehabt. Lydia setzte sich gleich an die Stirnseite des Tisches, um zu vermeiden, Schielin gegenüberzusitzen. Tauber sollte schließlich in Konfrontation gebracht werden. Schielin dankte ihr mit einem Zwinkern. Sie notierte sich im Geiste: keine Couch, am Regal an der Wand nur ein altes Radio, in der Spüle eine Tasse, ein Löffel, Messer und Frühstücksteller, keine Spülmaschine, keine Elektrogeräte. Auf der Anrichte daneben stand eine Wasserflasche – Krumbacher, dazu ein Glas. Insgesamt also spartanisch. Kein Fernseher. Vielleicht im Schlafzimmer, dachte sie kurz, verwarf aber den Gedanken gleich wieder. Tauber war kein Fernsehtyp. Nirgends hingen Fotografien, keine Postkarten am Kühlschrank oder sonstwo befestigt.

Nun konzentrierte sie sich ganz auf Tauber, der trotz des überfallartigen Besuchs nicht aufgeregt oder nervös wirkte. Vielmehr saß er ruhig auf seinem Stuhl und sah Schielin erwartungsvoll und wie sie meinte sogar mit einem Schuss Neugierde an. Fast hätte man glauben können, er hätte diese unverhoffte Gesellschaft erwartet.

»Herr Tauber, vielen Dank, dass wir hier so schnell und unkompliziert mit Ihnen reden können.«

Tauber hob nur kurz seine kräftigen Hände, die er auf dem Tisch abgelegt hatte, und blieb sonst stumm.

Ganz schön cool, dachte Lydia. Er wartet erst mal in aller Ruhe ab.

»Sagt Ihnen der Name Boone etwas, Martin Boone?«, begann Schielin.

Taubers Augen wanderten von Schielin zu Lydia, ohne dass sein Kopf auch nur eine Bewegung vollzog oder sich seine Miene änderte.

»Sicher sagt mir dieser Name etwas, Herr ...«

Schielin entschuldigte sich, sich nicht vorgestellt zu haben.

»Schielin, und das ist meine Kollegin Lydia Naber.«

Lydia lächelte ihr unschuldiges Lächeln und dachte, wie man sich doch täuschen kann. Dieser Tauber war so ganz anders als ein Ammon oder Vedder-Jacobsen: völlig cool und gelassen.

»Und was sagt Ihnen der Name Martin Boone, Herr Tauber?«

»Er ist derjenige, der die Schuld daran trägt, dass wir hier in dieser Kammer sitzen und nicht in meinem Haus – meinem ehemaligen Haus, gar nicht weit von hier.«

»Das verstehe ich nicht so recht, Herr Tauber. Wenn Sie mir das erklären könnten?«

»Aus welchem Grund sollte ich Ihnen das erklären?«, entgegnete er besonnen. »Was geht es Sie an?« Doch so harsch seine Worte auch waren, wirkten sie nicht aggressiv, was an seinem ausgeglichenen Ton lag.

Schielin legte dennoch einen Zahn zu.

»Sie sollten es uns aber erklärten, weil Herr Martin Boone am letzten Montagmorgen tot am Lindauer Hafen aufgefunden wurde und er nicht auf natürliche Weise ums Leben kam. Aus diesem Grund sind wir hier und stellen Ihnen Fragen.«

Tauber richtete seinen muskulösen Oberkörper auf.

»Ah ... ich hatte so etwas gehört, als ich zurückgekommen bin ... man hätte am Hafen einen Toten gefunden. Das war also der Boone. Schau an, schau an. Na ja. Jetzt ist er eben auch tot.«

Lydia warf Schielin einen kurzen Blick zu. Hoppla!

Der fragte: »Was genau hat Boone mit Ihrer gegenwärtigen Situation zu tun ... mit der Kammer hier und dem Haus, nicht weit von hier?«

Tauber knetete seine Hände und legte sie gefaltet auf den Tisch.

»Das wollen Sie wirklich wissen?«

»Sonst hätte ich nicht gefragt.«

»Da müsste ich aber weit ausholen, und ich weiß nicht, ob Sie dafür Zeit haben und ich Lust dazu.«

Schielin reagierte nicht und sah ihm in die Augen.

Lydia sagte: »Wir haben alle Zeit der Welt, Herr Tauber.«

Er drehte ihr für einen Moment das Gesicht zu und holte tief Luft.

»Na dann will ich das mal glauben. ... Die Heimsuchungen begannen vor etwas mehr als drei Jahren. Da kamen mein Schwiegersohn und meine Enkeltochter bei einem Verkehrsunfall ums Leben. Er war auf der Rückfahrt aus Lindenberg, und in einer Kurve hinter den Wasserfällen wickelte sich das Auto um einen Baum. Die Kleine war Gott sei Dank sofort tot, und er starb bald darauf im Krankenhaus. Ich bin mit meiner Tochter noch hingefahren, und wir waren die letzten Minuten seines Lebens bei ihm. Meine Frau war nicht in der Lage, mitzukommen, weil der Tod von Laia... meiner Enkelin... ihr das Herz brach. Meine Tochter Nora wohnte mit ihrer Familie in Hergensweiler, und das Leben war so, wie es sein sollte, verstehen Sie? Dieser Unfall hingegen – er stellte alles auf den Kopf. Das ist so eine Redensart, deren Bedeutung nur der ermessen kann, dem ein solches Unglück widerfahren ist! Meine Tochter Nora, sie kam danach mit dem Verlust und mit ihrem Leben hier nicht mehr zurecht. Weg – das war das Wort, das man fortan von ihr zu hören bekam. Weg, weg, weg. Weg von den Gräbern. Verstehen Sie?«

Schielin nickte.

Tauber lachte rau.

»Ja ja, Sie verstehen das natürlich, so wie es alle verstehen, denen man davon erzählt und die damit nichts zu schaffen haben – damit nichts zu schaffen haben wollen. Aber ich konnte es nicht verstehen, und meine Frau konnte es auch nicht verstehen, dass sie weg will, denn auch wir hatten ja jemanden verloren – unsere Enkelin und den Schwiegersohn, der wie ein wirklicher Sohn für uns war. Und wir blieben trotz allem hier, auch wenn wir am liebsten ebenso davongelaufen wären. Doch wohin soll man laufen, wohin könnte man fliehen, um so einem Leid zu entkommen? Wie auch immer. Meine Frau stammt ursprünglich aus Uruguay, ihre Großeltern sind damals nach dem Ersten Weltkrieg aus Maierhöfen ausgewandert. Deshalb ist Spanisch Noras zweite Muttersprache. Neben der deutschen hat … hatte sie auch die Staatsangehörigkeit Uruguays und sich irgendwie in den Kopf gesetzt, dort ein neues Leben zu beginnen – vollständig neu. Für uns war es … ja, man sagt es so, aber es ist in diesem Fall die Wahrheit … es war die Hölle. Nach dem schrecklichen Verlust auch noch die Tochter, die einen verlässt. Verstehen Sie das?« Er gab selbst die Antwort. »Ja ja … ja ja … natürlich.«

Schielin zuckte mit den Schultern.

»Haben Sie Kinder?«, richtete er sich an Schielin.

»Es geht hier um Martin Boone. Erzählen Sie weiter, Herr Tauber. Boone … Martin Boone«, wehrte Schielin die Frage Taubers ab.

»Ist ja gut. Ich weiß – Sie haben alle Zeit der Welt.« Er lachte krächzend. »Nora ging zunächst nach Spanien und arbeitete dort an der Küste bei einem Bootscharterer. Sie sprach perfekt Deutsch, Englisch und Spanisch. Und ausgerechnet dort ist sie diesem Kerl begegnet. Segler – davon kann man heutzutage offensichtlich leben, nun ja, was es nicht alles gibt. Ich kann aber verstehen, wie es ist, in der Fremde nach so vielen Jahren jemanden zu treffen, den man aus Schultagen her kennt, zwar mit ihm nie so recht warm geworden ist, aber die vielen Jahre dazwischen, Erfahrungen, Schicksalsschläge – man freut sich dann doch, jemanden aus vergangenen, glücklichen Tagen zu sehen, der nicht belastet ist mit dem eigenen Unglück. Und so war es auch mit den beiden. Nora war schon immer eine exzellente Seglerin und war mit ihm unterwegs und hat schließlich auch die großen Überführungen mitgemacht. Und irgendwann haben die beiden etwas ausgeheckt … na ja … ich meine … wie soll ich sagen … sie haben ein Geschäft miteinander machen wollen. Boone wollte eine Yacht kaufen und mit viel mehr Gewinn in der Karibik weiterverkaufen, hatte aber nicht die finanziellen Mittel dazu. Keine Bank der Welt hätte ihm einen Kredit gegeben. Und da ist sie ihm gerade recht gekommen, denn sie verfügte über das, was ihm fehlte: Sicherheiten.« Er unterbrach. Offensichtlich fiel es ihm schwer, weiterzusprechen. Er tat ein wenig herum, sah zur Seite, als suche er etwas – einen Ausweg, der Situation zu entkommen. »Na ja ... wie das eben so ist, wenn man sich ganz vom Glück beschienen fühlt ... als unsere Enkelin geboren wurde und das Familienleben so einen guten Verlauf nahm, da haben wir ... da haben meine Frau und ich unseren Immobilienbesitz auf meine Tochter und den Schwiegersohn überschrieben. Der Notar hat uns damals noch davon abhalten wollen. *Sie wissen nicht, was das Leben alles vorhält*, hat er gesagt. Ich höre es heute noch, und: *Es besteht doch kein Grund dafür. Niemand profitiert davon.* Oh doch ... Boone!«

Es entstand wieder eine Pause.

Lydia Naber sprach für Tauber weiter.

»Diese Immobilien waren die Sicherheit für Boones Kredit, richtig?«

»Nein. Es war Noras Kredit und Boones Boot. Ob irgendwer ihr davon abgeraten hat wie mir damals? Aber ich will mir kein Urteil anmaßen – ich habe genauso dumm gehandelt. Sie hatte die finanziellen Mittel – er das fachliche Wissen und Können«, ergänzte Tauber.

»Und als diese Yacht untergegangen war ...?«

»Da hat sich Herr Boone nicht mehr die Bohne um etwas geschert. Er hat die Versicherungssumme kassiert, denn die lief auf seinen Namen. Die Sicherheiten für die Kredite aber, die waren mit den Immobilien belastet. Ich hatte einige Telefonate mit dieser italienischen Bank und dort mit einem sehr mitfühlenden Menschen gesprochen, dem das alles wirklich sehr leid tat, zumindest erschien es mir glaubhaft.«

»Waldemar von Schayern«, stellte Schielin fest.

»Ja, so war sein Name. Aber letztlich war alles verloren. Der Tod meiner Tochter, unserer Enkelin, unseres Schwiegersohns, der Verlust unseres Besitzes … meine Frau hat das nicht verkraftet. Sie hat am Ende nur noch im Bett gelegen, und Sie können sich nicht vorstellen, wie sehr ein Mensch weinen kann …. Bald darauf ist sie dann gestorben. Und nun gibt es nur noch mich. So! Und was wollen Sie nun von mir?!«

Schielin fragte: »Sie sagten vorhin, Sie seien zurückgekommen und hätten von dem Toten am Hafen gehört. Von wo sind Sie denn zurückgekommen?«

Tauber richtete sich im Stuhl auf und beugte seine rechte Schulter nach vorne.

»Von der Reha bin ich zurückgekommen, letzten Montag war das, ich war auf Reha wegen der Schulter … Operation und so.«

Lydia schwankte zwischen Überraschung und Enttäuschung.

»Welche Reha genau?«

Tauber stand auf und reckte sich.

»Ja wie ich sagte, meine Schulter … die rechte … wissen Sie, ich habe seit meiner Kindheit mit Bögen geschossen und hatte für lange Jahre hier auch eine Bogenschützengruppe. Na ja, die Sehne muckert – nicht die vom Bogen, sondern meine. Nach dem zweiten Sehnenriss musste ich mich dann operieren lassen. Ist ganz gut geworden, aber eben eine langwierige Angelegenheit.«

»In welcher Klinik waren Sie?«, fragte Schielin.

»In Bad Bocklet, Unterfranken … Spezialklinik für Schulter-Reha. Hat mir mein Arzt empfohlen.«

»Wann genau sind Sie am letzten Montag zurückgekommen?«

Tauber sah Schielin mit ernstem Blick an, stand auf und ging die wenigen Schritte zur Küchenzeile, wo er eine Schublade öffnete und darin herumkramte.

»Ah, da ist es. Muss ich noch der Krankenkasse einreichen.« Er legte ein Bahnticket auf den Tisch. »Mittag Abfahrt in Bad Bocklet, über Bad Kissingen, Würzburg und München nach Lindau. So lernt man Bayern auch kennen. Überall Scheißwetter. Es war schon dunkel, als ich am Abend hier angekommen bin.« Er deutete auf das Ticket. »Sie können es ja gerne fotografieren, aber das Original brauche ich noch für die Krankenkasse.«

»Ist schon in Ordnung«, meinte Schielin und schob ihm das Ticket wieder zu.

»Und Ihre Schulter, Herr Tauber, wie schaut es mit dem Bogenschießen aus?«

Tauber legte das Ticket zurück in die Schublade und drückte sie mit der Hüfte zu.

»Ach, das habe ich seit Jahren nicht mehr gemacht, wie gesagt, die Schmerzen in den Schultern.«

»Haben Sie noch Bögen und Pfeile?«

»Selbstverständlich. Ich hätte sie allerdings schon lange wegwerfen sollen ... aber so ist es halt. Ich könnte ja auch sagen, sollen sich meine Erben drum kümmern, aber ich habe schließlich keine mehr und auch nichts mehr zum Vererben.« Er lachte gequält.

Trotzdem kamen Lydia seine letzten Worte unauthentisch vor, irgendwie gekünstelt, so wie ein Text, der von einem schlechten Schauspieler zerfleddert wird. Sie sprach kühl: »Sie wirken trotz allem, was geschehen ist, sehr gefasst.«

Ohne den Blick von Schielin zu nehmen, antwortete Tauber: »Wenn Sie erlebt hätten, was ich erleben musste, und dann noch am Leben sind, wären Sie auch gefasst. Haben Sie noch andere Fragen?«

Schielin fixierte Tauber für einen Augenblick mit einem forschenden Blick.

»Nein, danke Herr Tauber. Wir werden ganz sicher noch mal auf Sie zukommen. Sind Sie in der nächsten Zeit hier?«

»Davon können Sie ausgehen.«

Lydia blieb sitzen und wartete. Vielleicht kam ja noch etwas von ihm. Eine Frage vielleicht. Denn endlich war der verhasste Boone tot, er hatte die Ermittler vor sich, doch er stellte nicht eine der Fragen, die zu erwarten gewesen wären: Ob man schon wisse, wer es gewesen sei, und wie es denn geschehen war. Nein, Tauber stellte keine Fragen, sodass sie sich verabschiedeten.

Drunten angekommen, holte Lydia tief Atem. Schielin sagte: »Er beobachtet uns. Lass uns abhauen.«

»So so, jetzt bist du also auch schon so weit«, zischte sie ihm zu, ohne den Kopf zu drehen.

Wenzel stieg aus dem Auto und rief den beiden ein »Und?« entgegen. Schielin winkte deutlich mit der Hand, sodass in der Beleuchtung des Platzes auch von oben her zu sehen war: *Alles in Ordnung, hat sich erledigt. Machen wir Schluss für heute.*

Im Auto wartete Lydia, bis sie die Inselhalle passiert hatten.

»Ja, so ein Mist aber auch! Alles, alles, alles hätte so wunderbar gepasst. Was stand auf dem Zugticket?«

»Zwölf vierzehn Abfahrt in Bad Bocklet, Ankunft in Lindau war abends, kurz vor neunzehn Uhr. Das Ticket trug zwei Stempel.... Aber irgendwie bin ich das Gefühl nicht losgeworden, er hätte uns erwartet«, meinte Schielin.

»Genau. So ist es mir auch vorgekommen, und ich sage dir, als wir am späten Nachmittag da waren, hat mich mein Gefühl nicht getäuscht – er hat uns beobachtet. Ich habe das gespürt ... irgendwie habe ich das gespürt. Und dieser Auftritt jetzt am Abend, das erlebt man auch nicht alle Tage. Da stellt er uns einen bunten Blumenstrauß voller Mordmotive auf den Tisch und liefert auch gleich das perfekte Alibi dazu. Er hasst Boone abgrundtief. Das kann gar nicht anders sein.«

Schielin ächzte: »Ich befürchte, es ist wahr, was er uns gesagt hat.«

Lydia Naber klang beunruhigt.

»Wahr? Du hast doch selbst gesagt, es wäre so gewesen, als hätte er uns erwartet. Er hat Bögen und Pfeile, weiß, wie man damit umgeht, und ein Bilderbuchmotiv!«

»Ja, ja, ja! Ich sagte ja nur, er hat uns keine Lügen aufgetischt – nur ein paar. Und es gibt auch sehr viel, wovon er uns nichts erzählt hat. Das kriegen wir auch noch raus. Vertrackte Geschichte, aber echt.«

*

Gommi war ganz in die Tiefen der Erfassungsanweisungen der polizeilichen Kriminalstatistik versunken und zuckte erschrocken zusammen, als die meditative Stille so spät noch durch das Schellen seines Telefons zerrissen wurde. Auf dem Display blinkte eine Münchner Nummer. Er nahm ab und meldete sich vorbildlich. Die kurze Frage, die der Mitarbeiter im Namen seines Professors stellte, beunruhigte Gommi: ob der Spurenbericht einen Treffer erzeugt hätte.

»Welcher Spurenbericht?«, fragte Gommi unschuldig, und bereits mit der ersten Silbe zog ein Gefühl des Unbehagens in ihm auf.

»Den, den wir euch am Freitag geschickt haben, der mit der DNS-Spur und dem Faserabzug vom Mantel. Mein Chef meinte, wenn die DNS zu einem Treffer führen würde und der Fall geklärt wäre, dann könnten wir ja ... die Leiche haben, oder?«

»Mhm. Also im Moment ... könnten Sie den Bericht bitte noch mal schicken? Wir hatten hier Probleme ... Probleme mit Wartungsarbeiten.«

Er legte auf und wartete. Draußen ging Schielin vorbei und wünschte einen schönen Abend. Kurz danach folgte Wenzel in Begleitung von Lydia, die hereinsah und meinte, er solle nicht mehr so lange machen.

Zugfahrt

Es war spät, als Schielin nach Hause kam. Marja stand in der Tür und unterhielt sich mit Albin und Erna, die bereits auf dem Nachhauseweg waren. Er kurbelte die Scheibe herunter, winkte und rief einen Gruß. Mehr Freundlichkeit brachte er heute nicht mehr auf, denn die Frustration über diesen Tag saß tief. Sein erster Weg führte ihn daher zur Weide, wo er nach dem Rechten sah, so gut das bei der Dunkelheit überhaupt noch ging. Im Grunde wollte er nur seine Ruhe und Ronsard tätscheln. Ein Käuzchen schrie dunkel vom Waldrand. Die Konturen der Friesen hoben sich tatsächlich als schwarzer Umriss aus der Nacht ab. Sie standen zufrieden im Unterstand, während Ronsard mit bedächtigen Schritten daherkam und seinen Rüssel über den Zaun hängte, um sich kraulen zu lassen. Bis auf das Knacken und Knirschen vom Wald her und die Rufe der Eulen und Käuzchen war es still geworden. Der warme massive Körper Ronsards strahlte Ruhe aus und tat gut.

Die Begegnung mit Tauber hatte Schielin mehr aufgewühlt, als er sich eingestehen wollte. Er hätte einen weniger ausgeglichenen Menschen erwartet, einen vom Leben gebrochenen Mann. Doch er kam ihm beinahe kämpferisch vor. Die blitzenden Augen waren ihm zuerst aufgefallen. Und der souveräne Umgang mit ihrem nächtlichen Erscheinen – wer hätte es ihm verübeln können, wenn er sich gestört, belästigt, bedrängt gefühlt hätte. Er wurde einfach den Eindruck nicht los, Tauber habe die Situation gut für seine Zwecke genutzt. Doch welche Zwecke, und für wen sollte er noch kämpfen? Diese vitale Offenheit, die vorgab, nichts verbergen zu wollen, gerade das weckte in ihm ein Gefühl des Argwohns bei Schielin. Wie er aufgestanden war und das Zugticket aus der Schublade geholt hatte, ohne überhaupt suchen zu müssen, so als wäre es dafür extra zurechtgelegt worden…

Ronsard schnaubte und begann, an Schielins Jacke zu knabbern. Er zog den Arm zurück und drückte das Eselmaul zur Seite.

»Lass das, du bist echt verfressen!«

Die Dunkelheit, die Nacht, die Stille, die damit einherkam, die räumliche Entfernung zur Dienststelle – auch das alles brachte ihm keine Ruhe. Einige Stunden verbrachte er im Halbschlaf, und noch vor der Morgendämmerung stand er auf, duschte lange, brühte einen kräftigen Kaffee auf und zog die Klamotten für eine Eseltour an. Lydia erhielt eine kurze SMS: Komme später, muss nachdenken.

Er kontrollierte das kranke Huf: Sah gut aus.

»Nur eine kurze Runde, Dicker. Wird Zeit, dass du mal wieder ein bisschen in Form kommst.«

Vorne am Weg wartete Albin Derdes und qualmte. Schielin verlangsamte seine Schritte, grüßte und meinte: »Soll ungesund sein mit dem Rauchen, sagen sie.«

Derdes lachte und musste gleich darauf schrecklich husten. Tränen rannen ihm über die Wangen.

»Hör auf, du! So alt wie ich bin, musst du erst mal werden.«

Schielin überlegte, ob er die Gelegenheit nutzen sollte.

»Eine Frage hätte ich…«

Derdes nahm einen tiefen Lungenzug und sagte mit dem Ausatmen: »Ich höre?«

»Ich hab aber nicht viel Zeit«, bremste Schielin ihn vorsorglich.

Derdes lachte.

»Ja ja, das ist das Verrückte – heutzutag haben die Leut mehr Geld als Zeit und das – das war früher anders. Da können die erzählen, was sie wollen. Von meinem Onkel, der Schwager, von dem seiner ...«

»Albin!«

»Ja was? Was ist denn deine Frage?«

»Tauber, Helmut Tauber. Was kannst du mir über den sagen?«

Derdes sog noch mal an der Zigarette, bevor er antwortete.

»Helmut Tauber, mhm ... der, soso.«

Schielin wartete.

»Ah, der alles verspielt hat? Der?«

Schielin tippte ihn mit dem Zeigefinger an die Schulter.

»Nicht du stellst mir Fragen, sondern du beantwortest meine – Tauber.«

»Ja ja, ist ja schon gut, Herr Kommissar. Da gibt's nicht viel zu sagen. Der Tauber ist der Schulkolleg von meinem Cousin seinem Schwager gewesen.«

Schielin war erfreut, diese Beziehung nachvollziehen zu können.

»Ja und?«

»Ich hatte mit dem nie was zu tun, ein eigenartiger Kerle. Manchmal weiß man net zwischen Mitleid und Schand zu unterscheiden. Aber er ist damit auch net allein in Lindau, gell?«

»Was meinst du mit *alles verspielt*?«

»Na da war doch der schlimme Unfall, wo sein Schwiegersohn und das Enkele ums Leben kommen sind. Und man erzählt, er hätt in der Spielbank vor Kummer alles verspielt. Er hat ja des Haus auf der Insel gehabt, das wo von der Bank verkauft worden ist wegen der Schulden.«

»Spielschulden!? – Wo erzählt man denn das?«

»Ja überall hat man das erzählt, es ging eine Weile herum, und dann war auch wieder Ruhe. Im Köchlin drunten, in der Weinstube Reutin, und mein Schwager hat's im Freihof auch gehört. Wie man halt so red.«

»Und sonst?«

»Ja was und sonst?«

Schielin half mit seiner freien Hand nach, die Kreisbewegungen vollführte. »Na, Tauber! Was weißt du noch über ihn?«

»Ja viel Zeit hast du aber heut wirklich nicht. So ein Gehetze – ist auch nicht gesund, das sag ich dir, da rauchst lieber eine Zigarette mit Genuss und in Ruhe … und zum Tauber kann ich dir wirklich nichts sagen sonst. Der hat sich halt immer für was Besseres gehalten.«

»Erklär es mir halt.«

»Erklären, erklären … wie soll ich das erklären? Er war halt immer anders irgendwie. Wo die einen zum Eishockey oder Fußball sind, war der woanders, und er hat ja auch diese Frau gehabt, so eine dunkle … Brasilianerin, glaub ich.«

»Weißt du was von seiner Tochter? Nora hieß sie.«

»Nora, Nora, Nora … nein. Von der weiß ich nichts.«

Schielin klopfte ihm auf die Schulter und lief los.

»Schönen Tag, wünsch ich dir.«

»Bis morgen Abend!«, rief Derdes ihm nach.

Schielin stoppte und sah zurück.

»Morgen Abend!?«

»Na ihr seid doch abends bei uns … die letzte Ente … wie jedes Jahr!«

Schielin grinste.

»Ach ja, bis morgen dann.«

Wider Erwarten folgte Ronsard ohne große Zicken, obwohl Schielin stramm marschierte. Als er sich in der Einsamkeit des Bösenreutiner Tobels wusste, sagte er laut: »So wird also geredet ... verspielt hat er alles, der Tauber. Gerede und Geschwätz, gegen das ist kein Kraut gewachsen.«

Schielin zog noch mal das Tempo an, und Ronsard trabte treu nebenher.

»Er hat mich provoziert, dieser Tauber, weißt du – richtig provoziert. Nicht vordergründig, sondern durch seine Passivität, aber anders als du, wenn du bei unseren Touren meinst, auf zwanzig Metern drei Mal stehenbleiben zu müssen, um zu lauschen, zu fressen oder eine andere Richtung einzuschlagen, oder ich an der Leine herumzerre und dich nicht vom Fleck bringe. Bei diesem Fall ist es genauso – ich komme mir vor, als würde ich an einem störrischen Esel herumzerren und doch nicht vorankommen.«

Keine Regung an Ronsard ließ vermuten, dass von ihm die Rede war.

»Der Tauber hat gestern Abend ein Wort gebraucht ...« Schielin blieb stehen und hielt inne. Gestern Abend, das lag nur wenige Stunden zurück und erschien ihm doch wie eine Ewigkeit. Er holte sich die Erinnerung an die Szene, die er meinte, vor Augen und sah die Gestalt von Tauber ihm gegenüber am Tisch sitzen. Dann straffte er die Leine und nahm den Schritt wieder auf. »... er kam dabei ins Stottern. Er sagte, die beiden, seine Tochter und Boone, sie hätten etwas ausgeheckt. *Ausgeheckt!* ... Ich hatte das Gefühl, er hat sich sehr geärgert, dieses Wort benutzt zu haben, auch wenn er sich äußerlich nichts anmerken ließ. Sein Auftritt war insgesamt ja sehr souverän ... bis auf diese eine Stelle.«

Ronsard schnaubte, tat einen Schritt auf Schielin zu und stupste ihn an, sodass Schielin fast ins Stolpern kam. »Nanana, ich weiß ja, die Frage lautet: *Was* haben die beiden ausgeheckt – Frau Nora Mathis und Herr Martin Boone?

251

Eine nicht unbedeutsame Fragestellung, meine ich jedenfalls – und du?«

Sie marschierten weiter durch die Einsamkeit des Tobels.

»Lydia grübelt auch darüber nach, weil in Boones Tagebüchern diese schwer zu deutende Bemerkung steht, nur
mit Nora könne er es wagen. Und dieses Unglück draußen
auf dem Atlantik – ich weiß nicht. Eine Yacht versinkt in der
Tiefe des Meeres, ein Mann schafft es in eine Rettungsinsel
und wird gerettet – eine Frau stirbt. Der Überlebende ist
der Profiteur. Zusammen haben sie etwas ausgeheckt. Alles,
alles kann nur mit dieser Yacht zu tun haben, mit diesem
Unglück – und es ist schiefgegangen, gründlich schiefgegangen, denn das Luxusteil ist versunken, und Nora Mathis
ist tot.«

Über den kahlen Baumwipfeln drang erstes wirkliches
Licht in den Tag. An der Kehre, die zur Treppe und zur
Stahlbrücke führte, blieb er stehen. Ein gelber Reflex war
ihm im trüben Morgenlicht vor die Augen gekommen: eine
Zaunammer. Selten, sehr selten. Er beobachtete, wie sie
auf ihrer Warte Ausschau hielt. Ronsard schnüffelte, orni-
thologisch völlig desinteressiert, am Wegrand herum. Die
Zaunammer flog auf und verschwand im Nichts. Ronsard
nahm von alleine wieder Schritt auf.

»Eine Möglichkeit wäre, dass dieser ausgeheckte Plan
mit dem Untergang des Schiffs ebenso untergegangen ist,
eine andere Variante ist, der Plan nimmt damit erst seinen
Anfang. Für Boone war der Untergang natürlich ein Voll-
treffer, im wahrsten Sinne des Wortes. Ich glaube, er war ein
egoistischer, gefühlloser, kalter Kerl. Der wäre niemals mit
Eseln spazieren gegangen.«

Schielin sinnierte vor sich hin. Da hatten sich zwei kantige Gestalten getroffen – Boone und Nora Mathis. Sie hatte vollständig mit ihrer Vergangenheit gebrochen. Waren ihr die Eltern vielleicht eine zusätzliche Belastung statt Trost? Lydia hält ja sehr viel von ihr und bewundert ihre Entschiedenheit. Selbst der unerschrockene Boone soll ihrer Meinung nach so etwas wie Furcht vor ihr gehabt haben.

Er tappte gedankenverloren dahin, und es war mehr Ronsard, der ihn führte, als er seinen Esel. An den ersten Häusern von Streitelsfingen erwachte Schielin aus seiner Grübelei. Streitelsfingen? Ach ja, diesmal waren sie den Weg ja andersherum gegangen.

Aushecken. Eine Yacht kaufen und weiterverkaufen, ist ein im Grunde normaler Vorgang. Da war nichts dran auszuhecken. Der Untergang einer Yacht hingegen – das war etwas zum Aushecken. Schielin beschleunigte seinen Schritt. Er hatte es eilig, zur Dienststelle zu kommen.

*

Lydia Naber hatte ebenfalls eine unruhige Nacht. Die Begegnung mit Tauber hatte auch sie aufgewühlt und ihr diese Nora Mathis ein Stück näher gebracht. Im Bett war keine Ruhe für sie zu finden, zumal ihr Mann wie bewusstlos neben ihr lag, was sie ganz neidisch werden ließ. So war sie mitten in der Nacht nach unten gegangen, hatte einen Schluck Milch in ein Glas geschüttet und sich damit im Dunkeln aufs Sofa gehockt – halb liegend, halb sitzend. *Milch beruhigt den Magen*, lautete ein Spruch ihrer Oma, und sie hatte über derlei immer gelacht, doch nun saß sie selbst schlaflos mit einem Glas Milch da und grübelte vor sich hin – ergebnislos. Sie las in ihrem Notizbuch einen der Auszüge aus Boones Tagebüchern: *Bin gespannt, wie es sein wird, das neue Leben, das sie will. Uruguay – auf diese*

253

Idee muss man wirklich erst einmal kommen. Und dennoch gibt es nichts, was sie ins Wanken brächte. Sie ist die Richtige für das Vorhaben. Es kann nur mit ihr gelingen! Was konnte nur mit Nora gelingen? Das neue Leben?

Auf der Dienststelle ratschte sie erst ausgiebig mit Gommi, der sie überraschte, als er auf ihre Frage, was er denn schon so früh hier will, antwortete, wegen des Toten am Hafen keine rechte Ruhe zu finden. Er machte einen etwas zerknirschten Eindruck.

Im Büro begann sie umgehend mit den Recherchen über Tauber. Das Einwohnermeldeamt bestätigte seine Adresse. Ein Haftbefehl lag aktuell nicht gegen ihn vor, und auch in der Vergangenheit gab es nichts, was ihn in Konflikt mit dem Gesetz gebracht hätte. Als nächstes nahm sie sich das Kraftfahrtbundesamt vor. Helmut Tauber hatte einen Führerschein und sich im Straßenverkehr nichts zu Schulden kommen lassen. Auf seinen Namen waren zugelassen ein Personenkraftwagen, Peugeot 206 und ein Roller, ebenfalls ein Peugeot. Ein Roller!

Sie druckte die Reports aus und rief anschließend die Kollegen in Bad Bocklet an, erläuterte ihre Ermittlungsbitte und schrieb nach dem Telefonat eine kurze E-Mail, um die Sache zu beschleunigen.

Gommi kam bald darauf zu ihr ins Büro. Er sah blass aus und meinte, er würde ihr gleich eine Mail weiterleiten, und er könne nichts dafür, weil der Chef die Mail gelöscht habe. Sie verstand überhaupt nichts, doch bevor sie nachfragen konnte, war er schon wieder weg.

Eine Minute später erklang das *Dingdong*, und sie öffnete die Mail und den PDF-Anhang: Der Spurenbericht von der Rechtsmedizin in München.

Hatte sie bisher eher schlaff im Bürostuhl gehangen, richtete sie sich nun auf und las. Es konnte keiner hören, als sie laut sagte: »Kaum zu glauben, wir haben eine Täterspur.«

*

Die anderen warteten bereits angespannt auf die anstehende Besprechung, und als Schielin am späten Vormittag nach seiner Runde mit Ronsard zur Arbeit kam, versammelten sich alle unaufgefordert im Besprechungsraum.

Lydia berichtete zunächst von den Ergebnissen ihrer Recherche über Tauber.

»Ein unauffälliger, anständiger Staatsbürger – so legt es die Aktenlage nahe. Seinen Roller und das Auto müssen wir uns aber natürlich ansehen, auch wenn die Kollegen aus Bad Bocklet seine Angaben natürlich überprüft und bestätigt haben. Am letzten Montag hat er ein Taxi bestellt und ist von der Klinik zum Bahnhof gefahren. Zum Tatzeitpunkt war er definitiv in Bad Bocklet, und außerdem wäre er auch mit seiner kaputten Schulter nicht dazu in der Lage gewesen, die Tat auszuführen. Ich hatte ein eher informelles Telefonat mit einem Arzt dazu.« Dann aber legte sie den Ausdruck des Spurenberichts auf den Tisch und sagte erwartungsvoll: »Wir haben übrigens eine Täterspur – DNS.«

Schielin sah sie mit großen Augen an.

»Eine was – eine Täterspur?«

»Ja, seit letztem Freitag schon, aber unser Herr Dienststellenleiter war der Meinung, die PKS sei wichtiger, und hat die Mail mal eben gelöscht. Aber egal jetzt. Die Typen in München haben die Pfeile untersucht und an einem DNS-Spuren feststellen, sichern und qualifizieren können.«

Kimmel fühlte sich unwohl, so exponiert an der Stirnseite des Tisches.

»DNS, am Pfeil?«

Schielin stand auf und zog die Ausdrucke zu sich heran, um selbst zu lesen.

»Da schau!«, sagte sie und deutete auf den relevanten Absatz.

»Nasensekret?«, fragte er ungläubig und sah von einem zum andern.

»Ja. Nasensekret. Kein Wunder bei dem Wetter. Dem Bogenschützen hat schlicht die Nase getropft, und dieses wunderbare Sekret hat sich in den Federn des Pfeils verfangen, oder er hat niesen müssen.«, mutmaßte Lydia.

»Das ist ja ein Ding!«, sagte Wenzel aufgeregt und holte sich das Gutachten.

»Na endlich Licht am Ende des Tunnels«, meinte Jasmin Gangbacher erleichtert.

»Die Standard-Recherche läuft schon. In der Datenbank gibt es derzeit knapp eine Million Datensätze von bekannten Tätern und fast vierhunderttausend von unbekannten Gestalten. Könnte doch gut sein, dass wir da schon auf einen Treffer stoßen, und wenn nicht, stellt sich die Frage, ob wir bereits genug Belastungsmaterial haben, um für die beiden Ammons einen Beschluss von Staatsanwaltschaft oder Richter für einen DNS-Vergleich zu bekommen.«

»Nein«, stellte Schielin nüchtern fest, »nach dem Flop mit der Durchsuchung bei den beiden bräuchten wir diesmal ein klassisches Indiz.« Dann berichtete er von seinen nächtlichen Überlegungen. »Dieses Zusammentreffen mit Tauber gestern Abend hat mich die ganze Nacht über beschäftigt. Er war so kontrolliert, gefasst, unaufgeregt – fast zu perfekt. Er zelebrierte geradezu sein unheilvolles Schicksal, wies auf seine körperlichen Gebrechen hin, die Schulter, die Operation, hatte für alle Fragen eine Erklärung, und das Zugticket für sein Alibi lag quasi schon bereit. Ich hätte mich beinahe davon beeindrucken lassen, wenn da nicht diese eine kleine Unebenheit in seiner Darstellung gewesen wäre. Er sprach davon, seine Tochter und Boone hätten zusammen etwas *ausgeheckt* – und ich habe es ihm angesehen, wie es ihn geärgert hat, dieses Wort gewählt, ja überhaupt dieses Thema angeschnitten zu haben. Und nun frage ich mich die ganze Zeit, was es denn gewesen sein könnte, das die beiden *ausgeheckt* haben. Und immer wieder lande ich bei dem Untergang dieser Yacht *Alcyone II*.«

Er sah in die Runde und traf auf fragende Mienen, denn keiner konnte seinen Ausführungen so recht folgen.

Ein lauernder Unterton klang mit, als Kimmel in die beklemmende Stille sagte: »Ja nun, Conrad, diese Segelyacht ist untergegangen. Punkt.«

»Ist das so?«, antwortete Schielin provozierend. »Ist das wirklich so? Ich finde, darüber lohnt es sich, einmal nachzudenken, denn wenn die beiden etwas ausgeheckt haben, so muss es doch den Deal mit dieser Yacht betreffen. Etwas anderes kann ich mir nicht vorstellen. Sie wollten mit dem Deal eine Stange Geld verdienen. Der finanziell klamme Boone hätte seine Segelträume verwirklichen, und Nora Mathis ihr neues Leben beginnen können. Das war ihr wohl das Risiko wert, ihren ganzen Besitz, die Immobilie, einzubringen. Und entweder ist etwas bei dem Plan schiefgegangen oder es ist überhaupt nichts schiefgegangen. Laut den Berichten der portugiesischen Küstenwache ist die Yacht nach einer Kollision mit Frachtcontainern gesunken und Nora Mathis dabei gestorben. Aber niemand außer Boone weiß wirklich, was geschehen ist – nur er war dabei, alle anderen nicht. Denken wir doch in Varianten: War der Tod der Frau das eigentliche Unglück oder gehörte er zu einem Plan jenseits dessen, was die beiden ausgeheckt hatten. Gab es neben dem Plan der beiden also noch einen Plan, den nur Boone hatte?«

Wenzel blies die Backen auf.

»Meinst du vielleicht, der Boone hat die Mathis umgebracht, die Yacht versenkt, einen auf Opfer gemacht und mit der Tour die Versicherung abgezockt?«, fragte Kimmel.

»Wäre doch ein Ansatz. Da gibt es aber noch eine andere Variante, auf die mich die Formulierung von Tauber brachte – dieses *ausgeheckt*. Stellen wir uns doch einmal vor, die beiden hätten den Untergang der Yacht *ausgeheckt* …«, er wartete, bis das Gemurmel wieder verstummte, »… stellen wir es uns nur einmal vor und gehen einen Schritt weiter und nehmen an, Nora Mathis wäre dabei nicht zu Tode gekommen. Was ergäbe sich dann daraus?«

Gommi stellte seine Kaffeetasse wieder ab, weil ihn das, was er gerade hörte, zu sehr aufregte. Lydia wurde ganz still und kaute auf ihrer Unterlippe herum. Die anderen murmelten durcheinander.«

Robert Funk knurrte.

»Na ja. Aushecken, Untergang, Uruguay, die Richtige für das Vorhaben. Klingt alles sehr konspirativ, stimmt. Ich glaube, ich ahne, worauf du hinaus willst: Du meinst, die beiden haben ausgeheckt, die Yacht lediglich *versicherungstechnisch* untergehen zu lassen.«

Schielin lehnte sich zurück.

»Ich finde das durchaus denkbar, ja. Wenn wir das annehmen, lautet die nächste Frage: Was hätten die beiden davon gehabt? Welcher Nutzen hätte sich daraus für beide ergeben?«

Wenzel meinte: »Na Gewinn. Das liegt doch auf der Hand. Die Yacht geht virtuell unter, die Versicherung zahlt. Das heißt Kohle. Und da das Bötchen nach wie vor existiert, kann es natürlich wie ursprünglich geplant verkauft werden. Und das bedeutet wieder Kohle.«

Lydia Naber kribbelte es fürchterlich, sie musste aufstehen und sich anschließend gleich wieder setzen.

»Jajajaja! Aber das heißt doch auch ... das heißt doch auch, dass Nora Mathis noch am Leben ist, wenn die Yacht tatsächlich nicht untergegangen ist.«

Kimmel wiegelte energisch ab.

»Jesus Maria, jetzt aber! Das geht nun wirklich etwas zu weit ... Auferstehung von den Toten – ist denn heut schon Ostern, oder was?!«

Schielin machte weiter.

»Tauber – der war am letzten Montag definitiv nicht auf der Löwenmole, das wissen wir. Und wer sollte sonst dort gewesen sein – Sarah Ammon, Norbert Ammon, der Komponist oder vielleicht Nora Mathis?«

Kimmel richtete sich auf.

»Jetzt kommt ... also wirklich ... ihr meint doch nicht wirklich, diese Tote, diese Nora Mathis ist am Leben und am Ende die Täterin? Als wer ist sie denn bitte am Leben, und vor allem wo? Das ist doch wirklich sehr weit hergeholt.«

»Eins nach dem anderen«, beruhigte Schielin die Aufregung. »Zunächst einmal erfüllt diese Nora Mathis alle Voraussetzungen für unsere Täterschaft. Sie war ... nein, sie ist eine hervorragende Bogenschützin, trainiert, durchsetzungsfähig, konsequent. Sie verfügt über alle äußeren und inneren Eigenschaften, die unser Täter ... unsere Täterin ... mitbringen muss.«

Wenzel warf ein: »Aber Boone und diese Nora, sie waren doch Partner, zumindest in geschäftlicher Hinsicht. Wieso sollte sie ihn dann umbringen? Was kann da schiefgelaufen sein?«

Schielin wiegte den Kopf.

»Ich befürchte, Boone hat die Absprachen nicht eingehalten und sein eigenes Ding durchgezogen. Er wollte mehr als das, was zwischen ihnen vereinbart war. Das sind aber nur Vermutungen. Wir wissen aber in jedem Fall, dass Boone die finanziellen Mittel fehlten, sich seinen großen Traum zu erfüllen: als lonesome wolf auf einem Segelboot um die Welt zu schippern und ein Buch darüber zu schreiben. Damit hätte er endlich wieder im Mittelpunkt stehen können wie damals als One. Er brauchte jedoch Kohle dazu und hatte die Nase gestrichen voll von den reichen Typen, denen er die Luxusyachten von einer Ecke der Welt an die andere schippern musste. Und bei den Parties der Neureichen konnte er auch nicht mehr mithalten. Und Nora Mathis, sie fühlt sich vom Schicksal betrogen. Ein solcher Schicksalsschlag kann den robustesten Menschen aus der Bahn werfen. Beide hängen also aus unterschiedlichen Gründen dem Traum nach einem Neubeginn nach, dem Traum nach einem neuen Leben. Ich vermute, das war das einzige, was die beiden verbunden hat – mehr war da nicht.«

Robert Funk blieb skeptisch.

»Könnte aber auch gerade anders herum gewesen sein: Nora Mathis hat sich nicht an die Vereinbarungen gehalten und Boone damit gezwungen, die Immobilien ihres Vaters zu exekutieren. Wäre doch auch eine Möglichkeit. Und dieser Wunsch, mit der Vergangenheit abzuschließen, der wirft ja auch die Frage auf, ob ihr das Schicksal ihrer Eltern tatsächlich egal gewesen ist. Wie muss man sich eigentlich diesen versicherungstechnischen Untergang vorstellen?« Er sah in die Runde. »Wo sind sie, unsere Segler, ist das möglich?«

Wenzel hatte eine Vorstellung.

»Wo ist das Problem? Die schippern herum, suchen ein paar treibende Container, von denen es ja ne Menge geben soll, an geeigneter Stelle steigt Boone in die Rettungsinsel, und Nora Mathis segelt mit der nagelneuen Yacht weiter in

Richtung Kapverden, auch so ein toller Ort, an dem man für Geld alles kriegt.«

Kimmel schnaufte laut.

»Alle Heiligen – Madeira, Azoren, Belize, Kapverden, Karibik, Uruguay – das ist alles so viel weiter weg als der Bregenzerwald, und wir sind nur eine kleine Kripotruppe in Lindau am Bodensee. Aber gut, wenn ihr es so wollt! Nehmen wir mal an, diese Nora Mathis ist unsere Täterin. Wie kommen wir dann an sie ran, wo es eine Nora Mathis doch nicht mehr gibt. Ich muss sagen, da fällt mir im Moment nichts zu ein.«

»Sie hat doch die Staatsangehörigkeit Uruguays«, stellte Wenzel nüchtern fest. »Wissen wir dazu schon was?«

Lydia hatte bereits ein wenig dazu recherchiert.

»Ein kleiner Staat in Südamerika, liegt zwischen Argentinien und Brasilien. Tropisches Klima, ausgedehnte Weideflächen, Dschungel im Landesinneren, traumhafte Strände zum Südatlantik hin. Ist unter Aussteigern, die im Einklang mit der Natur leben wollen, sehr beliebt. Korruption ist ein gewaltiges Problem; neue Papiere und einen neuen Namen zu bekommen, dürfte also sicher keine allzu große Herausforderung sein – sofern das nötige Geld vorhanden ist. Es gibt eine beachtliche deutsche Bevölkerungsgruppe in Uruguay, und wer sich in die Einsamkeit zurückziehen will und mit dieser Welt nichts mehr zu schaffen haben möchte, der ist da genau richtig. Der Mädchenname von Frau Tauber war übrigens Sánchez, Laura Sánchez. Die Hauptstadt ist Montevideo und liegt direkt gegenüber von Buenos Aires.«

»Über ihren Vater sollten wir an sie rankommen«, meinte Schielin ganz ruhig. »Ich bin mir sicher, er weiß von ihr, er weiß, dass sie lebt.«

»Und was sind jetzt die nächsten Schritte?«, wollte Kimmel gleich wissen.

»Sie könnte in einem Hotel sein, irgendwo hier am See. Wir müssen alles abklappern nach einer alleinstehenden Frau Anfang Vierzig mit spanisch klingendem Namen. Hier in Lindau ist die Gefahr zu groß, dass sie wieder-erkannt wird. Ich tippe aufs Ländle, Bregenz, Dornbirn, vielleicht noch Schweiz, aber in Nähe zum See. Wir bräuch-ten ein halbwegs aktuelles Foto von ihr.«

Lydia schob ihm ein Dokument zu.

»Da ist nur eine schlechte Kopie drin. Wir müssten uns bei Tauber ein Foto beschaffen.«

Schielin schüttelte den Kopf.

»Nein.«

Sie sah ihn an und verstand.

»Es gibt ja auch einen toten Ehemann, und bei dessen Eltern könnten wir sicher auch ein Foto bekommen. Tauber muss ja nicht mitbekommen, auf welcher Spur wir sind. Mich irritiert nach wie vor seine Aufgeräumtheit. Wir stat-ten ihm noch mal einen Besuch ab. Jetzt gleich.«

Die Runde löste sich auf, und Schielin und Lydia machten sich auf den Weg zur Insel.

*

Sie klingelten erneut ohne Erfolg bei Tauber. Lydia sah zu den Fenstern hinauf, ob eines davon vielleicht gerade geöff-net wurde. Während sie so dastanden und warteten, fuhr ein Lieferwagen vor, dessen Fahrer Kisten mit Gemüse auslud und sie zum Eingang des *La Fontana* zerrte. Er hielt den Kopf eingezogen, denn es nieselte leicht. Lydia hob wieder den Blick zur Fensterreihe.

»Ausgeflogen.«

»Scheint so.«

Eine ältere Frau mit einer vollen Einkaufstasche kam vom

Unteren Schrannenplatz her um die Ecke und blieb am Hauseingang stehen. Sie traten zur Seite. Schielin grüßte.

»Zu wem möchten Sie denn?«, erkundigte sie sich freundlich.

»Zu Herrn Tauber«, sagte Lydia. »Soll ich Ihnen vielleicht die Tasche tragen? Schaut schwer aus, und die Treppenstufen sind steil.«

»Vielen Dank, aber noch schaffe ich das, und es soll auch noch eine Weile so gehen.« Sie lachte das dünne Lachen alter Menschen.

»Kennen Sie Herrn Tauber vielleicht näher?«, fragte Lydia in vertraulichem Ton.

»Näher nicht. Er geht ja allen Menschen aus dem Weg, was kein Wunder ist bei dem, was der arme Mann hat durchmachen müssen.«

Lydia sah betroffen drein.

»Ja genau deswegen sind wir ja da. Schreckliche Familiengeschichte.«

Lydia begegnete einem strengen Blick.

»Sind Sie Zeugen?«

Schielin sah konsterniert drein.

»Zeugen?«, fragte Lydia irritiert.

»Ja Zeugen Jehovas?«

»Ach so. Nein, nein.«

»Ach so, ich dachte. Na ja. Als er eingezogen ist, ganz nach oben, da sah er schrecklich aus, und ich habe mich oft gefragt, wie lange die Welt den Herrn Tauber wohl noch haben wird ... man macht sich ja so seine Gedanken, nicht wahr? Und dann noch die Misere mit seiner Schulter. Aber als er letzte Woche von der Reha zurückkam, war ich sehr verwundert – ganz ein anderer Mensch war das auf einmal, wieder voller Leben, und als wir uns im Treppenhaus begegnet sind, hat er sogar gelächelt und mit fester Stimme gegrüßt. So kann es schon auch sein. Manchmal hilft einem gerade eine Krankheit wieder auf die Beine.« Die Tür war inzwischen offen, und sie blieb im Gang stehen. »Wollen Sie mit hereinkommen?«

»Nein danke, wir warten. Aber wissen Sie vielleicht, wo Herr Tauber sein Auto und seinen Roller abgestellt hat? Dann könnten wir ihm eine Notiz hinterlassen.«

»Der Roller steht im Schuppen im Innenhof, wo er auch hingehört, und von einem Auto weiß ich gar nichts. Na ja. Ich selbst brauche keins hier auf der Insel. Einen guten Tag Ihnen.« Sie zog die Tür ins Schloss.

»Vielen Dank!«, rief Lydia in den sich schließenden Spalt und drehte sich dann lachend zu Schielin um. »Soso, wie Zeugen Jehovas kommen wir zwei also daher. Wird Zeit für eine Stilberatung.«

Schielin sah an sich herunter: schwarze Halbschuhe, Jeans, Hemd, Jackett, Regenjacke drüber.

»Wüsste nicht, was ich ändern sollte«, meinte er pikiert und kam dann wieder zur Sache.

»Hast du gehört? Seit der Reha geht's dem Tauber wieder richtig gut. Da hat er wohl seine Lebensfreude wiederge-funden. Welche Krankheit das wohl war, die ihn wieder auf-gerichtet hat?«

»Tja, vielleicht ein zu frühes Osterfest, wie Kimmel meinte. Komm, lass uns über das La Fontana in den Innen-hof gehen und uns mal den Roller anschauen«, meinte Lydia.

In einer Ecke des Gevierts aus den umgebenden Häuser-blöcken reckten alte Bäume ihre hohen Kronen in das Trübe des Tages. Daneben befanden sich einige wenige Stellplätze, und gegenüber unter einem offenen Carport stand der Roller, zusammen mit einigen Fahrrädern,

E-Bikes und Mofas. Lydia kontrollierte das Kennzeichen und nickte Schielin zu. Dann machte sie ein paar Fotos mit dem Handy.

»Nettes Teil«, sagte Schielin.

»Ja, flottes Teil«, stimmte sie ihm zu. »Zweihundertfünfzig Kubik. Kannst du dir vorstellen, mit einer lädierten, operierten Schulter Roller zu fahren?«

Er verzog das Gesicht zu einer schmerzverzerrten Miene.

»Ich will gar nicht daran denken.«

»So sauber wie das Ding dasteht, kann es unmöglich wochenlang unbewegt gewesen sein. Weit und breit keine Staubschicht, und am Tank frische Abtropfspuren. Der wurde vor Kurzem erst gefahren und betankt.«

»Ein Hinweis, es ist nur ein Hinweis«, blieb Schielin nüchtern. »Mich beschäftigt ja viel mehr die wiedergekehrte Lebensfreude von Herrn Tauber.«

Sie stand auf, schlug sich die Hose ab, rieb sich die Hände und sagte: »Nora.«

Sie gingen zurück zum Auto. Zuvor hatte Lydia noch zwei Mal bei Tauber geklingelt, doch ohne Erfolg.

»Schon blöd, wenn jemand kein Handy hat. Dann könnte man einfach anrufen oder ne Nachricht schicken.«

»Er hat kein Handy?«

»Nein, nur einen Festnetzanschluss. Hast doch das alte Ding da droben gesehen – Wandmontage im Gang.«

Schielin war stehengeblieben und überlegte.

»Was ist?«, fragte sie.

»Ich frage mich, wie die beiden eigentlich miteinander kommunizieren. Zu fest ausgemachten Zeiten, in denen er sicher in der Wohnung ist? Wäre denkbar. Oder er hat doch ein Handy ... kann doch eigentlich gar nicht anders sein.«

»Wir sollten Tauber überwachen«, meinte Lydia. »Wenn Nora hier ist, dann werden sie sich auch treffen. Und dafür kommt nur eine Zeit in Betracht: spät in der Nacht, wenn die Gefahr am geringsten ist, im Hausgang auf jemanden zu treffen.«

»Aber wenn sie drüben im Ländle ist, wie kommt sie dann hierher?«

»Mit dem Zug natürlich oder mit dem Taxi. Die Schifffahrt hat ihren Betrieb inzwischen auch wieder aufgenommen. Oder aber er fährt rüber. In dem Fall hängen wir uns einfach dran.«

*

Am späten Nachmittag hockten sie wieder auf der Dienststelle beisammen. Die Hotelrecherchen hatten noch nichts ergeben. Walter Lurzer in Bregenz war ebenso verständigt wie die Kollegen in St. Margrethen. So schwierig konnte es ja nicht sein: allein reisende Frau, um die vierzig, mit spanischem Namen und der Staatsangehörigkeit von Uruguay.

»Komisch«, meinte Wenzel, »seit wir diese Nora Mathis suchen, fallen mir ständig Frauen auf, die diesen südamerikanischen Touch haben.«

Lydia sah ihn von der Seite an und unterließ es, etwas Boshaftes zu seiner Feststellung zu bemerken.

Jasmin Gangbacher hatte zusammen mit Gommi die Eltern des Ehemanns von Nora Mathis aufgesucht, die einen sehr abgeklärten Eindruck hinterlassen hatten. Nach dem Unglücksfall muss das Zusammensein mit Nora Mathis unerträglich geworden sein, sodass es schließlich zum Abbruch des Kontakts kam, und auch zu Helmut Tauber und seiner Frau bestand seither keine Verbindung mehr. Es war so, als hätte es nie eine gemeinsame Zeit gegeben, nie ein gemeinsames Enkelkind, nie eine Zeit, die nachhaltige Gemeinsamkeit gestiftet hätte. Selbst als Taubers Frau gestorben war, kam es zu keiner Begegnung mehr. Neue Gräber konnten die entstandenen Gräben offenbar nicht überwinden. Ohne Fragen über das Wozu und Weshalb erhielten sie zwei Fotos, auf denen ein junges Familienglück zu sehen war – in der Mitte Nora Mathis.

Lydia hätte interessiert, wer sich denn eigentlich um das Grab kümmerte.

»Mensch!« fuhr es aus ihr heraus, und die anderen erschraken.

»Wenn sie hier ist, dann wird sie doch ganz sicher auch das Grab ihrer Tochter und ihres Mannes besuchen, oder meint ihr nicht?«

Schielin war da anderer Ansicht. Wenzel und Funk auch.

»War ja nur so eine Idee«, sagte sie etwas beleidigt.

Funk meinte: »Wenn sie alles hinter sich abgebrochen hat, wie konnte sie dann überhaupt davon erfahren, was Boone hier abzog? Die beiden müssen doch in Kontakt gestanden haben, oder ihr Vater hat sie informiert.«

»Ja, hast recht«, sagte Schielin müde.

Sie einigten sich darauf, Taubers Wohnung am Paradiesplatz die nächsten Tage während der Nachtstunden zu überwachen, denn nur in dieser Zeit würde sie dort auftauchen – wenn überhaupt.

»Sie wird ein Taxi nehmen«, vermutete Lydia, »was anderes funktioniert nicht.«

»Mietwagen«, meinte Schielin, »Mietwagen würde auch gehen.«

Sie stöhnte und gab an die Streifen aus, Taxis zu melden, die in der Nacht auf dem Weg zur Insel waren.

Im Schutz des Abendlichts brachte Jasmin Gangbacher am Zugang zum Hinterhof des Wohnhauses eine Wildkamera an, die sich vom Fahrzeug aus mit dem iPad steuern ließ, denn für die Kontrolle beider Zugänge waren sie zu wenige. Anschließend übernahm sie mit Gommi die erste Schicht bis ein Uhr nachts. Wenzel und Funk waren bis drei Uhr dran, und danach waren Lydia und Schielin an der Reihe. Lydia schlug das Angebot Schielins aus, mit ihm nach Reutin zu kommen, auch wenn sie sich auf Marja gefreut hätte. Sie wollte allein sein, legte ihre Komfort-Matte ins Büro und stellte sich den kleinen Fernseher in den Vernehmungsraum. Ablenkung war wichtig. Über das kleine Funkgerät hörte sie die Gruppe mit, auf der die improvisierte Observation lief.

Lydia zappte sich durch die Fernsehprogramme, doch keines konnte sie wirklich ablenken – weder die Schmonzetten und schon gar nicht die Talkshows oder Reportagen. Immer wieder durchlief sie die Sender, ohne eine Vorstellung davon zu haben, was sie eigentlich sehen wollte. Schließlich landete sie bei einem Verkaufssender, dessen fiese Dramaturgie sie regelrecht fesselte. Fassungslos verfolgte sie die Inszenierung, in der ein etwas aus der Form geratener Typ in Jogginghosen und grünem T-Shirt durch das Set rannte und hysterisch schrie: »Voting-Gewinner in Limited Edition aus der Favorite-Silber-Dose mit Finishing Powder.« Dann reckte er seine aufgespritzten Lippen in die Kamera und sprach eindringlich: »Bitte auch über die Augen, meine Damen, und bitte auch über die Falten, überall da, wo Sie sagen, Sie wollen jünger und schöner aussehen!« Er machte ein paar entschiedene Schritte auf eine Frau zu, die auf einem Stuhl saß und unglücklich dreinblickte. Er deutete auf sie, strich sich über seinen Viertagebart und sagte begeistert in die Kamera: »Bettina... Bettina ist sechsundfünfzig Jahre alt, und nun schauen Sie sich das an!«

Lydia musterte die sechsundfünfzig Jahre alte Bettina und fand, dass sie gut aussah und sympathisch dazu, wenn sie nur nicht so traurig dreingeschaut hätte. Der Typ reckte sein Gesicht mit einem Grinsen in die Kamera.

»Beim Transparentpuder reicht es, ihn einfach mit dem Pinsel zu berühren – nicht stupsen, bloß nicht stupsen! Und wenn Sie viel schwitzen, dann einfach immer wieder nachpudern – Ready to go! Und nicht hysterisch werden, nicht hysterisch werden, wenn ich Ihnen gleich den unschlagbaren Preis dafür verrate!« Er strich Bettina mit einem Pinsel im Gesicht herum und kreischte: »Oh, oh, oh – kriecht der in die Falten. Ne! Wow! Der kriecht in die Falten, Wahnsinn, Wahnsinn!«

Der Wahnsinn wurde Lydia dann doch zu viel, und sie zappte weiter. Bei einer Musiksendung stoppte sie. Es sangen die Amigos, und im oberen Bildschirm war ein *live* zu lesen, was sie überlegen ließ, ob sie nicht vielleicht den Notarzt verständigen sollte, denn die beiden Typen schauten um ein Vielfaches depressiver drein als die sechsundfünfzigjährige Frau von eben. Das Lied war allerdings auch nicht gerade aufmunternd.

In den traurigen Augen der Kinder,
Da kann ich dich sehen.
Allein deck ich sie nachts zu.
Du, denkst du noch an mich?
Ich ruf deinen Namen
Und finde im Schlaf keine Ruh'.
Ich bin traurig, warum musstest du gehen?

»Ich wäre auch gegangen«, murmelte sie und zappte zurück.

Der Typ mit den aufgespritzten Lippen sprach jetzt aus eigener Erfahrung: »Meine Damen … meine Damen. Aufspritzen kostet zweihundertfünfzig Euro und hält gerade mal für drei Monate. Dabei geht Aufspritzen doch auch auf natürliche Weise.«

Sie lachte – Aufspritzen auf natürliche Weise! Darauf muss man erst mal kommen. Sie ertappte sich dabei, wie ihre Zunge über ihre Lippen fuhr. Der Typ war gnadenloser, als sie erwartet hätte, und die Dramaturgie der Sendung auch, denn jetzt zeigten sie in der Tat eine Frau, die achtundvierzig Jahre alt war.

»Hier ist eine Frau, die ist achtundvierzig Jahre alt, und ich sage Ihnen eins, glauben Sie mir: Sie kann tun, was sie will – nicht rauchen, nicht essen, nicht trinken, nicht sonstwas machen, die Lippe ist einfach so, wie sie ist, bei einer Frau mit achtundvierzig Jahren.« Er griente vorfreudig in die Kamera. »Das kriegen wir aber in den Griff.«

»Burschi, bete, dass ich dich nie in den Griff kriege.« Sie rückte etwas näher an den Bildschirm heran, um besser erkennen zu können, wie die Lippen einer Achtundvierzigjährigen wohl aussehen mussten, dass Maßnahmen erforderlich waren, sie in den Griff zu bekommen. Sie erschrak regelrecht, denn der Aufgespritzte griff der Achtundvierzigjährigen an die Wangen und zog daran.

»Schauen Sie, wie hier die Spannkraft zurückgekommen ist – und das bei einer Achtundvierzigjährigen – unglaublich! Unsere Produkte sind wirklich geil. Werfen Sie Ihre Fettstifte weg, und die Pflegestifte auch!«

Der Typ drehte eine Runde im Studio. Nur die enge Hose hielt seine Ekstase unter Kontrolle. Dann stürzte er plötzlich auf die Kamera zu: »Das Teil hat fünf Sterne. Unsere Weltpremiere – das *Beauty Floating Foundation Serum Premium* – versandkostenfrei!«

Sie schaute wie gebannt auf den Bildschirm, die Lippen des Aufgespritzten, auf die Achtundvierzigjährige und die

Sechsundfünfzigjährige, die Bettina hieß und immer noch traurig auf ihrem Stuhl saß. Ihr fiel Wenzel ein, der in einem Nachtdienst einmal ein Bügeleisen bei einem dieser TV-Verkaufssendungen bestellt hatte, das gleich beim ersten Einschalten einen kleinen Brand ausgelöst hatte.

Sie machte aus. Genug Ablenkung für heute. Ihr Weg führte sie hinüber zur Toilette, wo sie in den Spiegel blickte. Die billige Behördenglühbirne war nicht gerade vorteilhaft und der Zeitpunkt für einen Blick in den Spiegel alles andere als günstig – sie sah einfach ziemlich fertig aus. Nachtdienst eben. Da half auch *Beauty Floating Foundation versandkostenfrei* nicht mehr.

Sie klappte die Lehne des Bürostuhls in ihrem Büro nach hinten, machte das Licht aus und legte die Füße auf den Rollcontainer. Nur durch den Türspalt kam noch ein wenig Licht. Sie horchte in das Dunkel. Zu Anfang rauschte es nur in ihren Ohren, doch allmählich nahm sie auch die Geräusche wahr, die das Gebäude von sich gab, und die am Tag, wenn drinnen und draußen Betrieb herrschte, niemals zu hören waren. In den Holzdecken knackte es ab und an, und manchmal meinte sie, ein dumpfes Wummern aus dem Keller zu hören. Sie lenkte sich mit einem imaginären Gang durch ihren Sommergarten ab und plante, wo sie was in diesem Jahr pflanzen wollte. Es half, sich zu beruhigen, und bald dämmerte sie ein wenig weg. Ein Ruf aus dem Funkgerät schreckte sie schließlich auf. Wenzel meldete: »Keine Vorkommnisse«.

Sie sah auf die Uhr; gleich halb drei. Wo blieb Schielin? Schon hörte sie von vorne die Tür schlagen und Schritte im Gang. Sie machte Licht an, schnappte ihre Jacke und Tasche, und ab gings.

Nicht ein Auto begegnete ihnen auf ihrem Weg hinunter zur Seebrücke. Erst auf Höhe der Inselhalle kam ihnen ein weißer Golf mit Feldkircher Kennzeichen entgegen. Zweifelsfrei saß ein Mann am Steuer. Sie meldeten ihre Ankunft per Funk, und Wenzel parkte aus. Die zweite Parkfläche direkt gegenüber des Milchpilzes, geschickt vor einer der mächtigen Platanen gelegen, war perfekt. Schnell verschwand ihr Wagen in der Parklücke, und sie machten alle Handys aus, alles, was irgendwie leuchtete. Lydia ließ ihren Sitz so weit nach hinten, um gerade noch aus dem Fenster schauen zu können. Sie hatten den BMW mit den getönten Scheiben genommen, was sie gegen neugierige Blicke von der Seite oder hinten schützte. So saßen sie eine Weile und schauten in das Halblicht.

»Ich bin froh, dass sie am Leben ist«, sagte Lydia irgendwann leise.

»Nora Mathis?«

»Ja. Ich bin wirklich froh darum. Irgendwie fühle ich mich ihr verbunden, obwohl wir uns nie begegnet sind und ich sie nur aus den mageren Schilderungen Boones kenne ... und obwohl sie ihn vermutlich schrecklich gemeuchelt hat.«

»Das ist noch nicht sicher«, wendete Schielin ein.

»Ich will es ja nicht rechtfertigen, wenn sie es getan haben sollte.«

»Gut so.«

»Aber man kann doch durchaus Verständnis für etwas haben, was man weder billigt, respektiert noch rechtfertigen will.«

Er war wirklich überrascht.

»Du hast Verständnis für sie?«

»Ja. Und ich weiß, wie unbegründet ich dieses Gefühl habe. Aber ich finde, das Schicksal hat sie schwer geprüft,

während Boone nur seinen Lüsten und Begierden nachge-
laufen ist.«

»Wir sind doch keine Moralpolizei.«

»Ach, du willst mich nicht verstehen.«

»Doch, doch. Ich wundere mich nur, dass du für sie Verständnis hast. Ich schätze sie ja als sehr kaltblütig ein.«

Lydia ließ es sein, mit ihm über Nora Mathis zu reden. Es
war inzwischen vier Uhr geworden, und sie starrten weiter
hinaus ins Dunkel. Schielin sagte ganz in Gedanken: »Das
könnte durchaus sein.«

Sie sah ihn an.

»Was könnte sein?«

»Der Bogen. Ja. Wenn auf dem Pfeil das Nasensekret festgestellt worden ist, besteht doch die hohe Wahrscheinlichkeit, es auch auf dem verwendeten Bogen zu finden.«

»Den haben wir aber nicht«, wendete Lydia ein.

»Wenn wir aber von Nora Mathis als Täterin ausgehen,
wo denkst du, wird sie den Jagdbogen herhaben?«

»Von ihrem Vater natürlich!«

»Genau. Und nach der Tat hat sie ihn ganz sicher nicht
weggeschmissen. Wir haben alles in der näheren und weiteren Umgebung abgesucht. Es war noch dunkel in der Früh.
Da hat sie ihn sicher wieder zurückgebracht, vermute ich.«

»Zu ihrem Vater?«

»Ja … bei dem zufällig auch ein Roller rumsteht.«

»Ja – es gibt ja keine Zufälle, wie wir seit C. G. Jung
wissen. Es wird aber schwierig werden, da ranzukommen.
Erkläre das mal einem Richter oder Staatsanwalt: Eine Tote
habe mit einem Jagdbogen, den sie sich von ihrem Vater
geliehen hat, jemanden ermordet, während ihr Vater nach-
weislich ein paar hundert Kilometer entfernt in einer Reha
gewesen sei; wir wissen zwar nicht, wo sich diese tote Tochter gerade aufhalte, hätten aber starke Vermutungen. So

einen Durchsuchungsbeschluss gibt's wirklich nur in Romanen und im Fernsehen.«

Es wurde frisch im Auto, sodass Lydia sich tiefer in den Sitz drückte und die Jacke fester zog. Draußen setzte Nieselregen ein.

»Oh nein«, fluchte sie, als die feinen Tröpfchen die Sicht verwässerten. Schielin langte nach dem Schal auf der Rückbank und stopfte ihn in das Armaturenbrett, um ein Aufleuchten im Fahrzeug durch die hellen LED's zu verhindern. Dann schaltete er die Zündung ein und drückte kurz auf den Scheibenwischer. Lydia fuhr mit den Füßen durch den Fußraum und suchte nach dem Nachtglas, das da irgendwo liegen musste. Schielin konnte im Dunkeln auch nichts entdecken.

»So ein Scheißteil! Ist einem doch sonst auch immer im Weg«, schimpfte Lydia und bückte sich schließlich schnaufend, um mit den Händen danach zu suchen.

Als sie es endlich hatte und wieder nach oben sah, stutzte sie.

»Da! Da war doch was, gerade eben, da vorne am Haus. Ein Schatten.«

»Schielin sah zum Hauseingang.«

»Echt? Ich habe nichts gesehen … wirklich nicht.«

»Doch, da war was! Ich schwör es dir! So ein Mist, ich könnte dieses Ding quer über den Platz feuern. Da starrt man stundenlang auf eine Tür, und grad in dem einen Moment …«

Schielin blieb gelassen.

»Wenn sie rein ist, ist sie drin und somit in der Falle.«

»Was machen wir?«

»Na warten. Entweder sie kommt vor der Morgendämmerung wieder heraus, oder sie bleibt in der Wohnung … oder es war eine Fata Morgana.«

In der Wohnung Taubers war kein Licht zu sehen, und inzwischen ging es gegen fünf Uhr. Auch das Adrenalin der kurzen Aufregung war mittlerweile verdampft. Sie wurden beide wieder müde, trotz der Kälte im Auto.

Lydia lachte.

»Boah, diese feuchte Kälte jetzt, die erinnert mich an diese Werbung – Lagerfeuer im Eis, eine Hundemeute in der unendlichen Einsamkeit und Kälte, Kampf ums Überleben, Härte, Entschlossenheit. Und an wen richtet sich diese Werbung? An Menschen, die hysterisch werden, wenn der Strom ausfällt oder kein Mobilnetz verfügbar ist ... oder keine angstfreie Zahnbehandlung in seelenruhiger Atmosphäre. Alle rennen in die Städte, finden aber die Weisheiten der Großmütter romantischer Dorfgemeinschaften *unglaublich wichtig*, oder Sprüche von Angaangaq Angakkorsuaq.«

»Wer?! Noch nie gehört.«

»Ein Eskimo-Schamane, der so Sachen sagt wie *schmelzt das Eis in euren Herzen*, oder *zündet Bergsalbei an und verteilt den Rauch mit einer Adlerfeder unter die Gesunden, dass sie gesund werden.*«

Schielin sprach ganz leise: »Ah, so einer. Kenn ich. Mein Freund in Vogt, der war Vertriebler ... Sechzigstundenwoche und manchmal mehr. Vor zwei Jahren war er am Ende, keine Kraft, keine Lust mehr, hat nur noch im Bett und auf dem Sofa rumgelegen. Ging zwei, drei Monate so. Seine Frau war ganz verzweifelt. Mit mir und Ronsard ist er mal eine Wochenendtour gegangen. Hat ihm richtig gutgetan. Er war dann noch ne Weile krank und hat schließlich gekündigt. Irgendwo bei Günzburg hat er sich schließlich zehn Alpakas gekauft und von einem Kumpel einen einsamen Stadel mit Weide gepachtet. Im Stadel hat er ein Heu- und Strohlager eingerichtet und ein paar Pferdeboxen, ganz karg, nur mit einer Pritsche drin – allerdings für Menschen. Jetzt bietet er Motivationskurse an. An zwei Wochenenden im Monat kommen nun Manager zu ihm hoch, müssen als erstes mal ihr Handy abliefern und dann alles befolgen, was er befiehlt – wie Knechte. Sie müssen den Stall ausmisten, Heu machen, was eben so ansteht auf einem Hof mit Viechern, und sie müssen mit den Alpakas eine acht Kilometer lange Tour gehen. Jeden Tag. Die Kurse starten immer am Mittwoch, und am Sonntag ist Schluss. Die meisten sind nach dem Wochenende so glücklich wie die Kühe auf der Weide gegenüber und erzählen einander von dem, was sie geleistet haben, bevor sie dann mit ihren Vierhundert-PS-Audis wieder in ihre Convenience-Solutions rasen. Mein Freund, dem geht's prima seither. Drei Esel und zwei Lamas hat er inzwischen auch, und im Moment überlegt er, ob er ein Kamel kaufen soll.«

Sie schwiegen wieder. Kurz vor halb sechs rief Schielin bei Jasmin Gangbacher an, die zur Unterstützung auf die Insel kommen sollte und nur zwanzig Minuten später ihr Auto am Milchpilz abstellte. Sie vereinbarten über Funk, dass Jasmin Tauber folgen solle, wenn er aus der Wohnung kommen sollte.

Mit einsetzender Dämmerung wurde es langsam umtriebig auf der Insel. Autos fuhren nun in Kolonnen über die Seebrücke und sickerten in die vielen Winkel und Plätze ein. Fahrradfahrer waren bei diesem Wetter nur wenige unterwegs, aber die Zahl der Fußgänger stieg schnell, und bald war es ein eiliges Hin und Her zwischen Grub, Paradiesplatz, Schafgasse und Schrannenplatz.

»Was ist los mit unserem Frühaufsteher heute?«, bemerkte Lydia spöttisch. »Kein Spaziergang heute?« Kurz darauf tauchte jedoch Vedder-Jacobsen auf; mit langem Trenchcoat und Hut kam er mit großen Schritten von der

Grub her. Er hatte die Hände in den Taschen vergraben und ging, als denke er über etwas nach. »Er sinniert bestimmt über die neue Melodie für einen Knusperriegel, ein Dusch-gel oder komponiert ein paar Tönchen für Sarah ...«, flüs-terte Lydia und rutschte tiefer, denn er kam auf sie zugelau-fen, bog dann aber zur neuen Brücke hin ab. Leise sprach sie in die Kälte des Innenraums: »Ob er inzwischen kapiert hat wie wenig er sich ein Liebchen hält, sondern vielmehr sie es ist, die sich einen Liebhaber hält?«

Schielin entgegnete nichts mehr als ein nichtssagendes „Mhm".

Tauber trat gegen halb sieben aus dem Haus und blieb vor dem Brunnen stehen, von dem einst geschrieben wurde, er sei ein fürchterlicher Koloss und der wohl hässlichste im Lindauer Stadtgebiet. Tauber störte sich nicht weiter daran, fasste den Rand und sah in das Wasserbecken, bevor er in Richtung Maximilianstraße verschwand. Jasmin folgte ihm sogleich.

»Da ist niemand sonst oben«, meinte Lydia. »Anschei-nend sehe ich schon Gespenster. Hab mich wohl getäuscht.«

Eine halbe Stunde später kam Tauber wieder zurück, in der Hand eine Bäckertüte.

»Große Tüte für eine Person. Bin mal gespannt, was Jasmin berichtet, was alles drin ist«, meinte Schielin.

Lydia schrieb ihr gleich eine Message. *Was hat er gekauft?*

Je ein Knöpfle, Pärle, Brezn – Fidelis Bäck, kam prompt die Antwort. Lydia las vor.

»Mhm«, Schielin war unzufrieden. »Nichts Halbes und nichts Ganzes.«

Lydia rief Jasmin an.

»War sonst was Besonderes?

»Nein. Er ist eine kleine Runde über die Insel gelaufen, hat hier und da mal in ein Schaufenster geschaut ... etwas

länger beim Biedermann in der Cramergasse … ausgerechnet er, na ja, dann ist er durch die Passage am Marie-Lind-
Laden vor zum Theatercafé, ich bin aber vorne durch die
Cramergasse, und da hab ich ihn schon vom Stift her kommen sehen. Er ist nur mal kurz stehengeblieben und hat
telefoniert. Mehr nicht.«

Lydia stutzte.

»Er hat telefoniert? Ja womit denn?«

Jasmin schwieg, denn sie verstand nicht recht, was Lydias
Frage sollte.

»Sorry Jasmin, aber wir sind davon ausgegangen, dass er
gar kein Handy hat. Ich glaube, er hat es uns auch gesagt
und ich konnte auch keines für ihn recherchieren.«

»Doch, er hat eins«, sagte sie trocken. »Ich habe es ja gesehen.«

»Die Frage, wie er mit deiner Nora kommuniziert, wäre
damit also geklärt«, schlussfolgerte Schielin.

Endlich ging es zurück zur Dienststelle. Lydia fummelte
am Armaturenbrett herum, und Schielin beschleunigte.

»Es lohnt sich nicht, die Sitzheizung anzumachen. Bis wir
droben sind, ist sie noch nicht mal spürbar«, gab Schielin
seine Meinung kund. Sie tat seinen Einwand mit einem gars-
tigen Laut ab und drückte auf den zugehörigen Knopf.

»Allein die Vorstellung, sie sei an, wärmt mich schon.«

Jasmin blieb vorerst auf der Insel, wechselte den Speicherchip an der Wildkamera und behielt Taubers Wohnung
im Blick.

In der Dienststelle reckte und streckte sich Lydia erst
einmal ausgiebig und machte sich anschließend etwas frisch.
Das Spiegelbild schrie geradezu nach versandfreiem *Floating Premium*.

Schielin hängte sich mit den Händen an das alte Treppengeländer und zog sich hoch, um die Bandscheiben zu entlasten. Selten war der Kaffeeduft im Besprechungsraum belebender gewesen als an diesem Morgen. Hundle spazierte umher, staubte hier und da eine Streicheleinheit ab, und irgendwann steckte auch Kimmel seinen Kopf aus der Bürotür.

»Na, wie war die Nacht – frisch?«

Sie erzählten, was sie gesehen hatten oder vielmehr, was sie alles nicht gesehen hatten.

»Ist ja nicht verboten, ein Handy zu haben«, meinte Wenzel.

Schielin lenkte die Diskussion auf den Jagdbogen. Kimmel war der gleichen Meinung wie er.

»Der Tauber hat ein einwandfreies Alibi. Wir werden niemals einen Durchsuchungsbeschluss bekommen.«

»Vielleicht gibt er uns seine Bögen ja freiwillig«, war Schielin optimistisch.

Wenzel lachte hämisch, und auch Funk, der müde aussah und bisher noch keinen Ton gesagt hatte, grinste schal.

»Na probieren können wir es ja mal«, lenkte Kimmel ein.

Jasmin rief von der Insel an.

»Keine Auffälligkeiten bei der Aufzeichnung der Wildkamera«.

Diese nüchterne Ansage rundete die Erfolglosigkeit der durchwachten Nacht ab und ließ die Stimmung ins Bodenlose sinken. Gerade als keinem mehr so recht etwas einfallen wollte, klingelte drüben im Büro Schielins Telefon. Er erhob sich müde. Walter Lurzer aus Bregenz war dran. Es war ein kurzes Gespräch, ein sehr kurzes Gespräch. Schielin kam zurück in den Besprechungsraum – plötzlich in ganz anderer Haltung, mit schnellen Bewegungen und frischer Stimme, in der Erregung mitschwang.

»Sie haben einen Treffer: Lochau ... Hotel am Kaiser-
strand ... dreiundvierzig ... alleinreisend ... seit zehn Tagen
Hotelgast ... Staatsangehörigkeit Uruguay – Abreisetag
heute, ihr Name: Laura Perez. Sie hat ein Taxi zum Bahnhof
Bregenz bestellt und ein Bahnticket zum Flughafen Zürich.
Alles passt.«

Die anderen sahen ihn mit großen Augen an.

»Ja jetzt schaut nicht so!«, war das einzige, was ihm einfiel.

»Ja was sollen wir denn jetzt machen?«, fragte Gommi
mit entsetzter Miene.

Schielin ging auf und ab. Es war selten, dass man ihn so
unruhig sah.

»Sie reist heute ab, Flughafen Zürich. Unerreichbar für
uns.«

»Kann Walter sie nicht festhalten?«, fragte Gommi.

Lydia antwortete ihm.

»Nein, kann er nicht. Es liegt ja nichts gegen sie vor, und
wir haben nur einen Verdacht, aber keine Beweise – und die
Story würde uns ohnehin niemand glauben.«

»Wir brauchen jetzt schleunigst den Zugriff auf die Jagdbögen und irgendwie, ich weiß nicht wie, aber irgendwie
eine DNS-Probe von ihr. Vielleicht kriegen wir die ja aus
dem Hotelzimmer.«

Kimmel blies die Backen auf und mahnte: »Das ist
Österreich, vergiss das nicht. Ich weiß nicht, wie weit
Walter gehen kann, und wir selbst haben keine Zuständig-
keit. Im Grunde ist sie da drüben so sicher, als wäre sie in
Uruguay.«

»Wir versuchen es trotzdem! Vielleicht gibt es eine Chance,
sie festzuhalten«, sagte Schielin entschlossen und signalisierte Lydia mit einer Kopfbewegung, sie solle mitkommen.
Zu Funk gewandt meinte er: »Fahrt ihr auf die Insel zu Tau-

280

ber. Schluss jetzt mit der Zurückhaltung. Wir brauchen die Sport- und Jagdbögen zur Kontrolle. Lasst euch etwas einfallen!«

Lydia schnappte sich den BMW und schaltete als erstes die Sitzheizung ein. Zeitgleich mit Wenzel und Funk bogen sie vom Dienststellengelände in die Ludwig-Kick-Straße ein. Am Kreisverkehr in der Bregenzer Straße trennten sich ihre Wege. Funk schoss die Abfahrt zur Bahnunterführung hinunter, wobei Wenzel Mühe hatte, das Telefon am Ohr zu halten. Er wollte von Jasmin wissen, ob Tauber zu Hause sei. Sie kaute gerade an einer Seele herum und nuschelte: »Ja, ist er. Ist was?«

»Wenn er aus dem Haus kommt, halte ihn auf, wir sind gleich da.«

Sie schluckte schnell hinunter.

»Neuigkeiten?«

»Wir haben vermutlich Nora Mathis gefunden. Sie heißt jetzt Laura Perez und ist im Kaiserhof in Lochau abgestiegen – vor zehn Tagen. Sie reist heute ab – Zürich ... Flughafen« sagte er immer wieder stockend, weil Funk den Kreisverkehr vor der Seebrücke äußerst sportlich nahm. Eine Fußgängerin, die gerade über den Zebrastreifen wollte, drohte ihm mit der Faust.

Wenzel fragte ihn: »Hast du eine Idee, wie wir das anstellen sollen? Wenn wir Pech haben, lässt er uns nicht mal in die Wohnung.«

Funk schwieg. Eine Idee hatte er auch nicht.

Tauber hatte das Klingeln gehört und war zum Fenster gegangen. Drunten sah er eine junge Frau und zwei Männer stehen, von denen einer rief: »Herr Tauber, wir müssen dringend mit Ihnen sprechen. Kripo.«

Tauber verschwand im Fenster und tauchte kurz darauf mit dem Schlüssel in der Hand wieder auf.

»Kann ich werfen?«

Jasmin Gangbacher winkte ihm.

»Ja! Nur zu.«

Tauber empfing sie an der Wohnungstür und nahm seinen Schlüssel wieder in Empfang.

»Das geht leider nicht anders, wenn man keinen Türöffner hat. Wäre auch zu teuer und zu aufwendig in dem alten Haus.« Im Wohnraum wurde er verlegen.

»Ich habe leider nur drei Stühle.«

Jasmin Gangbacher lehnte sich an die Küchenzeile und lächelte ihn freundlich an.

»Ist schon recht. Ich bin froh, endlich mal stehen zu können.«

Funk war vom Treppensteigen etwas außer Atem, sodass Wenzel übernahm und ohne Umschweife zur Sache kam.

»Herr Tauber – wir brauchen Ihre Bögen.«

Tauber sah ihn entgeistert an.

»Ich benutze sie doch gar nicht mehr.«

»Das wissen wir.«

»Sicher … Ihre Kollegen waren ja da, der Herr Schielin … und die Frau …«

»Naber«, ergänzte Funk, der wieder zu Luft gekommen war.

»Mhm. Was ist denn plötzlich los?«, fragte Tauber.

Wenzel wusste nicht recht, wie weit Schielins Anweisung *keine Zurückhaltung mehr* auslegbar war, und überlegte.

»Wir müssen Ihre Bögen untersuchen. Wir wollen sie damit als Tatwaffen ausschließen.«, sprang Funk ein.

»Ach so, ach so«, meinte Tauber lapidar, sah von Wenzel zu Funk und retour.

»Meine Bögen als Tatwaffen ausschließen … mhm. Meine Bögen. Und das ist alles?«

Wenzel sagte schnell: »Ja, das wäre alles, Herr Tauber.«

Tauber stand auf.

»Ich kann Ihnen aber nicht helfen, sie runterzutragen. Das müssen Sie schon selbst erledigen. Es sind zwei Kisten, droben im Speicher.«

Funk lächelte ihn an.

»Herr Tauber, Sie müssen die Kisten keinen Zentimeter weit bewegen.«

»Kommen Sie, ich zeige Ihnen, wo sie stehen.«

Droben roch es nach Staub und Trockenheit.

»Haben Sie auch einen Keller?«, wollte Jasmin wissen.

»Ja schon, aber da kann man nichts lagern, weil er so feucht ist und alles gleich verschimmelt.«

»Ist er leer?«

»Nein. Ein paar Flaschen Wein hab ich drunten. Wollen Sie den Keller sehen?«

Sie schafften die Umzugskisten mit Taubers Bögen nach unten. Anschließend geleitete Tauber Jasmin Gangbacher in den Keller, wo er ihr die morsche Holztür aufsperrte und sie in den Raum sehen ließ. Ein rostiges Metallregal lehnte an der Wand, worin die Weinflaschen lagerten.

»Wir bringen Ihnen Ihre Bögen wieder, sobald wir mit der Auswertung fertig sind.«

Er sah sie beinahe drohend an.

»Nix da, ich komme mit!«

٭

Schielin fuhr derweil die Bregenzer Straße entlang. Lydia moserte über die Drimsler auf der Strecke, weil es ihr zu langsam voranging. Schielin schwieg. In Lochau hatten sie Glück und mussten am Bahnübergang vor dem Hotel nicht warten. An der Motorhaube eines schwarzen Volvos lehnte lässig Walter Lurzer und wartete bereits auf sie.

»Und?«, frage Schielin, als sie in Hörweite waren.

»Sie ist gerade gefahren.«

»Wie?«

»Sie hat noch einige Einkäufe in der Stadt zu erledigen und nimmt dann den Eurocity um zehn Uhr sechs nach Zürich. Ihr Flug geht am Abend.«

»Und wohin?«

»Nach Buenos Aires, mit Air Canada.«

»Woher weißt du das alles? Hast du vielleicht mit ihr gesprochen?«

»Nein, wo denkst du hin?! Die Concierge hat es mir gesteckt. Sie ist eine Freundin meiner Tochter und hat als Teenie mal Shit geraucht... ich hatte den Fall damals zu bearbeiten.«

»Sie wurde damals sicher hart bestraft, nehme ich an«, spöttelte Lydia.

»Ich kann mich nur noch dunkel daran erinnern... ich glaube, es war sogar meine Tochter, die das Zeug beschafft hatte.«

Lydia zischte die Luft durch die Zähne.

»*Pfarrers Kind und Müllers Vieh gedeihen selten oder nie.* Lehrerin ist sie doch geworden, nicht wahr?«

»Ja, Lehrerin. Eine sehr strenge, glaube ich übrigens, doch jetzt zum Geschäft. Ihr seid euch darüber im Klaren, dass euer Aufenthalt hier in Vorarlberg rein privater Natur ist.«

»Was für eine Frage?!«, entgegnete Schielin und öffnete seine Arme weit in einer vertrauensheischenden Bewegung ganz im Stil übler Mafiosi.

Walter Lurzer fragte: »Dienstwaffen?«

Die beiden schwiegen betreten. Walter Lurzer ächzte.

»Na gut«, gab er nach und fragte weiter: »Habt ihr was, ich meine ein Indiz, einen Beweis, eine objektive Spur. zum Beispiel diese DNS, von der ihr am Telefon gesprochen habt – oder gar einen Haftbefehl, vielleicht sogar einen internationalen, auch wenn heute nicht Weihnachten ist?«

»Wir haben eine starke Vermutung und einen darauf gründenden Verdacht«, sagte Schielin, dem es ganz wehtat, nur das anbieten zu können.

Walter Lurzer stöhnte laut auf.

»Aua. Also gar nichts.«

Lydia erklärte: »Die DNS kam erst gestern Abend rein – Nasensekret auf den Federn eines der Pfeile, die in der Leiche steckten. Die Recherche gegen die Datenbank läuft ... sie wird sicherlich nicht erfasst sein.«

Walter Lurzer wog ab.

»Also gut. Wir fahren zum Bahnhof, und ich werde sie kontrollieren, diese Laura Perez. Wenn wir Glück haben, hat sie keine gültigen Ausweispapiere. Mehr geht aber auch nicht. Und ihr – ihr dürft dabei sein, mehr nicht, klar? Keinerlei Maßnahmen. Sie ist ausländische Staatsangehörige und sieht nicht so aus, als könnte man Späßchen mit ihr treiben. Das Letzte, was ich jetzt gebrauchen kann, sind internationale Verwicklungen.«

Lydia Naber lief um den Volvo herum und schimpfte: »Es ist zum Schreien! Jetzt fährt sie vor unseren Augen weg ... geht stiften. Ich pack das nicht ... und wir stehen hier rum und können nichts, aber auch gar nichts machen!«

Schielin sah Walter Lurzer an.

»Eigentlich ist sie ja tot, diese Laura Perez, ehemals Nora Mathis.«

Walter Lurzer schüttelte den Kopf.

»Ich verstehe das ja schon alles nicht. Wie soll da erst ein Haftrichter durchblicken?«

Schielin verschränkte die Arme hinter dem Kopf und lief auch ein paar Meter. Wie gerne wäre er jetzt ganz woanders gewesen. Aber es half nichts, nicht einmal der Gedanke an Ronsard und eine Tour mit ihm in völliger Einsamkeit des Eistobels oder sonstwo entlang der Argen.

»Okay, fahren wir zum Bahnhof, und ich verspreche dir, dass wir uns absolut zurückhalten werden. Du bestimmst.«

Auf dem Weg telefonierte Schielin mit Robert Funk, um zu erfahren, wie es bei Tauber gelaufen sei. Über den Außen-lautsprecher des Autos hörten sie völlig verdutzt, wie mühelos alles vonstatten gegangen war. Funk sagte: »Völlig harmloser Typ. Er wollte mitkommen, trinkt gerade mit Gommi Kaffee und streichelt Hundle. Die drei verstehen sich.«

»Was?«

Schielin konnte es nicht glauben.

»Ja, wenn ich es dir sage! Er wollte seine Bögen nicht aus den Augen lassen. Jasmin ist dran und hat auch schon was gefunden. Es waren zwei Kisten, und in der einen war alles viel unordentlicher als in der anderen. Der Bogen, der oben-auf lag, war nicht so akkurat in das Ölpapier eingewickelt wie die anderen. Den hat sie sich als erstes vorgenommen.«

»Ja und?«, fragte Schielin ungeduldig.

»Herrgott, hexen können wir auch nicht! Wenzel ist mit dem Ding gerade auf dem Weg ins Institut nach Ulm – die schnellste Variante. Wir wollen doch jetzt keine Fehler ma-chen, oder?«

»Alles klar. Sehr gut, danke. Wir warten hier derweil auf die tote Nora Mathis alias lebende Laura Perez. Ciao.«

*

Am Bahnhof in Bregenz leuchtete selbst das leblose Grün der Stahlverstrebungen lebendig an diesem grauen Apriltag.

»Erster April!«, entfuhr es Lydia. »April, April, wird sie sagen. Das muss man echt erleben, sowas.«

Walter Lurzer und Schielin schwiegen. Es war kurz vor zehn, und am Bahnsteig hatten sich viele Menschen gesammelt.

»Da kommt sie«, sagte Walter Lurzer und wies mit dem Kopf in Richtung Bahnhofsgebäude, von wo eine Frau gelassen, beinahe aufreizend den Bahnsteig entlangkam und gemächlich einen kleinen Rollkoffer hinter sich herzog. Lydia spürte, wie ihr Herz begann, heftig zu schlagen. Diese Frau war so ganz anders, als sie sich Nora Mathis vorgestellt hatte. Ihre Version dieser Frau wäre in Booties, enger Jeans, einer Bluse und einem Jackett über den Bahnsteig gelaufen. Die Frau aber, die da gerade an ihr vorüberging, trug einen Hosenanzug aus edel glänzendem, schwarzem Stoff. Der abgerundete Kragen des Jacketts war mit einem beigen Band abgefasst, ebenso die Ärmel. Ihre schwarzen Haare reichten bis auf die Schultern. An den Händen glänzte matter Goldschmuck. Sie war etwas kleiner als Lydia, hatte eine natürliche Bräune auf ihrer Haut und stechend klare, dunkle Augen. Sie blieb ganz ruhig stehen, als Walter Lurzer sie ansprach.

»Frau Perez?«

Sie drehte sich ihm zu, ohne überrascht zu sein.

»Ja bitte?«

Er verneigte sich in habsburgischer Manier.

»Major Walter Lurzer, Landeskriminalamt Bregenz. Dürfte ich Sie freundlich bitten, mir Ihre Ausweispapiere für einen Moment auszuhändigen? Es dauert wirklich nur einen kurzen Augenblick.«

Sie lächelte gewinnend.

»Aber wozu benötigen Sie denn meinen Ausweis, wenn Sie doch meinen Namen schon kennen, Herr Lurzer?« Gleichzeitig öffnete sie ihre Handtasche und holte einen Reisepass hervor. »Probleme?«

Schielin nahm ihre Schlagfertigkeit entgeistert zur Kenntnis. Walter Lurzer blätterte schweigend durch den Reisepass, wobei Schielin ihm über die Schulter sah. Das Dokumentenpapier fühlte sich echt an, der erhabene Druck war gut fühlbar, das Wasserzeichen leuchtete an der richtigen Stelle, Siegelrand und Rasterung am Passfoto lagen perfekt an. Ein korrektes, echtes Dokument.

»Ich habe hier Kollegen aus Deutschland, die Ihnen gerne ein paar Fragen gestellt hätten, jedoch nur, wenn Sie ausdrücklich dazu bereit wären«, sagte Lurzer zur völligen Überraschung von Schielin und Lydia.

Laura Perez lächelte ihn an.

»Haben Sie herzlichen Dank für Ihre Freundlichkeit, Herr Major Lurzer. Frau Perez möchte Ihnen jedoch mitteilen, dass sie ausdrücklich nicht dazu bereit, Fragen zu beantworten.« Sie hielt ihre Hand hin, um ihr Ausweisdokument zurückzufordern, und bekam es ohne Widerrede ausgehändigt. »Herzlichen Dank«, sagte sie mit großer Freundlichkeit und ging weiter.

»Tja«, meinte Lurzer nur, ohne ihr nachzusehen.

Schielin atmete laut und schwer aus und presste leise hervor: »Jetzt läuft uns unsere potenzielle Mörderin vor der Nase weg! Sowas habe ich noch nicht erlebt!«

»Ja, wirklich Pech. Interessante Frau, sehr interessant«, konstatierte Lurzer.

Die Lautsprecher der Bahnhofsdurchsage knarrten in den Dienstagvormittag, und kurz darauf rollte der Eurocity heran. Laura Perez stieg ein, und behäbig setzte sich der

Zug wieder in Gang. Mit leisem Quietschen verließ er den Bahnhof in Richtung Schweiz. Schielin wollte etwas zu Lydia sagen, doch die war verschwunden.

»Wo ist Lydia?«

Walter Lurzer drehte sich einmal um sich selbst und musste lachen.

»Na wo wird sie wohl sein?«

*

Da Laura Perez die ganze Aufmerksamkeit der beiden Männer hatte, war es Lydia gelungen, unbemerkt in den Zug zu steigen, wo sie durch die Gänge lief und die Abteile nach ihr absuchte. Der Zug nahm zusehends an Fahrt auf, und die Häuserfronten draußen flogen bald verwaschen vorbei. Laura Perez hatte ein leeres Abteil gewählt und saß am Fenster. Sie wollte offensichtlich ihre Ruhe. Lydia öffnete die Tür, grüßte mit einem knappen »Hallo« und setzte sich auf den mittleren Sitz. Sich ihr direkt gegenüberzusetzen, wäre zu konfrontativ und unklug gewesen.

Laura Perez warf ihr einen kurzen, schnellen Blick zu, ließ ein abschätziges Lächeln über ihre Lippen laufen und widmete sich dann wieder den Fassaden und Häusern von Hard und Fußach. Auf den Wiesen, die immer öfter zwischen den Bauwerken auftauchten, machte sich erstes frisches Grün breit. Ein Mann kämpfte sich mit zwei Koffern durch den Gang und öffnete die Abteiltür. Lydia zischte ihm entgegen: »Hier ist kein Platz mehr!« Er reagierte mit stummem Entsetzen ob dieser Unfreundlichkeit, schmiss die Abteiltür zu und zog weiter. Laura Perez lachte böse.

»Aha, die deutsche Polizei – gut, in Österreich zu sein.«

Gelegenheit für Lydia, zu beginnen. Doch womit? Sie sagte: »Martin Boone hat sehr respektvoll von Ihnen geschrieben. Beinahe könnte man glauben, er hatte Furcht vor der Festigkeit ihrer Persönlichkeit.«

Laura Perez verzog ein wenig die Lippen, auf denen ein kräftiger roter Lippenstift leuchtete. Sie sah sehr südamerikanisch aus, fand Lydia.

»Macht es Ihnen denn gar nichts aus?«, fragte Lydia.

»Was soll mir etwas ausmachen?«, lautete die Gegenfrage.

»Wir werden Ihnen nachstellen. Das müssen Sie wissen. Es wird seine Zeit dauern, aber Sie können doch auf diese Weise keine Ruhe finden.«

Laura Perez wendete sich ihr zu, und ihr Gesicht trug eine freundliche Ironie, während ihre Stimme verurteilend klang.

»Sie wissen gar nicht, was es heißt, Ruhe zu finden. Sie sind es doch, die den Leuten hinterherrennt, nicht ich. Im Übrigen habe ich keine Vorstellung davon, was Ihr Auftritt hier bedeuten soll und was sie überhaupt von mir wollen … mir nachstellen, tss.«

Nur keine Pause entstehen lassen, dachte Lydia.

»Wir wissen von der Sache mit der Segelyacht und dem Betrug, den sie zusammen mit Martin Boone ausgeheckt haben.«

»Ach ja? Was Sie nicht sagen!«, kam es gelangweilt.

Lydia Naber spürte ihre Verunsicherung, denn diese Frau, die ihr da so selbstsicher gegenübersaß, zeigte nicht die Spur von Nervosität.

»Ja. Und der Beweis dafür sind Sie – Nora Mathis!«

Sie lächelte zart, und ihre Augen leuchteten dabei.

»Nora Mathis? Die Behörden meines Landes als auch die portugiesische Küstenwache und die Behörden Ihres Landes werden Ihnen bestätigen – Nora Mathis ist tot.«

»Martin Boone ist auch tot.«

»Ja, das habe ich gehört … das habe ich gehört«, sagte Laura Perez mit ehrlicher Traurigkeit in der Stimme.

Lydia musste schlucken und erschrak darüber. Ganz schön abgebrüht, diese Nora, ging es ihr durch den Kopf.

»Was ist schiefgegangen zwischen ihnen?«, hörte sie sich fragen.

»Schiefgegangen ... zwischen mir und Martin? Nichts ist da schiefgegangen.«

Lydia hielt es für das Beste, nicht länger um den heißen Brei herumzureden, und fragte: »Aus welchem Grund haben Sie ihn dann getötet?«

Durch Laura Perez Körper lief eine langsame Bewegung. Es sah schlangenhaft aus.

»Ich!? Ich!? Wie kommen Sie denn auf einen solchen Unsinn?!«

»Wir haben Beweise.«

Sie lachte rau, wendete sich von Lydia ab und sah kopfschüttelnd zum Fenster hinaus.

»Da, sehen Sie – der Rhein. Wir sind gleich in der Schweiz. Es würde mich freuen, wenn Sie spätestens dort mein Abteil, am besten gleich den Zug verließen, oder dürfen Sie das – in fremden Ländern ermitteln?«

»Ich führe lediglich ein Gespräch. Das darf ich ... sogar in der Schweiz«, log Lydia.

Laura Perez zeigte ihre Missachtung und sprach gegen das Fenster.

»Sie tragen ein Mikrofon, nicht wahr? So wie in Kriminalfilmen ...«

Lydia war ehrlich entrüstet.

»Nein, wirklich nicht.«

»Ist ja auch egal. Sie sagten gerade, sie hätten Beweise ... was sind das denn für Beweise?«

»Sie haben nicht aufgepasst, als Sie mit dem Bogen und den Pfeilen hantierten. Ihre Nase hat getropft, oder Sie mussten niesen – wie auch immer. In jedem Fall haben wir

Ihre DNS auf einem der Pfeile sichergestellt und einen Jagdbogen aus dem Besitz Ihres Vaters. Die Analyse wird gerade
in einem rechtsmedizinischen Institut durchgeführt. Wir
gehen davon aus …«

Laura Perez drehte sich ihr wieder zu und unterbrach sie
mit einer herrischen Geste ihrer Hand.

»Dann stimmt es also, was ich gehört habe. Nun gut.
Hören Sie! Mein Vater hat mir davon erzählt. Er selbst ist
seit Wochen nicht annähernd in der Lage, einen Bogen zu
halten, geschweige denn, damit einen Pfeil abzuschießen. Er
hat die Bögen in den letzten Jahren überhaupt nicht mehr
angerührt. Und was Ihre DNS angeht – Sie haben *eine* DNS,
aber es ist nicht meine. Es ist … es kann gar nicht meine sein,
denn ich war nicht eine Sekunde lang in Deutschland. Und
welchen Grund sollte ich bitte haben, Martin Boone zu
töten? Mörder haben doch zumeist ein Motiv für ihre Tat.
Was haben Sie sich da nur ausgedacht?«

»Er hat Ihre Sicherheiten aus dem Kauf der Segelyacht,
die Immobilie, durch die Bank exekutieren lassen, weil er
die Versicherungssumme des Bootes für sich behielt.«

Sie nickte streng.

»Ja na und?«

»Das muss Sie doch rasend gemacht haben.«

»Rasend? Nein, denn genau das wollte ich ja, genau das!
Die alten Steine endlich loswerden.«

Lydia sprach, ohne nachzudenken, um ihre Irritation zu
verbergen.

»Aber es waren doch die alten Steine Ihrer Eltern und
Vorfahren. »Ihr Vater sagt, Ihre Mutter sei über dem Kummer gestorben.«

Laura Perez warf ihr einen zornigen Blick zu.

»Natürlich sagt mein Vater solche Dinge. Was soll er auch
sonst sagen! Außerdem waren es meine alten Steine – meine!

Ich bestehe darauf, dass Sie die Realitäten anerkennen. Und meine Mutter war schon lange krank, sehr krank, und hatte schreckliche Sehnsucht nach ihrer Heimat, aber mein Vater, der hing an diesen alten Steinen auf der Insel. Ich war mir aber sicher, wenn die endlich weg wären, dann kämen sie mir nach. Die Zeit reichte meiner Mutter aber nicht mehr. Und mein Vater? Er hängt an diesen Erinnerungen, an diesem Früher, an dem, was war, auch wenn alles tot und unlebendig ist.«

Lydia saß einigermaßen erschüttert da.

»Aus welchem Grund sind Sie überhaupt zurückgekommen ... in diese alte Welt, von der Sie nichts mehr wissen wollen?«

»Ich wollte mich mit Martin Boone treffen. Wir hatten eine Verabredung. Und ich wollte meinen Vater überzeugen, mitzukommen. Deswegen. Ich weiß, wie glücklich er dort sein würde. Ich habe ein neues Leben, arbeite in meinem geliebten Beruf, es ist herrlich warm dort, und das Meer ...«

»Es war doch sicher schwer für ihn, als plötzlich nach all dem, was geschehen ist, seine tote Tochter lebend wieder auftauchte. Wie ich sehe, begleitet Ihr Vater sie nicht.«

Laura Perez lächelte lauernd milde.

»Das ist alleine meine Angelegenheit. Zudem ist mein Verlangen gering, zu hoffen, andere Menschen verstünden mich. Er hat Flugangst. Sein Schiff geht in vier Wochen: Genua–Lissabon–Montevideo.« Sie hob ihre Hand, um Lydia zuvorzukommen. »An diesem Morgen draußen auf dem Meer, gerade, als die Dunkelheit begann, sich aufzulösen – als Martin die Rettungsinsel bestieg und ich die Leine löste und sie in die Wellen warf ...«, sie unterbrach und rückte Lydia etwas näher, »... das war der Augenblick, der Moment, in dem ich die ganze Vergangenheit, all den Schmerz und das Leid ebenfalls weggeworfen habe, als er-

293

lebte ich damit meine eigene Neugeburt – ein unbeschreib-
liches Gefühl der Befreiung. Es wird mir ewig unvergesslich
bleiben, dieser Moment, in dem ich wie in Trance, erfüllt
von Glückseligkeit, alleine davonsegelte. Seither habe ich
keine belastenden Gedanken mehr an das, was einmal war.
Ein solches Erlebnis fehlt meinem Vater. Er hat nie losgelas-
sen und klammert sich an Gräber, romantische Erinnerungen, Sentimentalitäten und alte Steine. Eines ist aber gewiss:
Ich habe noch nie einen Menschen getötet. Und ja! Eine
Versicherung hat Geld zahlen müssen – dazu sind Versicherungen da. Was mich ergriffen hat, ist recht einfach: der
Drang und Zwang, mich loszumachen von den überfeiner-
ten Verhältnissen meines bisherigen Lebens, die Kühnheit
zu leben, ohne großartige Mittel einfach davonzugehen und
einzutauchen in eine andere, neue Welt der Bindungslosig-
keit, der Wille und die Fähigkeit, allein zu sein, mit mir
selbst und allem, was einen sich gegen sich selbst wenden
lässt. Diese Befähigung, allein mit sich zu sein, und das einmal erlebt und ausgehalten zu haben, das macht stark, weil
es einen vor dem Schmerz zukünftiger Verluste schützt.«

Sie wendete ihren Kopf dem Fenster zu und atmete laut
aus. »Der Rheinpark ... St. Margrethen. Wir werden uns
nun voneinander verabschieden.«

Lydia verstand, aus welchem Grund Boone so ehrfurchts-
voll von ihr geschrieben hatte.

»Aus welchem Grund wollten Sie sich mit Boone treffen?«

Sie blitzte mit ihrer Frage ab.

»Wir wollten einige Details besprechen, die sie nicht zu
interessieren brauchen.«

Draußen zog der Rheinpark vorbei wie eine Kulisse.

»Was war Boone für ein Mensch?«, fragte sie, weil ihr
nichts anderes mehr einfiel.

»Ein verzweifelter Mensch, einer, der merkte, wie die Zeit

ihn einholte. Ein Hexenschuss hat ihn fast aus der Fassung gebracht, und er fabulierte von seiner Weltumsegelung, die er unternehmen wollte ... und von seiner Familie, obwohl er doch niemanden mehr hatte. Niemanden. Im Grunde war er unglücklich darüber, mit seinem Leben nicht mehr angefangen zu haben. Und er war missgünstig den Menschen gegenüber, von denen er annahm, sie hätten es besser eingerichtet. Ich blieb von seinem Neid und seinem Ressentiment zum Glück verschont, weil er meine Geschichte kannte. Anderen gegenüber ist er zunehmend rücksichtslos begegnet. Ich habe das selbst miterlebt. Trotzdem mochte ich ihn und noch mehr – ich vertraute ihm und er mir.«

Lydia schwieg und war von der Frage verblüfft, die Laura Perez ihr stellte.

»Was brauchen Sie von mir?«

Der Zug fuhr gerade in St. Margrethen ein, und die Bremsen quietschten.

»Was meinen Sie damit?«

»Ja, was Sie von mir brauchen ... ich meine für diese DNS? Sie wollen doch sicher eine Probe. Was soll ich Ihnen geben? Ich kenne mich da nicht aus. Muss ich in oder auf irgendetwas spucken, muss es Blut sein?«

Lydia war verdutzt.

»Nein, nein, gar nicht ... Haare!«, entfuhr es ihr, »Haare genügen.«

Laura Perez fuhr sich mit den Fingern seitlich durchs Haar und riss entschieden.

»Hier. Ich hoffe es reicht. Passen Sie gut darauf auf. Adios!«

In der Tür drehte Lydia sich noch einmal um.

»Sie wissen es oder haben zumindest eine Ahnung, wer es gewesen sein könnte, nicht wahr? Es kann Sie doch nicht so kaltlassen, was mit Martin Boone geschehen ist.«

»Nora Mathis ist tot, und mit ihr sind auch die Ahnungen

aus ihrer alten Welt gestorben; sie wird niemals mehr dahin zurückkehren. Außerdem brauchen Sie mich nicht, um auf die richtige Spur zu kommen. Es gibt nicht viele Menschen, die mit einem Bogen derart geschickt umgehen können. Mein Vater hat Boone jedenfalls nicht getötet, ich war es auch nicht, und Sie haben doch diese DNS.«

Beim Schließen der Abteiltür hielt Lydia abermals inne.

»Ich habe die Tagebücher von Boone gelesen, in denen er sie oft erwähnt hat. Sie sind ganz anders, als ich Sie mir vorgestellt habe, und als ich hörte, sie seien beim Untergang der Yacht umgekommen, war ich zutiefst traurig darüber. Ich bin froh ... trotz der Umstände und trotz allem ... dass sie am Leben sind, und wünsche Ihnen mehr Glück in Ihrem neuen Leben, als Boone es in seinem alten haben durfte.«

Etwas schwindelig stieg sie aus dem Zug und tappte wie benommen zum Bahnhofsgebäude. Sie hielt die paar schwarzen Haare fest zwischen ihren Fingern und ging zerstreut hinunter zum Café Brassel, wo sie sich in die alten Polster der hinteren Nische setzte und einen Café Créme und ein Mandelkipferl bestellte. Erst danach legte sie Laura Perez Haare vorsichtig zwischen zwei leere Seiten ihres Notizbuches. Nachdem sie einen ersten Schluck getrunken hatte, holte sie ihr Handy aus der Tasche. Schielin hatte schon mehrfach versucht, sie anzurufen. Sie drückte seine Nummer und wartete. Ohne jedes Hallo rief er ins Telefon: »Mann, wo bist du denn?!«

»In St. Margrethen, Café Brassel.«

»Herrje!« Im Hintergrund hörte sie Kimmel quatschen. Sie sagte: »Wir haben ein Problem.«

»Ja, ich weiß, sie ist uns durch die Lappen gegangen.«

»Nein, das meine ich nicht.«

»Nein? Was denn dann?«

»»Sie war es nicht. Laura Perez war es definitiv nicht.«

Physio

Niedergeschlagenheit hatte sich auf der Dienststelle breit-
gemacht. Das komplette Team saß bedrückt in der Morgenrunde. Die Ergebnisse der DNS-Untersuchungen waren
am Vorabend eingetroffen. Wie Jasmin Gangbacher schon
vermutet hatte, wies der Jagdbogen eine zum Pfeil identi-
sche DNS auf. Die DNS von Laura Perez passte jedoch
überhaupt nicht dazu. Alle waren ratlos, und schlimmer
noch: Schielin war ratlos.

»Tauber scheidet aus. Bleiben nur der Vedder-Jacobsen
und die Ammons, oder der große Unbekannte.«

»Du selbst warst doch überzeugt, dass wir den Täter
schon in unseren Akten haben«, versuchte Robert Funk ihn
aufzubauen.

»Ja schon«, sagte er enttäuscht, »aber so ziemlich jeder wäre doch da oben in den Dachboden gekommen,
wenn er mal den Hauseingang überwunden hat. Kein
Schloss.«

Lydia blickte verdrossen in ihre Tasse. Nicht einmal Wenzel traute sich, eine Bemerkung über ihren Fencheltee zu
machen. Schielin stand auf.

»So – ich fahre jetzt zum Tauber und rede mit ihm.«

Lydia wollte sich gerade anschließen, da sagte Gommi:
»Oh, das ist schlecht, der hat jetzt gerade seine Physiothera-
pie wegen der Schulter.«

Schielin setzte sich wieder.

»Ah, ja dann warten wir halt.«

»Bei wem ist er?«, fragte Lydia. »Wir könnten ihn ja abholen. Roller- und Autofahren geht ja nicht.«

»Bei niemand ist der«, sagte Gommi.

»Was jetzt… hat er jetzt Physio oder nicht?«, polterte Kimmel.

»Ja sicher hat er Physio, aber dahoim.«

»Beim Tauber zu Hause… droben in der Dachwohnung?«, fragte Lydia verwundert nach.

»Ja Herrgott, wie oft soll ich es denn noch sagen?!«

»Woher weißt du das?«

»Ja wie er neulich hier auf der Dienststelle war, da sollt ich mich doch um ihn kümmern, und da haben wir halt so geratscht… so ganz normal halt, und da hat er mir von der Schulter erzählt, und wie froh er über die Physio ist, weil er Fortschritte macht und so.«

»Und wer ist der Physiotherapeut?«

»Des weiß ich doch nicht!«

Schielin stand wieder auf, und Lydia folgte ihm.

*

Schielin parkte vor dem Brunnen. Die Postbotin surrte gerade mit ihrem Rad vorbei in die Schafgasse, wo sie vor dem Hotel Engel hielt und einen Packen Briefe hineintrug. Er fragte sich, ob sie die Schönheit der Eingangstür inzwischen noch wahrnahm.

»Was ist jetzt?«, holte ihn Lydia aus seinen Gedanken zurück.

»Wir klingeln«, sagte er schnell und ging mit ihr zum Hauseingang.

»War was?«, fragte Lydia.

»Was soll gewesen sein?«

»Du hast irgendwie abwesend gewirkt.«

»Nein, nein, alles in Ordnung.«

Er drückte die Klingel, und unerwartet schnell steckte Tauber den Kopf aus dem Fenster. Ohne weitere Fragen warf er den Schlüssel auf gewohnte Weise herunter. Er hatte die Tür nur einen Spalt weit geöffnet und streckte den Kopf heraus. Er trug einen alten blauen Trainingsanzug und sagte, es sei gerade schlecht, weil er Physio habe. Lydia Naber entgegnete entschlossen: »Genau deswegen sind wir hier.«

Als wäre sie bei Tauber zu Hause, ging Lydia an ihm vorbei und tippte mit zwei Fingern gegen das Türblatt zur kleinen Wohnküche. Der Tisch war in die Ecke gerückt, und mitten im Raum stand ein Stuhl, über dessen Lehne ein großes Badetuch hing. Obwohl Lydia damit gerechnet hatte, erschrak sie doch, als sie in die dunklen Augen von Frau Ammon blickte. Sie bemühte sich um eine feste Stimme, was ihr jedoch misslang.

»Guten Tag, Frau Ammon. Ich möchte Sie bitten, mit uns zu kommen.«

*

Auf der Dienststelle wurde auch Kimmel von Nervosität erfasst, als Schielin ihm mitteilte, sie hätten Sarah Ammon festgenommen. Die hatte ruhig und ohne jegliche äußere Aufregung auf Lydia Nabers Aufforderung reagiert und ihrem verstörten Patienten noch einige Hinweise gegeben, in welcher Weise, Intensität und Abfolge er welche Übungen machen sollte. Wortlos saß sie auf der Rückbank, Lydia neben ihr. Schielin ließ den Wagen langsam über die Seebrücke rollen.

»Schaut traurig aus«, stellte Sarah Ammon sachlich fest, als sie in die Bregenzer Bucht sah.

Die beiden waren sich nicht sicher, was sie genau meinte – den Blick in das trübe Frühjahr oder die Situation, in der sie sich befand.

»Was?«, fragte Schielin, um ein Gespräch in Gang zu bringen.

»Die Insel Hoy und die überhängenden Zweige am *Toscana* ... schaut immer so traurig aus, egal, wie das Wetter ist, finden Sie nicht auch?«

»Nein ... traurig nicht, eher melancholisch «, meinte er.

In der Ludwig-Kick-Straße eingetroffen nahm Sarah Ammon das Angebot eines Kaffees dankend an und saß entspannt mit übergeschlagenen Beinen auf dem harten Stuhl im Vernehmungszimmer, wo man sie einige Zeit alleine sitzen ließ.

»Aufgeregt scheint sie ja gar nicht zu sein«, meinte Kimmel.

Schielin und Lydia stimmten ihm zu.

»Und jetzt?«, fragte Kimmel.

»Wenzel und Funk kümmern sich um den DNS-Abgleich, ich rufe den Staatsanwalt an ...«, antwortete Schielin knapp.

Kimmel flüsterte: »Wird sie reden?«

»Wir werden sehen«, raunte Schielin zurück, dem auch daran gelegen war, sie zum Sprechen zu bewegen, denn eine DNS-Spur alleine war zwar sehr gewichtig, aber eben nur eine Spur, und sie hatten weder Zeugen noch irgendetwas anderes in der Hand.

Schielin und Lydia Naber gingen hinüber ins Vernehmungszimmer, in welches der Duft des Kaffees eine Note von Geborgenheit geweht hatte. Sarah Ammon nickte den beiden freundlich zu, und Schielin stellte mit ruhiger Stimme fest: »Ich gehe davon aus, Sie wissen, aus welchem Grund Sie hier sitzen.«

»Weil ich mich in meinem ehemals erlernten Beruf als Physiotherapeutin betätigt habe?«, entgegnete sie mit unangebrachter Ironie.

Schielin zeigte nicht, wie sehr ihn ihre Aufgeräumtheit überraschte.

»Sie sitzen als Verdächtige im Mordfall Boone hier. Sie hatten Zugang zu Taubers Jagdbögen, können damit umgehen und waren früher eine hervorragende Schützin, wie er uns inzwischen berichtet hat. Sie bringen demnach alle Fähigkeiten mit. Wir haben am Tatort DNS-Spuren sichern können, die den zweifelsfreien Bezug zu Ihnen herstellen werden. Zuvor gebe ich Ihnen aber die Möglichkeit, sich dazu zu äußern. Also: Möchten Sie uns etwas erklären?«

Sarah Ammon spitzte ihre Lippen.

»Was soll ich Ihnen erklären?«

Lydia Naber sagte sanft: »Zum Beispiel welchen Grund Sie hatten, Martin Boone zu töten.«

Sarah Ammon nahm einen Schluck aus dem Kaffeebecher und entgegnete ungerührt: »Ich möchte gar nichts sagen, und das muss ich ja auch nicht.«

»Das ist richtig. Das haben wir Ihnen ja bereits erklärt. Sie können auch einen Anwalt hinzuziehen. Solange aber werden wir Sie hierbehalten und einen Haftbefehl beantragen.«

Sie nickte gelassen.

»Ja ja, das verstehe ich, sicher.«

»Kennen Sie einen Anwalt, den wir verständigen sollen?«

»Ja, ich habe einen Anwalt, doch ich möchte das im Moment nicht. Ich sage Ihnen, wenn ich ihn brauche.«

Schielin sah Lydia an. Die zuckte mit den Schultern, was hieß: Na dann ist es halt so. Sarah Ammon sah auf.

»Meine Kinder, die hätte ich gerne verständigt.«

»Das ist unsere Sache«, lautete Lydias ungnädige Antwort.

Wenzel hatte die Mitarbeiter im rechtsmedizinischen Institut in Ulm überzeugt, wie wichtig der DNS-Abgleich für sie war. Auf große Begeisterung war er dort an einem Freitagmittag mit seinem dringlichen Anliegen allerdings nicht gestoßen.

Am Nachmittag erreichte die Dienststelle dann ein Anruf des Labors. Mit einem Ergebnis der DNS-Analyse sei heute nicht mehr zu rechnen, weil ein Sequenzer ausgefallen sei, teilte man ihnen mit. Die freundliche Dame vertröstete Gommi mit warmen Worten auf den Samstag, ohne sich allerdings festlegen zu wollen.

Schielin fasste es nicht. Kimmel schlug auf den Tisch, dass die Tassen hüpften. Frauenplätze waren eine rare Sache in Gefängnissen. Lydia Naber klemmte sich hinters Telefon und telefonierte die nahegelegenen Gefängnisse ab. Ravensburg-Hinzistobel war inzwischen geschlossen, und nur mit viel Glück bekam sie noch einen Platz in Memmingen, was ihnen die lange Fahrt bis nach Kaisheim ersparte.

Zusammen mit Jasmin Gangbacher und Gommi fuhren sie Sarah Ammon am späten Nachmittag nach Norden. Das einzige Geräusch im Wagen war das Surren des Motors. Keiner sprach ein Wort. Wangen und Amtzell versteckten sich hinter den Hügeln und Schloss Zeil hob sich nur mit seinen Konturen über dem schwäbischen Land ab. Lydia kam diese Fahrtrichtung unnatürlich vor – weg vom Wasser, weg von den Gipfeln. Ihre Blicke in den Rückspiegel galten weniger dem Verkehr als der Kontrolle, wie Sarah Ammon sich gab. Sie sah zwar nur deren linken Arm und einen Teil der Schulter, das reichte aber aus. Sie lehnte ruhig im Rücksitz, hatte den Kopf zur Seite gewandt und ließ die Landschaft an sich vorbeiziehen. Wer sie betrachtete, konnte zu der Ansicht gelangen, hier eine Frau zu sehen, die ganz in sich ruhte, die mit sich im Reinen war, die nichts fürchtete und fürchten musste.

Als sie am Gefängnis ankamen, wartete Gommi am Auto. Lydia und Jasmin gaben nach der Anmeldung ihre Waffen und Dienstausweise ab. Bereits der Geruch hinter den Mauern wirkte auf Lydia abstoßend; schlimmer noch als Krankenhaus! Keinen Schluck Kaffee hatte sie hinter solchen Mauern je getrunken, so oft er ihr auch angeboten worden war; von Essen ganz zu schweigen. Vor allem der modrige und faulige Dunst stieß sie ab, der sich hinter dem aufdringlichen Geruch von Reinigungsmitteln verbarg.

Die Formalitäten zogen sich hin, weil der aufnehmende Beamte ständig angerufen wurde und meinte, die Anfragen in aller teigigen Breite beantworten zu müssen. Beinahe hätte Lydia ihn aufgefordert, das Telefon einfach mal Telefon sein zu lassen, um mit der Einlieferung voranzukommen.

Sarah Ammon selbst begleitete den Vorgang, als würde sie im Hotel einchecken, und als an der alten eisernen Tür mit dem kleinen Sichtfenster, vor dem dicke Eisenstangen angeschweißt waren, der Zeitpunkt für den Abschied gekommen war, gab sie Lydia Naber und Jasmin Gangbacher nicht nur einen festen Händedruck, sondern auch ein aufmunterndes Lächeln mit.

Draußen an der frischen Luft atmete Lydia tief ein.

»Ich hasse Einlieferungen. Das ist derart beklemmend, da könnte ich glatt zur Raucherin werden.«

»Ganz schön cool, die Tussi«, meinte Jasmin Gangbacher. »Schnallt die eigentlich, was los ist?«

»Mhm. Ich werde nicht so recht schlau daraus. Warten wir es mal ab. Ein paar Nächte im Knast bewirken Immenses bei Leuten, die das nicht gewohnt sind.«

»Die Vernehmungen müsst ihr dann jetzt hier droben machen, wenn sie in Untersuchungshaft bleibt.«

Lydia stöhnte.

»Ja … grausig. Allein schon die Fahrerei hin und zurück.«

»Du bist dir also sicher mit ihr?«

»Oh ja, da bin ich mir ganz sicher. Die DNS-Spuren werden zueinanderpassen – Bogen, Pfeil, Sarah Ammon.«

»Na dann.«

Gommi trödelte auf der Autobahn nach Süden. Kein
Wort wurde gesprochen, so als säße Sarah Ammon immer
noch im Wagen.

*

Schielin war noch im Büro, als Lydia zurückkam.

»Du zuerst«, sagte er.

»Kein Ton, nichts. Sie kommt mir beinahe so vor, als sei
sie sediert. Die hat das überhaupt nicht angefasst, als die
Gittertür hinter ihr zuschlug. Und bei dir?«

Er schob einen Packen Papier zur Seite und sah kopfschüttelnd darauf. »Ich verstehe das nicht.«

»Wer soll das auch verstehen? Hoffen wir mal, sie fängt
an, zu reden. Ihre Familie ist für uns leider tabu. Ich hätte
ja gern noch mal ein Wörtchen mit dem Whiskeytrinker gesprochen oder mit den Zwillingen. Hat sich einer von denen
bei uns gemeldet?«

»Fehlanzeige.«

Schielin kam spät nach Hause, trank mit Marja ein Glas
Rotwein, schenkte sich dann noch einmal kräftig ein und
zog sich damit auf den Dachboden zurück, wo er eine Weile
im CD-Regal herumsuchte und schließlich bei Beethovens
Klavierkonzerten mit den Berlinern und dem alten Kempff
landete. Er fläzte sich in den Sessel, legte die Füße hoch
und begann noch einmal von vorne, über Boone und die
Ammons nachzudenken. Doch Wein, Wärme und Musik

ließen es nicht zu, und beim Adagio des B-Dur-Konzertes gab er sich letztlich dem Halbschlaf hin.

Am frühen Samstagmorgen offenbarte der Blick aus dem Fenster dichten Nebel – eine richtige Suppe, wie sie inzwischen selten geworden war am See. Er kochte Kaffee und hörte Musik. *Radio Suisse Classique* hatte Marja eingestellt. Er schaltete auf Radio Vorarlberg um, wo HMBC ihr Leid über den Fußweg von *Mello bis ge Schoppernou* absangen. *Mutter is scho ufgregt gewesa… allat umanand gsuffa, des konn es doch net sin.* Schielin lachte. Gerade der richtige Sound, um in einen nebeligen Samstag mit angefrischter Laune zu starten. *Vo Mello bis ge Schoppornou bean I gloufo d'Füaß himmor weh tau*
  Weh tau, we tau, we tau, d'Füaß himmor weh tau.

Er ging hinüber zur Weide, summte den Song leise vor sich hin und pfiff nach Ronsard, der kurz darauf geradezu tänzelnd mit ihm um die Ecke zog. Als sie das letzte Haus hinter sich gelassen hatten, warf Schielin ihm die Leine über den Hals und ließ ihn frei laufen. Stille umgab sie, denn der Nebel ließ nicht nur die Umgebung versinken, er schluckte auch die Geräusche. Kein Vogel war zu hören, kein Windhauch, der zart in den Ästen und Zweigen pfiff. Es war, als wäre die Welt stehengeblieben. Im Wald erschienen die Baumstämme wie das Spalier einer gewaltigen Armee. Wer über zu viel Fantasie verfügte, hätte diesen Ort zu diesem Zeitpunkt meiden sollen. Ronsard tappte dahin, und Schielin orientierte sich zeitweise an dessen dunklen Umrissen.

»Sarah Ammon war es also. Erschreckend erbarmungslos, nicht wahr? Jagt ihm zwei Pfeile in den Leib, und wir haben nicht die geringste Ahnung, warum. Ob es vielleicht doch mit dieser blöden Kiste in Zusammenhang steht, die ihr Mann aufgebrochen hat?«

Schielin lief weiter durch den nebligen Raum, der keiner war, und hängte seinen Blick an Ronsards Körper, der wie ehedem dahinzog. Er rief sich die erste Begegnung mit den Ammons wieder vor Augen. Sie war so gar nicht aufgeregt gewesen. Wieder sprach er zu Ronsard.

»Wenn wir jetzt zurückkommen und ich den Deckel der alten Holzkiste im Stadel öffne, werden deine Ohren noch länger, als sie eh schon sind, und du fängst an, nervös zu trippeln. Natürlich binde ich dich draußen fest, sonst würdest du mich mit deinem Eselschädel einfach zur Seite schieben und vor Gier deine Schnauze hineintauchen in den Sack mit *Eselglück* von der Alb droben. Hinunterschlingen würdest du alles – gewalzten Dinkel im Spelz, Gerste, Hafer, Maisflocken, dazu Zuckerrübenmelasse und kaltgepresste Leinkuchenflocken. Und du würdest rumplärren und bocken, wenn ich den Deckel wieder schließen würde, ohne eine Handvoll davon herauszunehmen. Wenn ich nur wüsste, was Boone in seiner Kiste haben könnte, dass Ammon dazu getrieben hat, sie mit Gewalt zu öffnen. Was waren seine Leinkuchenflocken, mhm?«

Ronsard trippelte aufgeregt zur Seite und hob schnaubend den Schädel.

»Ist ja gut, mein Guter«, beruhigte ihn Schielin.

Er kam erst gegen Mittag im Büro an, wo Lydia bereits an ihrem Platz saß und angestrengt auf den Bildschirm schaute, ohne auch nur den Blick zu heben, als er eintrat.

»Ist das DNS-Ergebnis schon da?«

»Nein.«

»Was ist dann so interessant?«

»Die Fotos auf der Speicherkarte. Ich gehe diese Aufnahmen noch mal durch, vor allem die, die von den alten Papierfotos abfotografiert wurden.«

»Und wonach suchst du da genau?«

»Da sind einige dabeigewesen, auf denen Kinder zu sehen waren. Das interessiert mich.«

Schielin verschränkte die Arme im Genick und ließ sich in die sanfte Lehne des Bürostuhls fallen.

»Kinderbilder von Boone, oder wie?«

»Nein. Die Fotos sind jünger. Den Klamotten nach zu urteilen etwas über zehn Jahre alt, vielleicht auch ein wenig mehr.«

»Mhm. Er hatte keine Kinder, auch keine Geschwister, dachte ich.«

»Die Fotos sind unscharf, nicht gut gemacht, sehr amateurhaft. Aus welchem Grund bewahrt jemand solche Fotos auf? Doch nur, wenn sie einen ideellen Wert haben. Und in seinen Notizen ... zum Schluss ... da sprach er von seiner Familie ... auch Nora hat sowas erwähnt.«

Sie winkte ihm. »Schau, da ist eines, da hocken die zwei Kleinen auf der Mauer an der Hinteren Insel, im Hintergrund ist Bad Schachen zu erkennen. Und da rechts auf dem Bild, abgeschnitten, da sitzt eine Frau, aber nur ihr Fuß ist zu sehen und die Wade. Sie hat eine böse Narbe am Schienbein.«

»Was war noch mal alles in der Kiste?«, fragte er.

»Bücher, Tagebücher, alte Familienfotos im Rahmen, eine Kaffeetasse, eine Kaffeekanne, ein Teller mit chinesischen Malereien, eine kaputte Taschenuhr, ein Goldkettchen mit einem Kreuz, ein Sextant ... ein paar Gemälde von Ammon.«

»Eine Kiste voller Erinnerungen«, meinte Schielin. »Die Kiste, Ammon ... das passt nicht, das passt einfach nicht zusammen.«

»Finde ich auch. Und dieser Fotoapparat mit der Speicherkarte ... auch so eine seltsame Sache.«

Sie saßen sich gegenüber und schwiegen sich lange an.

»Es ist verboten«, sagte Schielin endlich.

Lydia lächelte, weil sie den gleichen Gedanken hatte.

»Aber natürlich weiß ich, wie sehr es verboten ist. Die würden das auch nie machen in diesem rechtsmedizinischen Institut. Es sei denn, es bestünde Freiwilligkeit.«

»Wir fragen sie einfach.«

Sie tönte genervt: »Ich fürchte, sie wird uns nicht einmal empfangen. Wer hat sich diese blöde Strafprozessordnung eigentlich ausgedacht? Ein normaler Mensch kann es nicht gewesen sein.«

»Man nennt das Demokratie«, unkte Schielin.

*

Am Nachmittag fuhren sie nach Memmingen, ließen die langwierige Prozedur über sich ergehen, um Zugang zu erlangen, und trafen im schlichten Vernehmungsraum auf Sarah Ammon. Die hockte in unerschütterlicher Ruhe am Tisch. Auf einem Stuhl in der Ecke saß eine Justizangestellte, die unaufgefordert ging, als Schielin und Lydia sich gesetzt hatten.

Lydia legte das Aufnahmegerät auf den Tisch. Sarah Ammon sprach leise, aber eindringlich.

»Ich sagte Ihnen doch schon, ich werde nichts sagen, und schon gar nicht, wenn das Ding da läuft.«

Lydia räumte das Zeug sofort wieder weg, denn dieses *und schon gar nicht* war ein Lichtblick. Schielin rückte den Stuhl zurück und schlug die Beine übereinander.

»Dann eben Smalltalk, Frau Ammon, und zu Anfang die Frage, die jeder Profi der Gesprächsführung verbieten würde: Wie geht es Ihnen?«

Sarah Ammon lachte. Sie lachte herzlich.

»Gut. Mir geht es gut.«

»Das wundert mich. Vermissen Sie denn Ihre Kinder gar nicht?«

»Oh ja. Sehr sogar. Mehr als alles andere, aber sie sind erwachsen und werden mit der Situation schon zurecht-kommen.«

»Sie werden sie lange, sehr lange nicht mehr sehen.«

Sie zuckte mit den Schultern und sah weg.

»Das wird sich zeigen.«

Schielin sprach unaufdringlich.

»Wir haben das Ergebnis der Genanalyse erhalten. Auf dem Bogen und einem der Pfeile, die in Martin Boone steckten, wurde ihre DNS identifiziert. Wir bezeichnen so etwas als ein eindeutiges Indiz, und vermutlich werden wir auch Spuren von Ihnen an Taubers Roller finden. Allem Anschein nach haben Sie sich Zugang zu seiner Wohnung und zum Roller verschafft, als er auf Reha war. Wie wir inzwischen wissen, hatte er Ihnen ja einen Schlüssel für die Wohnung gegeben, weil es so einfacher war, als ihn jedesmal zu den Terminen hinunterzuwerfen.«

»Mag alles sein«, lautete ihre schmale Antwort, und er meinte, endlich etwas weniger Selbstvertrauen in ihrer Stimme gehört zu haben.

Lydia fragte: »Haben Sie inzwischen einen Anwalt beauf-tragt?«

Sarah Ammon nickte.

»Schon länger.«

Lydia warf Schielin einen Blick zu. Wann hatte sie das denn gemacht?

»Sollen wir ihn zu diesem Gespräch hinzuziehen?«

»Es gibt kein Gespräch.«

»Wir sind aber schon mitten drin«, warf Schielin ein.

Sie antwortete unaufgeregt: »Smalltalk. Und selbst wenn

es fortgeführt werden würde, dieses Gespräch, hat es doch nie stattgefunden, egal was sie behaupten würden.«

Lydia sprach sie auf die aufgebrochene Kiste, die zertrümmerte Digitalkamera und den formatierten Speicherchip an.

»Haben Sie eine Erklärung für das Verhalten Ihres Mannes?« Sie fügte eine kleine Unwahrheit hinzu, aber es lief ja kein Mitschnitt. »Er wird sich dafür verantworten müssen.«

Sarah Ammon lachte.

»Verantworten … wofür denn? Er ist Alkoholiker.«

»Wir haben den Inhalt der Speicherkarte rekonstruiert. Es waren viele Fotos von Segelbooten, Wellen, Meer und blauem Himmel drauf«, fuhr Lydia fort und ließ dann eine Pause entstehen.

»Na ja … Martin Boone eben.«

»Und … Familienfotos … Kinderfotos. Auf einem dieser Fotos war der rechte Fuß einer Frau zu sehen, die auf einer Mauer neben zwei Kindern saß, und auf dem Fuß dieser Frau war eine lange Narbe zu sehen. Das Bild entstand in Lindau, Hintere Insel, die kniehohe Mauer direkt unter der Pulverschanze. Wenn wir später die erkennungsdienstliche Erfassung abschließen, werden wir auf Ihrem rechten Fuß eine lange Narbe zu sehen bekommen, habe ich recht?«

Sarah Ammon schloss die Augen und deutete ein müdes Lachen an.

»Oh, das ist gut. Ja, Sie werden diese Narbe zu sehen bekommen … und ja, auf dem Foto bin ich zu sehen, abgeschnitten, und ja … es sind Denise und Dennis im Alter von etwa drei Jahren.«

»Wir fragen uns, was diese Fotos auf der Speicherkarte von Boone zu suchen haben.«

»Die Frage stelle ich mir auch«, antwortete Sie, und es schwang ein Anflug von Aggressivität mit.

»Sie haben keine Erklärung dafür?«

»Doch, natürlich, habe ich. Als wir den unteren Stock wegen der Vermietung räumen mussten, kam ein Teil der Sachen von dort ins Lagerhaus. Da waren auch alte Fotoalben dabei. Martin hat die Fotos offensichtlich abfotografiert.«

»Aus welchem Grund?«

Lydia konnte ihr Gesicht nicht sehen, als sie sprach, weil sie zu Boden sah. Sie klang angewidert.

»Er war plötzlich der Meinung, eine Familie wäre ganz nett. Ausgerechnet er ... er!«

»Ist er denn der Vater Ihrer Kinder?«, fragte Schielin unumwunden, und Lydia Naber ergänzte: »Wir werden vielleicht nicht umhinkommen, das mit einem Gentest überprüfen zu lassen.«

Sarah Ammon blickte auf. Beinahe vermittelte sie den Eindruck, gelangweilt zu sein.

»Dazu haben Sie kein Recht, und selbst wenn Sie es veranlassen würden, wäre es nicht verwertbar.« Als Lydia anhob, etwas zu entgegnen, fügte sie schnell hinzu: »Er hat das ja schon veranlasst!«

Lydia beugte sich nach vorne.

»Was? Wer ist *er*, und was hat er *schon veranlasst*?«

»Martin Boone – er hat einen Gentest in Auftrag gegeben ... im letzten Herbst.«

»Und wozu?«

»Nach dem Untergang dieses Segelbootes hat es angefangen. Am Anfang dachte ich, es hätte mit dieser Katastrophe zu tun, aber dann merkte ich schnell, wie wenig er es als Unglück empfand – ganz im Gegenteil. Er kam richtig aufgekratzt nach Lindau, um sich mit einem Bankmenschen zu treffen. Während er hier war, hat er sich mit Dennis getroffen – heimlich. Ich habe es aber mitbekommen, und als ich ihn deswegen zur Rede stellte, eröffnete er mir, er wolle die beiden mit auf seine Weltumsegelung nehmen – es seien ja schließlich *seine* Kinder. Stellen Sie sich das mal vor! Er sagte zu mir: Es sind ja schließlich meine Kinder.«

»Sind Sie es denn?«, bohrte Schielin weiter.

Sie machte eine wegwerfende Bewegung mit der Hand.

»Das kann schon sein … eine dumme, kleine Affäre.« Ihr Körper straffte sich, als sie weitersprach. »Ihn haben die Kinder nie interessiert, ich habe nie etwas von ihm gewollt – siebzehn Jahre lang nicht. Und plötzlich erhebt er einen Anspruch auf die beiden. Er hat mir mit einem Papier vor der Nase herumgewedelt, das Gutachten eines Institutes aus Friedrichshafen. Ich habe eine Kanzlei hinzugezogen – er durfte das gar nicht.«

Schielin hakte nach.

»Verstehe ich das richtig? Boone war hier, um Ihren Kindern zu eröffnen, er sei ihr Vater und wolle sie auf die geplante Weltumsegelung mitnehmen?«

»Ja. Geld dazu hatte er wohl – auch eine neue Situation.«

»Und Sie meinen wirklich, die beiden wären mitgefahren?«, stellte Lydia Naber provozierend fest.

»Was glauben Sie, ziehen Siebzehnjährige vor? Den Abiturstress, den Ärger und die Peinlichkeiten im Haushalt eines Alkoholikers, das Gerede darüber auf der Insel und die ständigen finanziellen Probleme sicher nicht. Und da kommt dann plötzlich einer daher, sagt, er sei ihr Vater, der große, coole Abenteurer … bietet ihnen ein neues Leben, paradiesische Strände, alle Kontinente, ein Leben ohne Sorgen – Wind, Meer, Segel, Sonne, Sand. Na was glauben Sie, wie werden sie sich entscheiden? Ich kenne Boone, glauben Sie mir. Die Schicksale anderer Menschen sind ihm völlig egal. Darin gleicht er allen strukturell sentimentalen Menschen. Er war in vielerlei Hinsicht skrupellos. Ich sagte ihm, wenn er nicht verschwindet und uns in Ruhe lässt, werde ich ihn töten. Er hat mich ausgelacht und gesagt: *Ich nehme mir nur, was mir zusteht.* Und ich entgegnete ihm: *Von mir bekommst du, was du verdienst!* Dann hat er wieder gelacht.« Sie rückte ihren Stuhl zurecht und klang nun wieder etwas sanfter. »Norbert hat vor drei Wochen eine Entziehungskur beantragt. Endlich. Und was diese Kiste angeht, die habe ich aufgebrochen, und wenn Sie wissen wollen warum, er hat dieses blöde Gutachten darin aufbewahrt. Mein Mann glaubt allerdings wirklich, er wäre es gewesen, vermute ich jedenfalls. Aber bei Alkoholikern weiß man nie.«

Schielin und Lydia hatten gelernt Überraschendes hinzunehmen, ohne eine Regung nach außen hin zu zeigen. Schielin kam das erste Zusammentreffen mit den Ammons in den Sinn, als Ammon diese peinliche Show abgezogen hatte, und wie ungerührt Sarah Ammon seinen Auftritt geduldet und ertragen hatte. Lydia Naber legte ihre lächelnde Maske auf und schenkte Sarah Ammon einen unverfälschten Blick. Die stand nun etwas verloren da und sagte: »Ja nun, ich möchte jetzt gehen.«

Lydia Naber machte es sich bequem und schlug ihre Beine übereinander.

»Schade, gerade jetzt, wo es spannend wird.«

Schielin bemühte sich, eine ausdruckslose, entspannte Miene aufzulegen um seinen Unmut zu verbergen. Diese Ammons hatten sie die ganze Zeit über so richtig vorgeführt.

*

Zu Beginn der Woche arbeiteten sie die ausstehenden Berichte aus und gaben die Unterlagen an die Staatsanwaltschaft weiter. Mitte der Woche klingelte Lydias Telefon.

Der Staatsanwalt. Er kam schnell zur Sache und sprach einen ihrer Vermerke an, der Nora Mathis betraf.

»Also ich habe das nun ein paar Mal durchgelesen. Diese Nora Mathis war also Deutsche, hat nach diversen Schicksalsschlägen Deutschland verlassen, traf in Spanien diesen Boone, ist bei dem Untergang seiner Yacht ertrunken und war anschließend als eine Laura Perez in Vorarlberg, um sich in Lindau mit dem Mordopfer zu treffen, was aber nicht zustande kam, sodass sie letztlich im Besitz eines gültigen Passes und der Staatsangehörigkeit des Staates Uruguay über die Schweiz nach Argentinien ausgereist ist, richtig? Ein paar weitere Details lasse ich mal beiseite, Frau Naber. Trifft es das in etwa?«

Lydia Naber wusste nicht, wie sie der Frage begegnen sollte, und klang daher etwas unsicher.

»Ja.«

»Gut. Dann hätte ich jetzt noch ein paar Fragen, die Sie bitte einfach mit Ja oder Nein beantworten. Erstens: Gibt es eine Versicherungsgesellschaft, die sich betrogen fühlt und die dies den deutschen Ermittlungsbehörden kundgetan hat?«

»Nein.«

»Danke, Frau Naber. Dann: Fühlt sich diese mailändische Bank in irgendeiner Weise hintergangen, und gibt es dahingehend eine Bitte, zu ermitteln?«

»Nein.«

»Gut, sehr gut. Sind Sie oder Ihre Kollegen sachverständig hinsichtlich der Beurteilung von Schiffsuntergängen im Nordatlantik?«

Sie musste schlucken.

»Nein.«

»Mhm. Ah ja. Gibt es denn objektive Hinweise – ich betone – *objektive* Hinweise, die die Stellungnahme der portugiesischen Küstenwache als unglaubhaft erscheinen lassen?«

»Nein.«

»Mhm. Sehr schön. Sie wären demnach mit meiner Entscheidung einverstanden, Ihren Vermerk diesen Sachverhalt betreffend durch den Reißwolf zu jagen?«

»Ja.«

»Prima, Frau Naber ... prima! Sie wissen, ich halte große Stücke auf Sie, und was mich besonders freut: Ihre unter Umständen rechtswidrigen Ermittlungen im Ausland haben somit auch nicht stattgefunden.«

Lydia schwieg.

»Ach ... fast hätte ich vergessen, weswegen ich eigentlich anrief. Der Anwalt von Frau Ammon hat sich zur Sache eingelassen und führte aus, es habe sich bei dem Geschehen auf der Löwenmole um die ... um die Entgleisung eines derben Spiels unter Erwachsenen gehandelt.«

Lydia brauchte eine Weile, um das zu verstehen.

»Ach ... wirklich? Das war dann aber eine für Herrn Boone bedauerliche Entgleisung.«

»Durchaus. Frau Ammon hat übrigens angegeben, insgesamt fünf Pfeile abgeschossen zu haben. Zwei sollten demnach noch am Grund des Sees liegen ... südlich des Leuchtturms, außerhalb des Hafenbeckens. Sie müssen also noch mal absuchen lassen. Wenn Sie das bitte veranlassen würden.«

»Machen wir ... machen wir.«

»Einen schönen Tag Ihnen.«

Sie legte auf.

»Du mich auch!«

Schielin schnalzte mit der Zunge, als er kurze Zeit später von ihr über das Telefonat informiert wurde.

»Soso ... ein derbes Spiel unter Erwachsenen ... entgleist. Gar nicht so blöde. Und wenn das mit den zwei weiteren Pfeilen stimmt, stellt sich die Sache durchaus etwas anders dar, und ein guter Anwalt macht was draus. Diese etwas unterkühlte Sarah Ammon hat alles sehr genau geplant. Ich befürchte, sie wird nicht viele Jahre im Knast sitzen. Na ja. Hat er dich sehr geärgert, der Herr Staatswalt?«

»Ziemlich. Ich kann mir jetzt vorstellen, was Kimmel in Kempten so mitmacht.«

Sie klickte sehr oft mit der Maus in die Stille des Büros. Einige Zeit später packte sie abrupt ihre Sachen zusammen.

»Mir langt es für heute. Ich gehe nach Hause ... hab ein bisschen was zu tun.«

Kurz darauf verließ auch Schielin die Lust. Er zog die Vorhänge zu und sah dabei zufällig auf Lydias Bildschirm eine noch offene Website. *Vielen Dank für Ihre Buchung,* war da zu lesen, und als er genauer hinsah *Regency Parc Hotel Montevideo.*

So allein im Büro spürte er die tiefe Erschöpfung und fuhr ebenfalls nach Hause, wo er zuerst an der Weide vorbeisah und ein paar Worte zu Ronsard sprach. Drinnen schenkte er zwei Gläser Wein ein. Marja richtete noch etwas in der Küche und wollte gleich kommen. Auf der Ablage lag ein Buch, aufgeschlagen. Gedichte vom See. Hermann Lingg. Er nahm es in die Hand und las.

Fern hinunter in die Flut
Taucht das Licht, sich nochmals wendend
Zu den Bergen, eine Glut
Ihren Alpenblumen sendend.
Da schon Dunkel liegt im Tal,

Flattern hier noch Schmetterlinge,
Und der Sonne letzter Strahl
Leuchtet hell auf ihrer Schwinge.
Horch, vom Wald ein Amselschlag!
Wie so seltsam und verklungen
Hallt es in den hohen Tag
Aus den tiefen Dämmerungen.

Ja, genau so war es. Aus den tiefen Dämmerungen hallte es in den hohen Tag.

Marja kam und meinte, es sei schön, endlich wieder mit ihm reden zu können. In der letzten Zeit sei er völlig abwesend gewesen. Er nickte verständnisvoll. Sie sagte etwas von Urlaub, er vernahm die Worte Lena, Laura und Hochzeit, Essen, Gäste, und aus der Stimmlage Marjas hörte er eine Frage heraus. Er musste Aufmerksamkeit vortäuschen und antwortete: »Uruguay.«

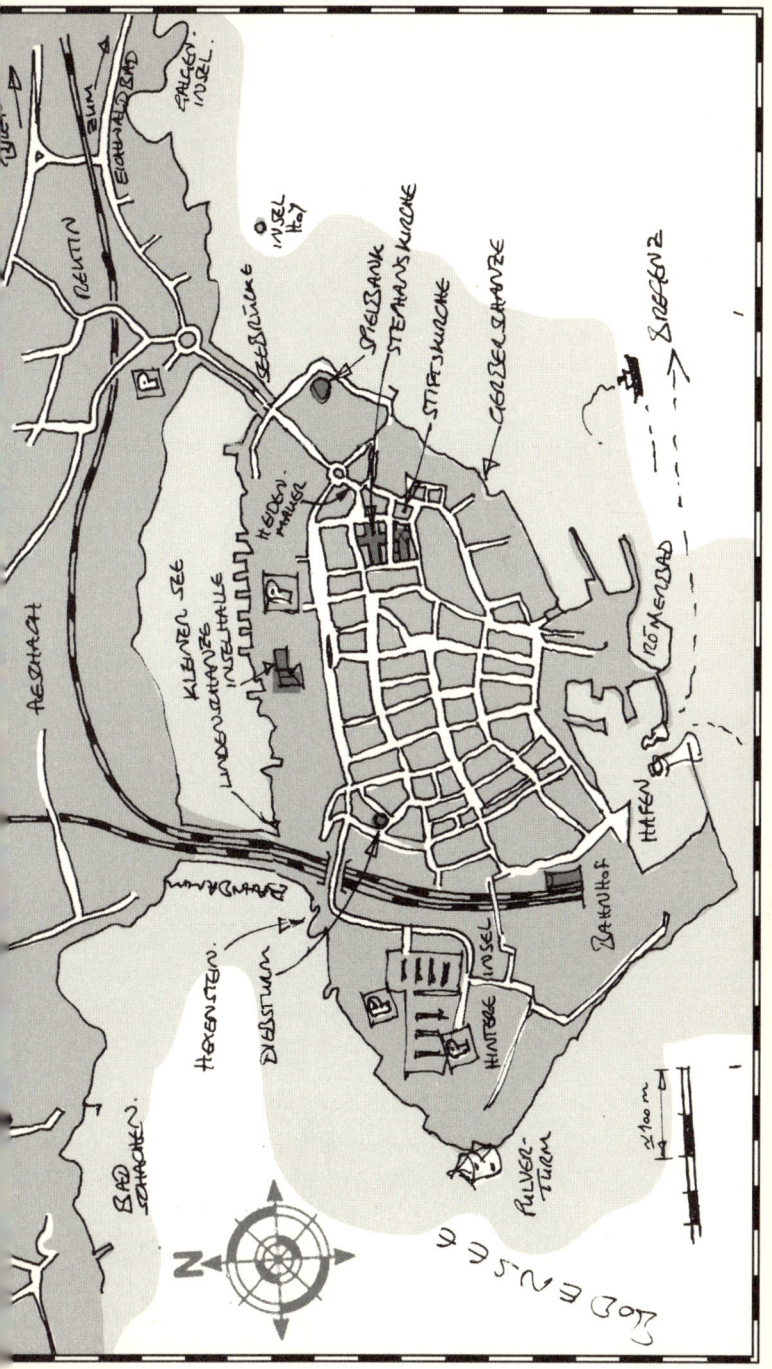